삼국지 8

1판 1쇄 인쇄 2009년 1월 25일
1판 1쇄 발행 2009년 1월 30일

옮긴이 박종화 **펴낸이** 김영곤 **펴낸곳** 달궁
전략영업본부장 이양종 **영업** 최창규 이종률 서재필
출판등록 2000년 4월 10일 제16-1646호
주소 (우413-756) 경기도 파주시 교하읍 문발리 파주출판단지 518-3
대표전화 031-955-2100 **팩스** 031-955-2151
이메일 eclio@book21.co.kr **홈페이지** http://www.eclio.co.kr

값 10,000원
ISBN 978-89-5877-310-8 04820
(세트) 978-89-5877-302-3 04820

나관중 원작

월탄 박종화

삼국지

8 출사표, 삼고초려한 은혜를 갚고자 나가노라

달궁

노장 황충

　"나는 일찍 장사長沙에서 천자를 모시어 오늘에 이르도록 부지런하고 정직한 한 가지 일로 섬겼을 뿐이오. 이제 비록 칠순이 되었으나 아직도 한 끼에 고기 열 근을 먹고, 팔로는 두 섬 무게가 되는 활을 당길 수 있소. 그리고 천리마를 타고 보아도 늙었다 할 수는 없을 것이오. 그런데 어제 주상께서 말씀하시기를 전에 쓰던 사람들은 늙어서 쓸 곳이 없다 하시니 과연 한심하기 짝이 없소. 내가 여기 온 것은 한번 동오 손권의 군사와 교봉을 해서 적장의 목을 베어 내 솜씨가 늙었나 아니 늙었나 한번 판가름을 해 보자는 작정이오."

　말이 채 떨어지기 전에 홀연 파발이 달려와 고했다.

　"적병의 전초 부대가 벌써 도착이 되었고, 초마哨馬는 영문 앞에 당도했습니다."

　황충은 파발의 말을 듣자 벌떡 자리에서 일어나 칼 들고, 말 위에 뛰어올랐다.

　풍습 등이 만류하였다.

　"노 장군께서는 가볍게 나가지 마시고 잠시 기다리십시오."

　"무슨 말인가. 자네들도 나를 늙었다고 하는가?"

　황충은 소리치며 말을 채질해 달려 나갔다.

　오반은 풍습에게 눈짓하고 황 장군의 뒤를 쫓아 싸우라 했다.

황충은 삽시간에 말을 달려 오진吳陣 앞에 당도하자 적장을 향하여 소리쳐 꾸짖었다.

"누구든 나오너라. 노장 황충이 여기 있다."

벽력같은 큰소리는 천지를 뒤흔들었다.

오진에서는 반장潘璋이 말을 달려 나오다가 부장 사적史蹟에게 황충을 대항하라 했다.

사적은 황충의 연로한 것을 기화로 하여 속임수로 칼을 쓰다가 교봉 3합에 황충의 날카로운 칼은 사적을 찔러 말 아래 떨어뜨렸다.

반장은 크게 노했다. 황충한테로 덤벼들었다.

교봉 수합에 승부가 나지 아니했다.

황충은 늙은 힘을 다하여 악전고투를 했다.

반장은 말을 채쳐 달아났다. 황충은 의기 헌앙하게 뒤를 쫓아 크나큰 승리를 거두어 돌아왔다.

마침 길에서 관흥과 장포를 만났다.

"저희들은 성지聖旨를 받들어 노 장군을 도우러 왔습니다. 장군께서는 이제 훌륭한 공을 세우셨으니 속히 돌아가시는 것이 좋을 듯합니다. 폐하께서 염려가 대단하십니다."

황충은 고개를 가로흔들고 듣지 아니했다.

다음 날이 되었다. 오장 반장은 황충이 돌아가지 아니한 것을 보고 군사를 거느리고 와서 싸움을 돋우었다.

황충은 갑옷 입고 투구 쓰고 분연히 말에 올랐다.

황충이 말에 오르는 것을 보고 관흥과 장포가 뒤따라 나섰다. 황충은 손을 저어 두 사람에게 따라오지 말라는 뜻을 표했다.

오반이 또한 염려했다. 뒤를 따르려 했다. 황충은 화를 버럭 냈다.

"따라오지 말라."

젊은이들은 하는 수 없었다. 혼자 가게 내버려 두었다.

황충은 스스로 거느린 5천 병마를 지휘하여 칼을 두르며 앞으로 나갔다.

반장과 마주쳤다. 칼과 창이 부딪치며 두어 합을 싸웠을 때 반장은 힘에 부친 듯 말 머리를 돌이켜 달아났다.

황충은 소리치며 쫓아갔다.

"적장은 달아나지 말라. 내 오늘 관공關公의 원수를 갚으리라."

반장은 삼십육계 줄달음질을 쳤다.

황충은 반장의 뒤를 30여 리나 쫓았다.

산모퉁이를 돌아갔을 때, 돌연 함성이 사면에서 일어나면서 매복했던 적병들이 일제히 쏟아져 나왔다.

우편에는 주태요, 좌편에는 한당이었다.

앞에는 쫓기는 반장이 말 머리를 돌려 나오고 뒤에는 능통이 소리치며 쫓았다.

황충은 사면팔방 적군의 포위를 받았다.

적병의 들레는 소리는 청산을 진동시키고 고립무원孤立無援한 황충의 백마白馬는 네 굽을 모아 적진을 뚫으려 했다.

황충은 싸인 적병의 포위를 받아 핵심核心 속에 빠져 있게 되었다.

홀연 광풍狂風이 크게 일어났다. 황충은 급히 물러나려 할 때, 산 위에서 적장 마충馬忠은 활을 당겨 황충의 어깨를 쏘아 맞히었다.

황충은 말에 떨어질 뻔하다가 바싹 정신을 모아 말갈기를 잡았다.

적병들은 황충이 살에 맞은 것을 보고 고함치며 쫓아 들었다.

황충의 생명은 위태롭기 짝이 없었다.

홀연 후면에서 고함치는 소리 크게 일어나면서 양편으로 군마가 쏟아져 들어왔다. 손권의 군사가 무너지기 시작했다.

황충이 바라보니 관흥과 장포였다.

소년 장군들은 황충을 구하여 어영御營으로 돌아갔다.

황충의 의기는 장했으나 원래 연치가 높고 혈기가 쇠약했다. 여기다가 화살에 상한 금창은 찢어지는 듯 아팠다. 마침내 누워 있지 못했다.

선주는 황충의 소식을 듣고 친히 어가御駕를 굴려 황충을 위로했다.

그의 등을 어루만지며 탄식하는 말을 보냈다.

"노 장군으로 하여금 살을 맞게 한 것은 짐의 허물이외다."

황충은 주름진 눈에 눈물을 머금고 대답했다.

"신은 불과 한낱 무부입니다. 다행히 폐하를 만나서 지금 칠십오 세올시다. 이만하면 수壽도 족합니다. 폐하께서는 용체를 잘 보중하셔서 기어코 중원을 도모하옵소서."

황충은 말을 마치자 인사불성이 되었다.

이날 밤에 어영에서 운명하니 오호五虎 대장大將 중의 한 사람으로 이름 높던 노장 황충도 세상을 떠나고 말았다.

시인은 시를 지어 그의 생애를 차탄했다.

老將說黃忠

收川立大功

重披金鎖甲

雙挽鐵胎弓

膽氣驚河北

威名鎮蜀中

臨亡頭似雪

猶自顯英雄

노장 황충을 말해 보네.
동천東川 서천西川을 거두어 큰 공을 세웠다.
금쇄갑을 거듭 입고
철태궁을 쌍으로 당겼네.
담력은 하북 천지를 놀라게 했고
위명은 촉중을 진정시켰다.
세상 떠날 때
머리털 눈같이 희건만
오히려 영웅의 기상을 스스로 나타냈네.

선주는 황충이 기절된 것을 보고, 슬퍼함을 마지아니했다.

조칙을 내려 관곽을 갖추게 하고 성도成都에 장사 지냈다.

선주는 탄식했다.

"오호五虎 대장大將 중 세 사람이 벌써 세상을 떠났건만 짐은 아직 원수를 갚지 못하고 있으니 진실로 가통可痛한 일이다."

곧 어림군御林軍을 거느리고 효정猇亭에 당도하여 모든 장수들을 모아 전략을 의논한 후에 군사를 여덟 길로 나누어 수륙으로 아울러 나가니 기세가 호탕하였다.

수군은 황권黃權이 거느리고 육병은 선주가 스스로 통솔하니 때는 장무 2년 2월 중순의 일이었다.

이때 손권의 장수 한당, 주태는 선주가 친히 군사를 거느려 효정으로 나온다는 소식을 듣고, 급히 군사를 휘동하여 진을 치고 있었다.

선주의 어림 군사가 당도하자 한당, 주태의 오병과 둥글게 원진圓陣을 쳐 대치하고 있었다.

한당과 주태는 말을 달려 진 앞에 서서 촉진蜀陣을 바라보니, 영문이 열리는 곳에 선주는 황라黃羅 초금산綃金傘을 받고, 좌우편에는 백모황월白旄黃鉞이며 금은정절金銀旌節을 벌여 세워진 용이 엄숙했다.

한당은 현덕을 바라보며 큰소리로 놀려 댔다.

"폐하께서는 이전 촉주蜀主가 되셨는데, 어찌 경솔하게 이같이 친히 나오셨습니까? 만약 신수가 있다면 뉘우쳐도 미치지 못하리라."

선주는 효정에서 원수를 만나고

선주는 한당의 말을 듣자 대로했다. 채찍을 들어 한당을 꾸짖었다.

"너희들 오구吳狗는 짐의 수족을 상했으니, 하늘과 땅 사이에 함께 서 있을 수 없다."

선주의 꾸짖는 말이 떨어지니 오장吳將 한당韓當은 모든 장수를 돌아보았다.

"누가 나와서 촉장을 대항하겠느냐?"

부장部將 하순夏恂이 창을 잡고 말을 달려 나왔다.

"소장이 나가서 촉병을 격파하겠습니다."

하순이 나오는 것을 바라보자 장포張苞가 장팔사모창을 비껴들고 달려 나오며 우레 같은 큰소리를 지르고 곧장 하순을 취했다.

순이 보니 장포의 소리는 벽력같았다. 심중에 더럭 겁이 났다. 기회를 보아 달아나려고 망설였다.

이 모양을 본 주태의 아우 주평이 칼을 두르며 앞으로 뛰어나왔다.

촉 편에서는 관흥이 또다시 말을 달려 뛰어나왔다.

전쟁은 두 패로 갈려졌다. 장포는 대갈일성에 장팔사모창을 들어 하순의 명치를 찔렀다.

하순은 외마디소리를 치면서 말 아래 가로 떨어져 죽었다.

옆에서 말 아래 떨어져 죽는 하순의 모습을 보자 주평은 크게 놀랐다.

주평의 칼은 어지럽고 정신이 산란했다.

관흥의 청룡도는 사정없이 주평의 머리를 갈겨 떨어뜨렸다.

소년 장군들은 기운이 하늘 높이 솟구쳤다.

오진으로 말을 달려 한당, 주태의 목을 취하려 했다.

맹호같이 달려드는 위세에 한당, 주태는 깜짝 놀랐다.

급히 진 속으로 뛰어들어 진문을 닫아 버렸다.

이 모양을 바라본 선주는 신명이 났다.

"범의 새끼가 개 아들이 될 리 만무하구나."

두 조카를 칭찬한 후에 채찍을 높이 들어 촉병한테 지시를 내렸다.

"팔로군은 총공격으로 돌입하라!"

촉병들은 기운이 용솟음쳤다. 오진을 두들겨 부수며 물밀듯 쳐들어갔다.

오병은 쓰러지면 시체가 되었고, 넘어지면 목숨을 잃었다.

시체는 만산편야하고 피는 흘러 내를 이루었다.

이때 오군의 맹장 감녕은 성중에서 병을 치료하고 있다가 촉병이 물밀 듯 쏟아져 온다는 소식을 듣고, 급히 말에 올라 몸을 피하려다가 한 떼의 만병蠻兵을 만났다.

군사마다 머리 풀어 산발하고 맨발로 행군을 했다.

무기는 활과 쇠뇌에 장창 도부에다가 방패를 들었다.

앞에 말 타고 나오는 대장은 번왕番王 사마가沙摩柯였다. 얼굴은 피를 뿜은 듯 붉고 눈은 푸른데 망울이 튀어나왔다. 손에는 철질려골타鐵蒺藜骨打를 들고 허리엔 두 개의 낫, 활을 찼는데 자못 위풍이 늠름했다.

감녕은 만병의 기세가 흉악하고 호대함을 보자 감히 교봉을 못하고 말을 놓아 달아났다.

사마가는 감녕이 달아나는 것을 보자 허리에 활을 당겼다.

살은 허공을 뚫어 소리치며 달리다가 감녕의 뒤통수를 보기 좋게 쏘아
맞히었다.

감녕은 장사였다. 단번에 죽지 아니했다.

두개골에 살을 맞은 채 부지富池 어귀까지 가서 큰 나무 아래 쓰러져 죽
었다.

나무 위에 모여 있던 까마귀 수백 마리는 감녕의 시체를 둘러 떠나지
아니했다.

오주 손권은 감녕의 소식을 듣고 애통하기를 마지아니했다. 예장禮葬으
로 후하게 장사 지내고 사당을 지어 봄, 가을에 제사를 지냈다.

시인은 시를 지어 감녕을 조상했다.

吳郡甘興霸

長江錦幔舟

酬君重知己

報友化仇讐

劫寨將輕騎

驅兵欲巨甌

神鴉能顯聖

香火永千秋

오군의 감흥패는
장강에 비단 배를 띄웠네.
주인을 위하여
거듭 지기가 되다.

친구를 위하다가
원수가 되었다.
적병을 무찌를 땐
언제나 경기요,
군사를 몰아 나갈 땐
큰 술병을 욕심냈네.
신령스런 까마귀 떼
영혼을 나타냈고
사당의 향화 불은
천추에 전해지네.

선주의 8로 촉병은 승승장구 오병을 격파하면서 효정을 점령했다.

오병은 사방으로 흩어져 달아났다.

선주는 효정을 점령한 후에 군사를 점고하니 관흥이 보이지 아니했다.

황망히 장포한테 영을 내려 관흥을 찾으라 했다.

원래 관흥은 오진으로 쳐들어가다가 원수인 반장을 만났다. 말을 놓아 쫓아가니 반장은 크게 놀랐다. 급히 산골 속으로 들어가 숨어 버렸다.

관흥은 산속으로 돌아다니며 구석구석 반장을 찾았다. 그러나 보이지 아니했다.

해는 떨어지고 날은 어두운데 길마저 잃었다.

다행히 달빛을 따라 산기슭으로 내려왔다. 때는 어느덧 이경이 되었는데 멀리 산장山莊 한 채에서 희미하게 불빛이 새어 나왔다.

관흥은 반가웠다. 급히 산장으로 내려가 문을 두드렸다. 한 노인이 나와서 물었다.

"어떠한 사람이 깊은 밤에 찾아와 두드리는가?"

"나는 본시 전장에 나온 장수인데 길을 잃어 헤매고 있었소이다. 매우 시장하니 한 그릇 밥을 주시어 주린 창자를 채워 주셨으면 합니다."

관흥이 대답했다.

노인은 관흥을 인도하여 당 안으로 들어가 촛불을 켜고 방을 밝혔다.

관흥이 당중을 돌아보니 뜻밖이었다. 그의 아버님 관공의 화상을 벽에 걸어 모셔 놓았다.

관흥은 반갑고 슬펐다. 소리쳐 울면서 절을 올렸다.

노인이 물었다.

"어이 된 일이오니까? 어찌해서 이같이 슬피 우십니까?"

"이 초상화는 우리 아버님의 초상화이십니다."

노인은 관흥의 말을 듣자 문득 절을 올렸다.

관흥은 궁금하기 짝이 없었다.

"어찌해서 내 아버님의 화상을 모시어 이같이 공양供養을 해 주십니까?"

"이 근처에서는 예전부터 모두 다 관공님의 화상을 모시고 있습니다. 생존해 계실 때도 그랬는데 황차 신령님이 되신 오늘이겠습니까. 가가호호家家戶戶 다 모시고 있습니다. 그리하옵고, 노부老夫는 촉병이 어서 속히 관공님의 원수 갚아 드리기를 축수 발원하고 있습니다. 오늘 밤에 장군께서 오셨으니 이곳 백성들의 복인가 합니다."

노인은 말을 마치자 술을 내어 관흥을 대접하고 외양간으로 말을 끌어들여 죽을 쑤어 먹이며 한동안 부산을 떨었다.

때는 삼경이 지났는데 문을 두드리는 소리가 또다시 났다.

노인이 나가 물었다.

관흥은 귀를 기울여 들었다.

묻고 대답하는 수작을 들어 보니 다른 사람이 아니라 바로 적장 반장潘璋이었다.

노인은 반장과 함께 초당으로 들어왔다.

관흥은 칼을 집고 큰소리로 반장을 꾸짖었다.

"이놈, 네가 반장 아니냐? 반적反賊은 달아나지 말라!"

반장은 관흥을 바라보자 깜짝 소스라쳐 놀랐다.

급히 몸을 피해 문 밖으로 달아났다.

이때 문 밖에서 한 사람 대장군이 푸른 옥에 황금 투구 쓰고 칼을 잡고 들어왔다.

얼굴은 푸른 대춧빛 같고 눈은 치켜떠져서 봉의 눈인데, 눈썹은 누에를 그린 듯 또렷하고, 세 가닥 아름다운 삼각수는 늠름한 장부의 풍채를 더한층 돋우어 주었다.

반장은 또 한 번 소스라쳐 놀랐다. 관공님이 현성顯聖하신 것이 분명했다.

"아이고머니!"

한소리로 부르짖자, 얼과 넋이 아찔했다.

이때 관흥의 칼은 번뜻 반장의 목을 베었다.

관흥은 다시 반장의 염통을 도려내서 피를 뿌려 관공의 신상神像 앞에 통곡하여 제 지내고 반장의 수급을 말 머리에 달아 노인을 작별하고 본영本營으로 돌아갔다.

관흥이 앞을 바라보고 3~4리가량 나갔을 때, 홀연 말 울음소리와 사람의 들레는 소리가 요란하게 들리며 한 떼 군마가 길을 막았다.

관흥이 바라보니 위수 대장은 반장의 부장 마충이었다.

마충은 관흥이 주장 반장의 목을 베어 말 머리에 달고 가는 것을 보자 발연히 노했다.

말을 채질해 곧 관흥한테 달려들었다.

관흥은 살부지수의 한 놈인 마충을 보자 온몸의 피가 위로 끓어올랐다.

청룡도를 번뜻 둘러 마충의 목을 찍으려 할 때, 돌연 마충의 부하 3백 명 군사는 일제히 함성을 지르며 관흥을 에워쌌다.

관흥은 겹겹이 에워싼 적병 속에 외톨이 되어 곤하기 짝이 없었다.

홀연 서북편에서 일표 군마가 별 흐르듯 달려 나왔다. 다른 군마가 아니었다. 장포가 선주의 명을 받아 관흥을 찾으러 오는 군사였다.

마충은 장포의 구원병이 오는 것을 보자, 관흥의 포위를 헤치고 황망히 군사를 거두어 물러갔다.

관흥과 장포는 힘을 합쳐서 마충의 뒤를 쫓았다.

몇 리를 채 못 가서 오장 미방麋芳과 부사인傅士仁이 군사를 거느리고 관흥과 장포를 공격했다.

양편 군사는 혼전을 이루었으나 장포와 관흥의 군사는 너무나 수가 적었다.

군사를 거두어 효정으로 돌아가 선주께 뵙고 반장의 수급을 바쳤다.

선주는 관공의 화상을 모신 백성들의 이야기며 관공이 현성을 해서 반장을 기절시킨 얘기를 듣자 놀랍고 신기하게 생각했다.

관흥과 장포를 칭찬하고 크게 잔치를 베풀어 삼군을 호궤했다.

현편 마충은 오진吳陣으로 돌아가 한당, 주태에게 반장 죽은 일을 보고한 후에 잔병을 거두어 각 진을 파수케 했다.

이때 오군의 패잔병 중에 부상당한 군사는 수를 헤아릴 수 없이 많았다.

마충은 미방, 부사인과 함께 강변에 둔병하고 있었다.

이날 밤 삼경에 군사들은 손을 마주 잡고 통곡했다. 울음소리는 진중에 가득했다.

미방은 귀를 기울여 가만히 들어 보았다.

한 군사가 울면서 추념했다.

"우리는 본시 형주 군사인데 여몽의 속임수에 빠져서 관공님의 성명을 잃게 되었다. 지금 유 황숙의 어가가 친히 나와 동오를 치시니 조만간 판가름이 되어 동오는 결판이 나겠지만 죽일 놈은 미방과 부사인이다. 이 두 놈을 죽여서 촉영으로 간다면 공로가 적지 아니할 것이다."

또 한 군사가 푸념을 했다.

"너무 성급하게 서두를 것이 아니라 저것들의 마음이 탁 풀어진 후에 하수하는 것이 좋을 것일세."

미방은 군사들의 말을 듣고 깜짝 놀랐다. 곧 부사인을 찾아 상의했다.

"군심이 별안간 변했소이다. 우리들 두 사람의 성명을 부전키 어렵게 되었소. 급히 대책을 정하지 아니하면 탈이 나겠소이다. 지금 유 황숙이 원한을 품고 있는 사람은 마충이니 이 자의 목을 베어 가지고 유 황숙한테로 갑시다."

"받아 줄 리가 있소?"

부사인이 대답했다.

"사정 이야기를 하면 될 듯하오. 우리들은 부득이 손권한테 항복한 일을 말한 후에 이제 어가가 오신 것을 보고 죄를 청하러 왔다 하면 용서를 해 주리라 생각하오."

미방의 말을 듣자 부사인은 고개를 가로흔들었다.

"아니 되오. 가면 반드시 화를 당하게 될 것이오."

"촉주는 성정이 너그럽고 후덕할 뿐 아니라, 아두 태자는 나의 생질이 되니 국척國戚의 정을 생각한다 해도 설마 죽이기야 하겠소."

아두 태자가 생질이 된다는 말에 부사인도 미방의 의사를 쫓기로 했다.

두 사람은 달아날 말을 미리 준비해 온 후에 삼경 때쯤 되어 가만히 마충의 영문으로 들어갔다. 곤하게 자는 마충의 목을 베었다. 심복 군사 10여 기를 거느리고 효정으로 향해 말을 달렸다.

촉진의 복로군伏路軍은 그들을 대장인 장남과 풍습한테 인도했다.

다음 날 두 사람은 선주의 어영에 들어가 마충의 머리를 바친 후에 울면서 고했다.

"신 등은 실상 폐하를 저버릴 뜻이 없었습니다. 여몽의 속임수에 빠져서 관공께서 돌아가셨다 하니 하는 수 없어 항복을 한 것입니다. 이제 성가가 친히 오셨다는 말씀을 듣고 마충의 목을 베어 폐하의 원한을 씻었습니다. 폐하께서는 신 등의 허물을 용서해 주시기 바랍니다."

선주는 두 사람의 말을 듣자 크게 노했다.

"짐이 성도에서 떠난 지 이미 허다한 시일이 지났다. 너희들은 여태껏 항복하러 오지 아니했다가 오늘 형세가 위태하니 공교한 말을 늘어놔서 목숨을 구하려 하느냐? 짐이 만약 너희들의 목숨을 살려 준다면 구천지하에 무슨 면목으로 관공을 대해 보겠느냐?"

선주는 말을 마치자 관흥을 불러 영을 내렸다.

"영문 안에 너의 아버님 위패를 모시게 하라."

관흥은 영문 안에 제상을 배설하고 관공의 위패를 모셔 놓았다.

선주는 관공의 위패 아래에 친히 나가 마충의 머리를 바처 제 지낸 후에 다시 관흥에게 영을 내렸다.

"미방과 부사인을 아버님 영전에 꿇어앉혀라."

관흥은 미방과 부사인의 옷을 벗겼다. 알몸으로 무릎 꿇려 제단 앞에 엎드리게 했다.

선주는 영전에 축을 읽어 미방과 부사인의 죄상을 밝힌 후에 친히 칼을 들어 두 사람의 목을 베어 관공의 영전에 바쳤다.

이 모양을 본 장포는 통곡하며 선주한테 아뢰었다.

"둘째아버님의 원수는 갚았습니다마는 신의 아비의 원수는 어느 때나 갚습니까?"

선주는 장포를 위로하여 대답했다.

"현질은 근심하지 말라. 짐은 강남을 평정한 후에 오구吳狗를 소탕하고 두 도적을 잡아서 너한테 주어 너의 아버지한테 젓 담아 제 지내도록 하리라."

장포는 울면서 사례해 물러갔다.

이때 선주의 위성威聲은 강남 천지를 진동시켰다.

오병들은 겁이 나서 싸울 마음은 없고 낮과 밤으로 호곡해 울기만 했다.

한당, 주태는 크게 놀랐다. 급히 손권한테 미방과 부사인이 마충의 목을 베어 선주한테 바친 일이며, 선주는 부사인과 미방의 목을 베어 관공한테 제 지낸 일들을 일일이 고했다.

손권은 겁이 더럭 났다. 급히 문무백관을 모아 상의하였다.

보질步騭이 아뢰었다.

"촉주가 한을 품고 있는 사람은 여몽, 반장, 마충, 미방, 부사인 등입니다. 이제 이 사람은 다 없어졌고 다만 남은 것은 범강范疆, 장달張達뿐입니다. 대왕께서는 이 두 사람을 결박 지어 장비의 수급과 함께 촉주한테 보내시고 다시 형주 땅과 부인을 돌려주시고 표를 올려 화친을 구하시면서, 함께 위魏를 칠 것을 약속하신다면 촉병은 자연 물러갈 것이올시다. 이 방책을 써 보십시오."

손권은 보질의 말을 옳게 들었다. 침향沈香 나무로 갑을 만들어 장비의

수급을 담은 후에 범강, 장달을 결박 지어 정병程秉으로 사신을 삼아 국서
國書를 받들고 효정으로 나가게 했다.

한편 선주는 군사를 휘동하여 앞으로 나가려 할 때 시신이 아뢰었다.

"동오에서 사신을 보내서 장 거기 장군의 수급을 바치고 범강, 장달 두
역적을 결박 지어 함거檻車에 실어 보냈습니다."

선주는 이마에 손을 얹고 감격해서 말했다.

"이것은 하늘이 주시는 일이요, 셋째 아우의 영혼이 시키는 일이다."

강구의 서생, 육손

선주는 말을 마치자 곧 장포를 불러 분부를 내렸다.

"너의 아버지의 영위를 배설하라."

장포는 선주의 명을 받아 어영御營 앞에 아버지 장비의 영위를 봉안해 모시었다.

선주는 먼저 장비의 수급을 담아 온 침향 나무 갑을 열어 보았다.

기막히지 아니한가. 세상을 떠난 지 오래건만 얼굴빛은 조금도 변하지 아니했다. 완연히 살아 있는 장익덕의 얼굴이었다.

선주는 목을 놓아 통곡했다.

장포는 서리 같은 비수 칼을 잡고 범강과 장달을 산 채로 천 번 도려내고 만 번 찔렀다.

느릿느릿 능지를 시켜 죽이면서 아버지 장비 영 앞에 원수를 갚았다. 선주와 장포의 통곡 소리는 구곡간장이 녹아 흐르는 듯했다.

제를 마치고 난 선주는 아직도 노기가 등등했다.

"이놈, 오적 손권을 기어코 쳐 무찌르리라!"

혼자 푸념하고 있을 때 마량이 아뢰었다.

"원수들을 다 죽였으니 이제 폐하의 한을 씻으셨다 할 것입니다. 오나라 대부 정병이 사신으로 와서, 형주 땅과 부인을 돌려보내서 길이 맹호盟好를 맺은 후에 함께 위를 치자고 합니다. 어찌하실는지 하교하옵소서."

선주는 크게 노하여 꾸짖었다.

"짐이 절치부심하는 원수는 손권이다. 지금 만약 짐이 저와 화친을 한다면, 이것은 두 아우를 저버리는 일이다. 짐은 먼저 오를 멸한 후에 다음 위를 멸할 작정이다."

말을 마친 후에 또다시 격분한 어조로 영을 내렸다.

"오에서 보낸 사신의 목을 베어서 화친할 뜻이 없는 것을 밝히라."

모든 신하들은 일제히 만류했다.

사신 정병은 머리를 싸안고 쥐구멍을 찾듯 몸을 숨겨 달아났다.

정병은 강동으로 돌아가 손권한테 아뢰었다.

"촉에서는 강화하기를 싫어합니다. 먼저 동오를 멸한 후에 위를 공격한다 합니다."

손권은 깜짝 놀랐다.

"어찌하면 좋단 말인가?"

벌떡, 자리에 쓰러졌다.

감택이 출반하여 아뢰었다.

"우리나라에 하늘을 떠받들 만한 사람이 있는데 주상께서는 왜 아니 쓰십니까?"

"누구란 말이오?"

손권은 급히 물었다.

"옛적에 동오의 크나큰 일은 함빡 주유한테 맡기셨습니다. 그 뒤에 노숙이 대신했고, 노숙이 죽은 후에 여몽이 대신했고, 여몽의 뒷일을 지금 육손陸遜이 맡아 있습니다. 이 사람은 비록 유생儒生 출신이라 하나 웅재대략雄才大略 가슴 안에 가득히 있습니다. 신은 결코 그의 재략이 주유보다 못하지 않다 생각합니다. 전에 여몽이 관공을 죽인 꾀도 실상인즉 이

사람한테서 나온 것입니다. 주상께서 이 사람을 쓰신다면 반드시 촉병을
파하고 말 것입니다. 만약 실수가 있다면 원컨대 신도 함께 죄를 받겠습
니다."

감택은 간곡하게 손권한테 아뢰었다.

손권은 감택의 말을 듣자 무릎을 치며 말했다.

"감택의 말이 아니었던들 큰일을 저지를 뻔했구려."

손권의 탄복하는 말을 듣자 옆에서 장소가 있다가 말했다.

"육손은 한 사람 서생에 지나지 않는 사람이올시다. 유비의 적수가 아
닙니다. 크게 쓸 수 없는 사람입니다."

옆에 있던 고옹顧雍도 또 말했다.

"육손은 나이 어릴 뿐 아니라 인망人望이 적습니다. 모든 장수들이 복종
하지 아니할 것입니다. 복종을 하지 아니하면 화가 생겨서 반드시 대사大
事를 그르칠 것입니다."

옆에 있던 보질이 또 말참견을 했다.

"육손이란 사람은 한 골을 다스리는 군수쯤 될 사람이올시다. 그러나
큰일을 맡기기에는 적당치 않은 사람이올시다."

감택은 큰소리로 떠들어 댔다.

"만약 육손을 쓰지 않는다면 동오의 일은 결딴이 날 것입니다. 이 사람
은 온 가족의 이름으로 육손을 보증하겠습니다."

손권은 결정을 내렸다.

"나 역시 육손을 잘 알고 있다. 그는 기재奇才가 있는 사람이다. 내 뜻이
이미 결정되었으니 경들은 더 말을 하지 말라."

손권은 이같이 결정한 후에 급히 사람을 강구로 보내서 육손을 불렀다.

육손의 본 이름은 육의陸議였는데 뒤에 이름을 손遜이라 했다. 자는 백

언伯言이요, 고향은 오군吳郡이었다.

한성문漢城門 교위校尉 육우陸紆의 손자요, 구강九江 도위都尉 육준陸駿의 아들이었다.

신장은 8척이나 되는 훌쩍 큰 키에다가 얼굴은 백옥같이 하얗다. 이때 육손의 벼슬은 진서鎭西 장군將軍으로서 여몽이 지키고 있던 강구江口를 지키고 있었다.

육손이 부름을 받들어 오궁吳宮에 참배하니 손권이 분부를 내렸다.

"지금 촉병의 형세는 그대도 잘 알고 있을 것이다. 나는 그대에게 군마총독總督을 임명시킨다. 기어코 유비를 격파하여 나라의 위세를 회복시키라."

손권의 말이 떨어지니 육손은 또렷이 대답했다.

"만약에 문무백관이 저의 총독 되는 것을 불복한다면 어찌합니까?"

손권은 허리에 찬 칼을 풀어 육손에게 내주었다.

"만약 호령에 응하지 않는 자가 있다면, 이 칼로 목을 베어 선참후계先斬後啓하라."

육손은 칼을 받지 아니했다. 손을 짚어 대답했다.

"중하신 부탁을 받게 되니 어찌 감히 명을 배拜하지 않겠습니까. 연하오나 대왕께서는 문무백관이 가득히 모인 자리에서 신에게 칼을 내려 주십시오."

육손의 말은 차근차근 조리가 있었다.

손권은 미소를 지어 고개를 끄덕였다.

육손과 함께 오왕한테 들어갔던 감택이 아뢰었다.

"옛적에 대장을 임명하게 되면 반드시 높은 대臺를 쌓고 문무백관들을 모아 논 후에 백모白旄 황월黃鉞이며, 인수印綬, 병부兵符를 준 연후에 위엄이 행하고 호령이 엄숙해지는 것이올시다. 대왕께서는 옛 법을 지키시어 날을 가려 단을 쌓으라 하시고 문무백관이 모인 자리에서 대도독大都督을 임명하시고 절월節鉞을 내리신다면 모든 사람이 복종치 않을 수 없으리다.”

손권은 감택의 말에 좇아 밤을 도와 단을 쌓아서 완성시키고 백관이 모인 자리에 육손을 청하여 등단登壇시킨 후에, 대도독大都督 우호군右護軍 진서鎭西 장군將軍 겸兼 누후婁侯를 봉하고, 보검寶劍과 인수印綬를 주어 육군六郡 81주八十一州 겸兼 형초荊楚 제로諸路 군마軍馬를 장악掌握하라 했다.

손권은 육손에게 대장을 봉한 후에 장중한 부탁을 내렸다.

“성, 문지방 안은 과인이 주장하리라. 그러나 성문 밖은 장군이 제어하라(閫以內 寡人主之 閫以外 將軍制之).”

육손은 명을 받들고 단에 내렸다.

곧 군령을 내려 서성, 정봉으로 호위護衛를 삼은 후에 당일로 출사出師하여 군마를 정돈하여 수로와 육로로 아울러 나갔다.

육손이 대도독이 된 공문서가 효정에 있는 오나라 장수한테 전달되었다.

한당, 주태는 크게 놀라면서 말했다.

“주상께서 어찌해서 칼 한 자루 쓸 줄 모르는 서생으로 대도독을 시키셨단 말인가!”

모두들 괴탄했다.

얼마 후에 육손은 효정에 당도했다. 장수들은 모두 다 불복이었다.

육손은 단에 올라 대장 자리에 앉으니 여러 장수들은 마지못해 자리에 나와 치하했다.

육손은 모든 장수들에게 대도독의 자격으로 분부를 내렸다.

“주상께서 나로 대장을 삼으시고 군사를 독려하여 촉병을 격파하라 하셨소이다. 군에는 상법常法이 있으니 공들은 제각기 법을 지켜서 자기의 임무에 복종하시오. 왕법王法엔 사私가 없소이다. 후회들 하지 마시오.”

모든 장수들은 육손의 말을 듣자 잠자코 입을 봉하고 있었다.

주태가 입을 열어 말했다.

“지금 안동安東 장군將軍 손환孫桓은 주상 전하의 조카입니다. 이릉성 중에서 곤욕을 당하고 있소이다. 성안에는 양초가 떨어졌고 성 밖에는 구원병이 없소이다. 도독께서는 빨리 양책을 마련하셔서 손 장군을 구해 내시어 주상 전하의 마음을 편안케 하시기 바랍니다.”

육손은 단정하게 앉아 대답했다.

“나는 전부터 손환 등이 군심 얻은 것을 잘 알고 있소. 반드시 지키리라 생각하오. 구원해 주지 않더라도 내가 촉병만 파하면 손환은 스스로 자기가 나오리라.”

육손이 손환을 구해 줄 것 없다는 말을 듣고 모든 장수들은 가만히 소리 없는 웃음을 웃고 물러갔다. 한당이 주태보고 말했다.

“이 같은 어린애로 대장을 삼아 놨으니 동오의 일도 볼일 다 보았네. 자네도 궐자의 행동을 보았지?”

“나도 한마디 시험해 물어보았네마는 궐자는 한 가지 대책도 없네. 그래 가지고 어떻게 촉병을 격파시키겠나?”

두 장수는 탄식하고 헤어졌다. 다음 날 육손은 전령을 내렸다.

“모든 장수들은 각처의 관방關防과 애구隘口를 굳게 지켜서 경적을 하지 말라.”

장수들은 싱겁다고 깔깔 웃으며 충실하게 지키지 아니했다.

다음 날 육손은 장대에 올라 모든 장수들한테 효유했다.

“나는 왕명을 공경히 받들어 모든 군사를 총독하게 되었다. 어제 세 번

네 번 군령을 내려서 각처의 관방을 긴하게 지키라 했다. 그러나 그대들은 나의 명령을 우습게 생각하고 지키지 아니한 사람이 있으니 어찌 된 셈이냐?"

장군 한당이 대답했다.

"나는 손 장군을 도와서 일찍이 강남을 평정하여 수백 번 전쟁을 경험했고, 그 외에 모든 장성들도 대개는 대왕을 따라 창 잡고 갑옷 입어서 사생의 관문을 뚫고 싸움터에 종사했던 사람이외다. 지금 왕상께서 공으로 대도독의 큰 책임을 맡기시어 촉병을 격파하라 하셨으니, 공은 빨리 군사를 조발하여 앞으로 나가면서 큰일을 도모해야 마땅한 일인데, 다만 성만 굳게 지키라 하고 싸우지는 아니하니 하늘이 저절로 촉병을 죽이는 것을 기다리고 있을 작정입니까? 나는 살기만 탐하고 죽는 것을 두려워하는 사람은 아닙니다. 장군은 어찌해서 우리들의 예기를 떨어뜨리십니까?"

한당의 목소리는 높았다. 장하에 있던 모든 장수들은 비로소 힘을 얻었다. 일제히 일어나 떠들어 댔다.

"한 장군의 말씀이 옳습니다. 우리들은 목숨을 내놓고 한번 결사전決死戰을 하고 싶습니다."

육손은 모든 장수들의 말을 듣자 칼을 빼어 들고 목소리를 가다듬어 말했다.

"나는 비록 한낱 서생이나, 이제 주상의 중하신 부탁을 받아서 이곳에 온 것이다. 척촌尺寸의 땅도 소중하기 한량이 없다. 너희들은 나의 명령대로 각각 관진과 애구를 굳게 지키라. 망동妄動하는 것을 허락하지 않는다. 다시 영을 어기는 자는 모두 참하리라."

장성들은 모두 다 분개했다. 제각기 투덜대며 물러갔다.

한편 촉국의 선주는 효정에서부터 군사와 말을 배치시켜서 천구川口까지 나오니 길이는 7백 리에 연했고, 영문은 전후 40여 채나 되었다. 낮에 기치창검이 해를 가리고 밤에는 화광이 하늘을 사르는 듯 붉었다.

정탐하는 군사가 들어와 고했다.

"동오에서는 육손으로 대도독을 삼아 군마를 총독하게 했습니다. 육손은 부임한 후에 모든 장수에게 요새처를 긴히 지키라 하고 군사를 내지 않습니다."

선주는 신하들한테 물었다.

"육손은 어떠한 사람인가?"

마량이 대답했다.

"육손은 비록 동오의 한 사람, 글하는 선비라 하나 어려서부터 재주가 많고 모략을 잘 쓸 줄 압니다. 전에 여몽이 형주를 습격하여 관공께서 돌아가시도록 한 것도 모두 다 이 사람의 속임수에서 나온 일이올시다."

선주는 말을 듣자 크게 노했다.

"더벅머리 어린 자식이 바로 나의 아우의 목숨을 뺏은 자란 말이냐? 내 반드시 이 자를 산 채로 잡으리라."

선주는 곧 군사를 진군시키라 영을 내렸다.

마량이 간하였다.

"육손의 재주는 주유에 못지아니합니다. 가볍게 생각하시어서는 아니 되십니다."

선주는 마량한테 화를 냈다.

"나는 오래도록 용병用兵을 한 사람이다. 그래 내가 황구黃口의 어린애만 못하더란 말이냐?"

선주는 곧 대군을 조발시켜 각처의 관진關津과 애구隘口를 두들겨 부수기 시작했다. 동오의 장수 한당은 촉병이 쏟아져 나오는 것을 보자 곧 사람을 육손한테 보내서 알렸다.

육손은 한당이 망동할까 근심했다. 급히 말을 달려 싸움터에 나가 바라보았다.

이때 한당은 말 타고 산에 올라 멀리 바라보니 촉병은 만산편야 쏟아져 나오는데 군중에는 누른 일산이 은은히 나타났다.

한당은 육손과 함께 말고삐를 나란히 하여 바라보고 있다가 손으로 누른 일산을 가리키며 말했다.

"군중에 유비가 있는 것이 분명하오. 내가 가서 잡아 오리다."

육손은 조용히 타일렀다.

"유비는 동으로 향해 오면서 십여 진을 연승하니, 기세가 한창 성한 판입니다. 우리는 다만 높고 험한 곳을 굳게 지키면서 경솔하게 나가지 말아야 합니다. 나아가기만 하면 불리하오. 다만 장수와 군사들을 장려해서 널리 막고 지키는 계책을 선포하면서 촉군의 변해 가는 형편을 관망한 후에 비로소 행동을 취해야 하오. 지금 유비는 평원 광야 사이로 치달리면서 한번 뜻을 얻은 기회라 하겠소. 그러나 우리는 굳게 지키고 나가지 아니한다면 저것들은 저절로 산이나 수풀 속으로 자리를 옮길 것이니 우리는 그때 가서 기발한 계책을 내서 쾌하게 이기도록 합시다."

"글쎄, 그래 봅시다."

한당은 미적지근하게 대답했다. 입으로는 응낙했으나 마음속으로는 불복했다.

한편 촉병을 거느린 선주는 선봉대를 오진吳陣 앞으로 보내서 백방으로 욕설하고 타매했다.

육손은 군사들에게 귀를 막아 듣지 못하게 하고 한편으로 모든 관문을 친히 순력하면서 장수와 군사들을 격려했다.

"힘써 지켜라. 애들 쓴다."

이 같은 위로만 하고 다녔다. 한편 선주는 오군이 싸움에 응하지 않는 것을 보고 마음이 초조했다.

마량은 선주의 초조해하는 모습을 바라보고 간곡하게 아뢰었다.

"원래 육손은 모략이 많은 사람이올시다. 지금 폐하께서는 봄서부터 여름까지 멀리 와서 싸우시니 저 사람이 나와서 싸우지 않는 것은 아군의 변동變動이 있을 것을 기다리는 것입니다. 폐하께서는 이 점을 살피시옵소서."

선주는 웃으며 대답했다.

"제깟 놈이 무슨 꾀가 있단 말이오? 싸우러 나오지 않는 것은 겁이 나서 나오지 않는 것이라 생각하오. 향자에도 연해 패하고 보니 제가 어찌 다시 나오겠소?"

선봉 풍습이 아뢰었다.

"지금 천기가 심히 더운 중에 군사들은 불덩이 같은 평야 위에 진을 치고 있으니 물을 길어 먹는 데도 크나큰 고생들이 됩니다. 달리 방책을 정하셔야 하겠습니다."

"그렇다면 삼군에 영을 내려 서늘한 숲 속과 시냇물 가까운 곳으로 영문을 옮긴 후에 여름이 가고 가을이 당도하면 일제히 진병進兵하여 오군을 뿌리째 섬멸하라."

선봉대장 풍습은 선주의 명을 받들어 군대를 산 밑 숲 속으로 이동시켰다.

마량이 아뢰었다.

"우리 군대가 한번 움직이면 이 틈을 타서 오병이 반드시 몰려들 것입니다. 어찌하려고 군대를 숲으로 이동시키십니까?"

선주가 대답했다.

"나도 생각한 바가 있다. 오반吳班에게 명하여 만여 명의 약한 군사를 거느리고 오영吳營 앞에 진을 치라 했다. 그리고 나는 별도로 팔천 정병을 거느려 산골 속에 매복하고 있을 작정이다. 육손이 내가 군대를 움직인 것을 안다면 반드시 승세하여 공격할 것이다. 이때 약한 군사를 거느리고 있던 오반이 거짓 패해 돌아오면 육손은 계속해서 추격할 것이다. 이리된다면 어린것은 꼼짝없이 사로잡히고 말 것이다."

문무백관들은 일제히 찬성했다.

"폐하의 신기神機 묘산妙算은 과연 저희들이 따라가지 못하겠습니다."

마량이 아뢰었다.

"요사이 듣자오니 제갈 승상은 동천東川에서 각처의 요해처를 시찰하면서 위병魏兵을 막아낼 준비를 하고 있다 합니다. 폐하께서는 이번에 옮기시는 영채를 그림으로 그리시어, 승상한테 문의하시는 것이 좋겠습니다."

선주는 웃으며 대답했다.

"짐도 또한 병법을 아는데 또다시 승상한테 물어 무엇 하겠소."

"옛말에 아는 길도 물어 가라 했습니다. 바라건대 폐하께서는 살피시옵소서."

"정 그렇다면 그대가 가도록 하라. 각처 영문의 도본을 그려서 친히 동천으로 가서 승상한테 물어보라. 만약 마땅치 않은 일이 있다면 급히 와서 알리게 하라."

마량은 선주의 명을 받들고 제갈 승상을 만나러 동천으로 향했다.

육손은 7백 리에 뻗친 촉영을 불사르고

선주는 일변 군사를 산속 그늘진 곳으로 옮겨 더위를 피하게 했다.

염탐꾼은 재빠르게 이 사실을 오영에 보고했다.

한당, 주태는 크게 기뻐했다. 육손을 찾아보고 말했다.

"지금 촉병들은 사십여 곳 영문을 함빡 산 아래 시냇물이 흐르는 숲 속으로 옮겨서 더위를 피해 들어가려 합니다. 도독께서는 이 틈을 타서 돌격하시는 것이 좋겠소이다."

한당, 주태의 말을 듣는 육손은 자리에 일어나 말 타고 높은 곳에 올라 촉병의 동정을 바라보았다.

평지에 있는 촉병은 만 명이 될까 한데 태반이 늙고 약한 군사였다.

진 앞에는 선봉대장에 오반이라고 대서특서한 큰 기가 바람에 펄펄 날렸다.

주태가 육손한테 말했다.

"저 따위 늙고 약한 군사는 단번에 검불 쓸듯 하겠습니다. 한 장군과 두 길로 쳐들어간다면 대 쪼개듯 뻐개 놓겠습니다. 출전을 허락해 주십시오. 만약 격파하지 못한다면 군령을 받겠습니다."

육손은 진세를 바라보다가 채찍을 번쩍 들어 가리켰다.

"전면 산골 속에 은은히 살기가 일어나니 복병이 있는 것이 분명하오. 이것은 계획적으로 병법을 쓴 것이 확실하오. 앞의 평지에는 약한 군사를 두어 우리를 유인하고 산골 속에는 정예 부대를 복병시켜서 우리의 길을 끊자는 것입니다. 제공은 속임수에 넘어가서는 아니 됩니다. 절대로 나가지 마시오."

한당, 주태 이하 모든 장수들은 육손이 겁을 집어먹고 싸우지 않는다고 삐쭉거렸다.

다음 날 촉장 오반은 오영 앞에 말을 달려 싸움을 돋우었다.

욕지거리하고 칼을 두르고 창을 꼬났다.

뿐만이 아니었다. 군사들을 시켜서 갑옷투구를 풀어놓고 옷을 벗어 알몸뚱이가 되게 한 후에 낮잠을 자는 체했다. 완전히 오병을 깔보아 놀려대며 무시하는 행동이었다.

서성, 정봉이 참다못해 육손한테 품하였다.

"촉병들의 행동은 너무나 심합니다. 가만히 앉아 볼 수 없습니다. 한번 나가 싸우겠습니다."

분해하는 두 장수의 말을 듣자 육손이 대답했다.

"공 등은 단지 혈기지용血氣之勇을 가졌을 뿐 손오병법孫吳兵法을 알지 못하는구려. 이것은 유비가 우리 군사를 유혹시키는 계교입니다. 삼일 후에는 탄로가 날 테니 잠깐만 참으시오."

"삼일 후에는 저쪽에서 영문을 다 옮겨 놓을 텐데 어떻게 공격을 한단 말씀이오."

서성이 불쾌하게 대답했다.

"나도 저들이 영문 옮기는 것을 기다리고 있소."

육손은 간단하게 대답해 버렸다.

서성, 정봉 이하 여러 장수들은 어처구니가 없었다. 등에 닿지 않는 말이었다.

기가 막혔다. 모두 다 웃으며 물러갔다.

3일이 지나갔다. 육손은 모든 장수와 함께 성 위에서 촉병을 바라보았다.

오반吳班의 군사는 물러나고 보이지 아니했다.

육손은 한동안 바라보다가 손을 들어 멀리 산골을 가리키면서 말했다.

"산중에 살기가 가득한 것을 보니 유비가 산골 속에서 나오는 것이 분명하군."

말이 채 떨어지기 전에 촉병들은 모두가 갑주 투구에 완전 무장을 갖추고 유비를 옹위하여 물밀듯 쏟아져 나왔다.

오군 장병들은 간담이 서늘했다. 육손이 큰소리로 말했다.

"인제 유비의 복병이 나왔으니 열흘 안에 촉병을 격파하고 말겠소!"

모든 장수들은 당치 않은 말이라고 생각했다.

"애당초 촉병이 이동했을 때 단번에 공격했어야 승리를 거두었을 것입니다. 지금은 늦었습니다. 그들의 영문은 오륙백 리에 연해 있고, 요해처마다 철옹성같이 지키고 있는데 격파라니 말씀이 됩니까? 다 틀렸소이다."

"여러분들은 병법을 알지 못합니다. 유비는 일세의 효웅인데다 다시 지모智謀가 겸전한 사람입니다. 처음 군사를 일으켰을 때 군용은 정제하고 법도는 엄숙했습니다. 우리가 싸움에 응하지 아니하고 세월을 허송한 것은 저편 군사가 피곤하기를 기다린 것입니다. 저들은 이제 지칠 대로 지쳤소이다. 내가 여태껏 지키기만 하고 싸우지 아니한 것은 유비의 군사가 피로하기를 기다렸던 것입니다. 자아, 이제는 때가 왔소이다. 일어납시다!"

모든 장수들은 비로소 육손의 큰 뜻을 알았다. 마음속으로 탄복하기를 마지아니했다.

시인은 시를 지어 육손을 찬양했다.

虎帳談兵按六韜
安排香餌釣鯨鰲
三分自是多英俊
又顯江南陸遜高

호장 속에 육도 펴고
병법 이야기
향기 높은 메 던져
고래 낚는다.
삼분천하에
영웅도 많아라.
강남 육손이
또 나왔다네.

육손은 촉병 파할 계책을 정한 후에 손권한테 표를 올렸다.
"며칠 아니 되면 유비를 격파하겠습니다."
손권은 크게 기뻤다.
"강동江東에 다시 이인異人이 생겼으니 내 무슨 근심이 있으랴. 모든 장수들은 육손더러 나약하다 하지만 나 혼자 그를 믿었더니, 오늘날 글월을 대해 보니 과연 육손은 명장이로다."
손권은 크게 후원 부대를 일으켜 친히 응원해 주기로 결심했다.
한편 선주 유비는 효정에서 수군을 함빡 배에 실어 순풍에 돛을 달고 푸른 물결을 헤치며 오경吳境으로 깊숙하게 들어갔다.

수륙 병진하는 촉병의 기세는 호호탕탕 천지를 뒤엎는 듯했다.

황권은 선주를 뵙고 간하였다.

"수군이 천 리에 뻗친 긴 강에 뿌듯하게 전함을 밀고 나가니, 나가기는 쉬우나 물러갈 때는 어렵습니다. 신은 원하옵니다. 앞에서 지휘하는 전구前驅가 되겠습니다. 폐하께서는 후진後陣이 되시어 만분의 일이라도 실수가 없으셔야 할 것입니다."

선주 유비는 껄껄 웃었다.

"손권의 군사들은 담이 떨어져서 쩔쩔매는 판이다. 무슨 지장이 있겠느냐?"

여러 장수들은 선주보고 뒤에서 지휘해 달라 했으나 말을 듣지 아니했다.

군대를 두 길로 나누어 황권으로는 강북江北 군사를 거느려 위구魏寇를 막으라 하고 선주 자신은 강남江南 제군을 지휘하여 강을 끼고 따로 영채를 세워서 싸울 준비를 하였다.

한편 염탐하던 위국, 조비의 군사는 유비의 군사 행동을 급히 위왕한테 보고했다.

"촉병은 오국을 공격하려 하여 대군을 몰고 나오는데 종縱과 횡橫으로 영문이 7백여 리에 뻗쳐 있고 군대는 사십여 둔屯으로 나누어 산골 숲 속에 진을 치고 있습니다. 지금 유비의 장수 황권은 강 북편에 진을 치고 있으면서 매일 백여 리 밖까지 나와서 보초를 보고 있습니다. 무슨 까닭인지 모르겠습니다."

위왕 조비曹조는 염탐하는 군사의 보고를 받고 얼굴을 들어 껄껄 웃었다.

"하하하, 유비가 패하겠구나."

여러 신하들은 까닭을 물었다.

"유비의 군사는 기세가 대단합니다. 패할 리 없습니다. 어찌해 그렇습니까?"

"칠백 리에 뻗쳐서 군대를 배치해 놓고 적병을 공격한다는 일은 말이 아니 된다. 천 리, 멀고 긴 곳에 험준한 산이며 습한 물을 껴안아 군대를 주둔시킨다는 것은 병법에 크게 꺼리는 일이라, 현덕은 반드시 동오 육손한테 패하고 말 것이다. 열흘 안에 소식이 들려올 것이다."

여러 신하들은 반신반의하면서 유비를 막는 대책을 세우자고 했다.

위왕 조비는 다시 웃으며 대답했다.

"육손이 만약, 유비를 물리쳐 승리한다면 오국 대군은 함빡 몰아 서천을 뺏으러 갈 것이다. 오병이 멀리 간 후에 강동 천지는 텅 비고 말 것이다. 이때 가서 짐은 동오를 도와준다고 말하고 세 길로 군사를 움직인다면 동오는 단번에 우리 것이 될 것이다."

신하들은 모두 다 감복했다.

위왕 조비는 판단을 내린 후에 명을 내렸다.

"조인은 한 군단을 거느리고 유수濡須로 나가라."

조인이 청령하고 물러갔다.

"조휴는 일 군단을 지휘하여 동구洞口로 나가라."

조휴가 청령하고 물러갔다.

"조진은 한 군단을 거느리고 남군南郡으로 나가라."

조진이 청령하고 물러갔다.

조비는 3로의 군마를 출발시킨 후에 스스로 후원하는 군대를 친히 점고했다.

한편 마량은 동천으로 달려가 공명한테 뵙고 도본圖本을 바치면서 말했다.

"지금 폐하께서는 연강 칠백 리에 전함을 가득히 몰고 나가시면서 계곡과 산림이 무성한 곳마다 사십여 처에 둔병을 하고 계십니다. 폐하께서는 량을 보내시어 승상께 도본을 보시게 한 후에 잘못된 점이 있으면 말씀해 주시라 하셨습니다."

공명은 그림을 보자 책상을 치며 괴롭게 부르짖었다.

"어떤 자가 주상께 말씀해서 이같이 진을 치게 했단 말인가? 목을 벨 놈이로구나."

"아니올시다. 주상께서 친히 주장하신 일입니다. 다른 사람의 계책이 아닙니다."

공명은 한숨을 지어 탄식했다.

"한조漢朝의 기수氣數가 그만이로구나……."

마량이 깜짝 놀라 물었다.

"어찌해서 그렇습니까?"

"원습험조原濕險阻를 껴안아 영채營寨를 두는 일은 병가兵家의 대기하는 일일세. 적이 만약 화공을 한다면 어찌할 작정인가. 그리고 또 칠백 리에 영문을 늘어놨다 하니 호호탕탕한 이곳에서 어떻게 적을 무찌를 수 있단 말인가. 화가 당도했으니 큰 탈이로구나. 육손이 지키고 싸우지 아니한 것은 이 때문이다. 자네는 빨리 폐하한테로 돌아가서 영채를 뜯어고치시라 아뢰게."

"만약 제가 가는 동안 오병이 이겼다면 어찌하면 좋습니까?"

마량의 묻는 말에 공명이 대답했다.

"육손은 이겼다 해도 성도成都까지는 쫓아오지 아니할 것일세. 염려 말고 가도록 하게."

"어째 쫓기는 우리의 뒤를 쫓지 아니합니까?"

"위병이 오병의 뒤를 쫓는다면 오병이 결딴날 것 아닌가. 그러하니 우리 촉병을 아니 쫓는단 말일세. 그리고 주상께서 만약 패하게 되시거든 백제성白帝城으로 들어가시라 하게. 나는 어복포(魚腹浦 : 四川省夔州府東南에 있음)에 십만 명의 군사를 매복시켜 놓았네."

공명의 말을 듣고, 마량은 깜짝 놀랐다.

"저는 여러 차례 어복포 앞으로 왕래했습니다마는 한 명의 졸개 군사도 보지 못했습니다. 승상께서는 허다한 말씀을 하십니다."

공명은 정색하고 말했다.

"뒤에 보면 자연 알 것일세. 수다스럽게 여러 말 할 것 없네."

마량은 제갈공명이 선주한테 올리는 상소문을 받아 가지고 부랴부랴 어영御營으로 말을 달려 돌아갔다.

공명은 성도로 돌아가, 군마를 조발하여 선주를 구원할 준비를 차렸다.

한편 육손은 촉병이 점점 해이해져 막아 싸울 마음이 없는 것을 보자 장청將廳에 올라 대소 장교를 모아 놓고 영을 내렸다.

"내가 명을 받들어 나온 이후 아직도 출전을 아니했다. 이제는 촉병의 행동을 충분히 알게 되었다. 나는 먼저 강남江南에 있는 한 곳 영문을 취하고 싶다. 누가 나가서 취하겠는가?"

육손의 말이 채 끝나기 전에 한당, 주태, 능통 세 장수가 한꺼번에 소리치며 나왔다.

"소장 등이 나가 싸우겠습니다."

육손은 호회 교의 위에 높이 앉아 고개를 가로흔들었다.

쓰지 않겠다는 표정이었다. 청을 높여 뜰아래 서 있는 말장末將 한 사람에게 분부를 내렸다.

"순우단淳于丹아, 말 들거라. 나는 너한테 오천 병을 줄 것이니 너는 가서 강 남편에 있는 넷째 영문 촉장 부동傅彤이 지키고 있는 곳을 취하라. 반드시 오늘 밤에 성공해야 한다. 내가 뒤에 가서 접응해 주리라."

순우단은 대장청에 군례 드리고 5천 병을 거느려 물러갔다.

육손은 또다시 서성, 정봉을 불렀다.

"너희들은 각각 삼천 군을 거느리고 영채 밖 오 리허에 둔치고 있다가, 순우단이 패해 돌아오면서 적병이 뒤를 쫓거든 뛰어나가 구원해 주라. 적을 쫓아 공격할 것은 없다."

서성, 정봉 두 장수는 3천 군을 거느려 밖으로 나갔다.

때는 이미 황혼이었다. 순우단은 군사를 거느려 촉진 앞에 나가니 시각은 이미 삼경이 지났다.

순우단은 군사들을 몰아 북 치고 고함쳐 나갔다.

촉영에서는 부동傅彤이 군사를 거느리고 나와 창을 비껴들고 바로 순우단淳于丹의 명치를 찔러 죽이려 했다.

순우단은 급히 몸을 돌려 죽음을 피했으나 부동의 무예를 당할 수 없었다. 말을 놓아 달아났다.

홀연 앞길에 티끌이 자욱하게 일어나면서 한 떼 군마가 길을 끊었다.

위수 대장은 조융趙融이었다.

순우단은 혼비백산이 되었다. 젖 먹던 힘을 다하여 옆길을 뚫고 달아났다. 이 통에 5천 군마의 반 이상이 꺾여 버렸다.

순우단이 겨우 정신을 수습하여 달아날 때, 산 뒤에서 벽력같은 소리가 일어나며 만병蠻兵들이 쏟아져 나왔다.

앞에 서서 나오는 대장은 흉악한 얼굴을 한 반장蕃將 사마가沙摩柯였다.

순우단은 기가 막혔다. 죽느냐 사느냐 하는 기로에 섰다.

순우단은 피투성이가 되어 정신없이 싸웠다. 싸운다는 것보다 달아나는 길을 취했다.

뒤에서는 부동, 조융, 사마가 3로군의 추격이 급했다.

순우단은 계속해 달렸다. 의복은 찢어지고 환도뼈는 뼈개지는 듯했다.

5리쯤 달렸을 때, 한 떼 군마가 또다시 티끌을 일으키며 쫓아 들었다. 순우단은 기진맥진이 되었다. 죽었다고 생각했다.

순우단이 다시 정신을 수습해서 앞을 바라보니 뜻밖이었다. 자기편 대장 서성, 정봉이 거느린 군사였다.

쫓아오던 촉병들은 비로소 순우단을 버리고 물러갔다.

순우단은 서성, 정봉의 구원을 받아 영문으로 돌아갔다.

대장청에 들어가 육손한테 울면서 죄를 청했다.

"오천 병마를 반이나 꺾었습니다. 죽여 주십시오."

육손은 미소해 웃으며 대답했다.

"네 죄가 아니다. 적진의 허하고 실한 것을 내가 시험해 본 것이다. 촉병을 파할 계획은 이미 정해 놓았다."

옆에 있던 서성, 정봉이 육손한테 고했다.

"촉병의 형세는 대단합니다. 간단하게 격파할 수 없습니다. 섣불리 싸우다가는 장수와 군마만 상하게 됩니다."

육손은 껄껄 웃으며 대답했다.

"이번 싸움은 제갈양을 속인데 불과하다. 천행으로 이 사람이 이곳에 없으니 싸움은 크게 성공할 것이다."

육손은 말을 마치자 대소 장성을 불러 지휘하였다.

"주연朱然은 수로로 전함을 지휘하여 나가라. 내일 오후에는 동남풍이 크게 불 것이다. 배마다 모초茅草를 가득 싣고 나가라."

주연이 청령하고 물러갔다.

"한당은 일 군단을 거느리고 강 북안北岸을 공격하라."

한당이 청령하고 군례를 드려 물러갔다.

"주태는 한 군단을 거느리고 강 남안南岸을 치라. 군마다 손에 짚 한 다발씩을 들게 하는데, 속에는 유황, 염초 등속을 넣어서 불이 잘 붙도록 하라. 촉영에 당도했을 때 순풍이 일어나거든 일제히 고함치며 불 지르고 올라가라. 사십여 둔屯 촉영에 한 둔마다 간격을 두고 불을 질러서 이십 둔만 소각燒却시키라. 각 군마다 건량乾糧을 준비했으니 한 치라도 물러서면 아니 된다. 밤낮을 구별하지 말고 싸우라. 유비를 사로잡은 후에 싸움은 끝이 날 것이다."

주태는 청령하고 물러갔다.

한편 선주 유현덕은 어영御營에서 오병 파할 계교를 생각하고 있을 때 별안간 장전帳前에 세웠던 중군기中軍旗가 바람도 아니 부는데, 소리치며 부러졌다.

선주 현덕은 괴상하게 생각했다. 정기程畿를 불러 물었다.

"이것이 무슨 조짐이냐?"

"오늘 밤에 필시 오병이 와서 겁영劫營할 것 같습니다."

"어제 오병을 다 죽이다시피 했는데 제가 어찌 다시 올 수 있느냐?"

"육손이 시험하기 위하여 거짓 패한 것인지도 모릅니다."

말이 채 끝나기 전에 탐마가 뛰어와 보했다.

"산 위에서 멀리 바라보니 오병들이 산을 타고 무진장 동편을 바라보고 갑니다."

선주는 대수롭지 않게 대답했다.

"별로 큰 걱정할 것 없다. 이것은 적이 우리를 현혹시키는 의병疑兵이다. 함부로 움직이지 말고 성문을 굳게 지키라 해라."

선주는 다시 관흥과 장포한테 영을 내려 황혼黃昏 때 각각 5백 기씩 거느리고 진중에 순례를 돌라 했다.

관흥關興이 순력을 돌다가 선주께 돌아와 아뢰었다.

"강 북편 영문에 불이 일어납니다."

"너는 빨리 강북으로 가서 구원하라. 그리고 장포보고 강남으로 가서 허실을 탐지해 오라 해라. 만약 오병이 왔거든 급히 연통하라."

관흥은 명을 받들어 물러갔다.

두 젊은 장수는 제각기 군사를 거느리고 남북으로 갈려서 말을 달렸다.

초경 때가 되었다. 별안간 동남풍이 강하게 불었다. 홀연 선주가 있는 어영 좌편 진에 불이 났다.

군사들은 아우성을 치면서 급히 불길을 잡으려 할 때 어영 우편에서 또 불길이 일어났다.

불길은 강한 바람을 타고 삽시간에 길길이 둘러싼 나뭇가지에 붙었다.

화광은 충천하고 영문으로 불길이 활활 붙었다.

좌우 양편 진에서 군사들이 아우성을 치면서 불길을 피하여 어영 속으로 뛰어들었다.

어영에도 불이 붙었다. 군사들은 서로 짓밟고 자빠졌다. 죽고 상하는 자가 부지기수였다.

뒤에서는 오병이 고함치며 달려들었다. 홍수같이 몰렸다. 또다시 몇만 명의 오병이 쫓아 들지 몰랐다.

선주는 급했다. 말을 타고 풍습의 진으로 향하여 몸을 피해 달아났다.

이때 풍습의 영문도 불바다로 변했다. 강남과 강북은 완전히 불바다였다. 대낮과 같이 밝았다.

풍습도 황망히 몸을 피해 달아났다. 뒤에 따르는 군사는 겨우 수십 기

뿐이었다.

풍습은 달아나다가 서성이 거느린 적병을 만났다. 양편 군사는 서로들 대거리를 하는데 선주 유현덕이 나타났다. 풍습의 진으로 향해 오는 길이었다.

선주는 어마뜨거라 하고 서편으로 향하여 채를 던져 달아났다.

서성은 선주 유비를 발견하자 풍습을 버리고 현덕을 쫓았다.

선주 현덕은 죽을힘을 다하여 말을 달릴 때, 앞에 일지 병마가 쏟아져 나오면서 고함치며 가는 길을 가로막았다. 오장 정봉이었다.

서성, 정봉은 두 편 군세를 합하여 선주 현덕을 쫓았다.

양편 군사는 두 편으로 갈라지면서 둥글게 원을 짜 쳐들어왔다.

선주는 깜짝 놀랐다. 급히 달아나려 했으나 사면이 오병이었다. 달아날 래야 달아날 길이 없었다.

선주 현덕의 목숨은 경각간에 달렸다.

이때 벽력같이 꾸짖는 젊은 장수의 음성이 들리면서, 일지 군마가 쫓아 들어 오병을 시살하면서 선주를 구해 내어 어림군과 합세했다.

선주를 구해 낸 젊은 장수는 장비의 아들 장포張苞였다.

장포가 선주를 구하여 달릴 때 전면에서 일지 군마가 또 나타났다. 촉 장 부동傅彤의 군사였다. 합세해서 나가는데 육손의 군사는 계속해서 뒤를 쫓았다.

장포와 부동은 선주를 옹위하여 한 곳에 당도하니 전면에 일좌 청산이 보였다.

군사들한테 물어보니 마안산馬鞍山이라 했다. 형주 땅 이릉주에 있는 산이었다.

장포와 부동이 선주를 모시고 산으로 올랐을 때 산 아래에서 함성이 크게 들리면서 육손의 대부대는 철옹성같이 마안산을 포위했다. 장포와 부동은 산 어귀에서 죽을힘을 다하여 기어오르는 적병을 막아 댔다.

선주 현덕이 산 위에 올라 멀리 바라보니 만산편야가 불바다인데 군사들의 죽은 시체는 강을 메워 떠나갔다.

이튿날이 되었다. 오병들은 또다시 산에다 불을 질렀다.

산속이 불바다를 이루었다. 촉병들은 외마디소리를 지르며 어지럽게 도망쳤다.

선주 현덕은 당황해서 어찌할 줄 몰랐다.

홀연 화광 속에서 소년 장군 한 사람이 채를 쳐 말을 달려 올라왔다.

선주가 바라보니 관흥이었다.

선주는 반가웠다. 눈물을 머금어 관흥을 바라보았다.

관흥이 고했다.

"사면팔방이 모두 불바다올시다. 폐하께서는 이곳에 오래 계시지 못합니다. 빨리 백제성白帝城으로 달아나 다시 군마를 정돈하시는 것이 좋겠습니다."

선주는 관흥에게 물었다.

"뒤에서 추격하는 적병을 누가 있어 막는단 말이냐?"

부동이 옆에서 아뢰었다.

"신이 죽기까지 적을 막겠습니다."

이날 황혼 때였다. 관흥은 앞에 서고 장포는 가운데 있고 부동이 뒤를 끊어 선주를 옹위하여 산 아래로 시살해 내려갔다.

오병들은 유비가 달아나는 것을 보자, 공을 얻기 위하여 제각기 대군을 휘동하여 잡으려 했다.

호탕호탕한 오병의 기세는 하늘을 가리고 땅을 덮어 대하大河가 터져 흐르듯 쏟아져 들어왔다.

선주는 급했다. 군사들에게 함빡 옷을 벗으라 했다. 의복에 불을 질러 쫓아오는 적병을 막으면서 달아났다.

한참 정신없이 달아날 때, 주연이 일지 수군을 거느리고 강변에서 나는 듯이 뛰어올라 선주의 가는 길을 끊었다.

선주 유비는 구슬피 부르짖었다.

"짐이 이곳에서 죽는구나!"

관흥, 장포는 말을 놓아 적군과 마주쳐 싸웠다.

화살은 비 오듯 어지럽게 쏟아졌다.

관흥과 장포는 난전亂箭을 받아 중한 상처를 입었다. 적진을 뚫고 나갈 수 없었다.

홀연 산골 뒤에서 함성이 천지를 뒤흔들었다. 육손이 친히 대군을 지휘하여 쫓아 드는 군사였다.

선주는 당황했다. 어찌할 줄 모르고 있을 때, 동이 환하게 트기 시작했다.

그러나 전면에서는 또다시 고함 소리가 천지를 뒤덮으며 일어났다. 선주가 죽음을 각오하고 있을 때, 적장 주연이 거느린 수군들이 별안간 뭉그러지기 시작했다.

선주가 정신을 수습하여 앞을 바라보니 주연의 수군들은 가을바람에 흩날리는 낙엽처럼 개울물 속으로 떨어지고 바위틈으로 굴러서 죽고 상하는 자가 부지기수였다.

이윽고 한 장수가 말을 달려 나타났다. 선주는 눈을 씻고 바라보았다.

뜻밖이었다. 상산常山 조자룡趙子龍이었다. 선주는 크게 기뻤다. 살았구나 하는 생각이 머리에 번개 치듯 일어났다.

이때 조자룡은 천중川中 강주(江州 : 泗川雪慶府江津縣)에 있다가 오와 촉이 교전한다는 소식을 듣고 군사를 거느려 선주를 도우러 나왔다.

조운이 홀연 보니 동남 일대에 화광이 충천했다. 조운은 깜짝 놀랐다. 소식을 들어 보니 뜻밖에 선주는 적병에게 포위되어 목숨이 경각에 달려 있다는 것이었다.

조운은 급히 군사를 휘동하여 적진을 무찌르면서 선주 유비를 구하러 쫓아온 것이었다.

한편 육손은 일진을 시살하고 있을 때, 쳐들어오는 장수가 상산 조자룡이라는 말을 듣자 급히 영을 내렸다.

"상산 조자룡이 나타났다 한다. 급히 군사를 후퇴시키라."

육손의 군령이 채 전달되기 전에 상산 조자룡은 주연의 군사와 마주쳤다.

조자룡은 교봉 1합에 장창을 비껴들고 주연을 취해서 말 아래 떨어뜨리고 무수한 적병을 시살하면서 선주를 구하여 백제성으로 달렸다.

선주 유비는 말을 달리면서 조운한테 말했다.

"짐의 몸은 적진 속에서 빠져 나왔으나 여러 장병들의 생명은 어찌한단 말이오?"

"적병이 뒤에서 쫓아옵니다. 오래 지체하시면 아니 됩니다. 폐하께서는 우선 백제성으로 들어가 조금 숨을 돌리십시오. 신은 다시 군사를 데리고 와서 모든 장병들을 구하겠습니다."

이때 선주 유비가 거느린 군사는 겨우 백여 사람이었다. 함께 백제성으로 들어갔다.

후세의 시인은 시를 지어 육손을 찬양했다.

持芽　擧火　破連營

玄德　窮奔　白帝城

一旦　威名　驚蜀魂

吳王寧不敬書生

홰 잡고 불을 놓아

칠백 연영 무찌르니

갈 곳 없는 유현덕

백제성으로 달아났네.

무서운 이름

하루아침에

촉과 오를 놀라게 했다.

오왕이여 글 읽는 선비

어찌 아니 공경하랴.

이때 촉장 부동은 선주를 호위하여 후군이 되어 적을 막으며 나오다가 오장 정봉의 군사한테 포위를 당했다.

정봉은 부동을 향하여 큰소리로 외쳤다.

"촉장의 죽은 자가 무수하고 항복한 자는 극히 많다. 너의 주인 유비도 잡힌 지 오래다. 너는 이제 세궁역진勢窮力盡한 몸이다. 빨리 항복하라."

부동은 천만 적병이 포위한 속에 안색을 변치 않고 정봉을 꾸짖었다.

"나는 한장漢將이다. 어찌 너 같은 오구吳狗한테 항복하겠느냐?"

부동은 말을 마치자 창을 비껴들고 말을 달려 촉병과 함께 힘을 다하여 죽도록 싸웠다. 비 오듯 하는 화살 속에 백여 합을 싸워 충돌했으나 적진을 뚫고 나갈 수 없었다.

부동은 한숨을 길게 쉬어 탄식했다.

"나는 인제 죽었구나!"

말을 마치자 피를 토하고 쓰러져 죽었다. 시인은 부동을 예찬하여 조상
했다.

彝陵吳蜀大交兵
陸遜施謀用火焚
至死猶然罵吳狗
傅彤不愧漢將軍

오, 촉이 이릉에서
큰 전쟁을 벌였을 때
육손은 지혜로
불바다를 만들었다.
죽기까지
오구吳狗를 꾸짖는 부동, 어허, 한 장군의 이름
부끄럽지 않구나.

촉의 제주祭酒 벼슬한 정기程畿는 수군水軍을 휘동하여 적진으로 무찔러
들어가려 할 때, 오병은 뒤에서 물밀듯 쏟아져 들어왔다. 촉병들은 사방
으로 흩어졌다.

정기의 수하 부장은 소리쳐 부르짖었다.

"적병이 쫓아오옵니다. 제주께서는 빨리 몸을 피하십시오."

정기는 노했다.

"내가 주상과 함께 출전한 후에 적을 향해 나갔을 뿐 피해 본 일이 없

다. 내 어찌 도망하겠느냐?"

말이 채 떨어지기 전에 오병들은 홍수같이 밀어닥쳤다. 사면으로 포위되어 나갈 길이 없었다. 정기는 칼을 빼어 스스로 목을 찔렀다.

뒷사람은 시를 지어 칭찬했다.

慷慨蜀中程祭酒
身留一劍答君王
臨危不改平生志
博得聲名萬古香

강개한 촉국의 정 제주
몸에 한칼 던져
군왕한테 보답했네.
죽어도 고치지 아니한
평생의 갸륵한 뜻,
넓게 명성을 얻어
만고에 향기롭다.

이때 촉장 오반과 장남은 오랫동안 이릉성을 포위하고 있었다.

촉장 풍습이 달려와서 촉군의 대패한 소식을 전했다. 두 장수는 깜짝 놀라 군사를 거느리고 선주를 구원하러 나섰다. 이로 인하여 오장 손환은 이릉에서 탈출하게 되었다.

장남과 풍습이 군사를 거느려 앞으로 나갈 때 등 뒤에서 손환은 군사를 거느려 추격했다. 장남과 풍습은 힘을 다하여 싸웠으나 난군 중에서 죽었다. 시인은 시를 지어 예찬했다.

　馮習忠無二
　張南義少雙
　沙場甘戰死
　史冊共流芳

　풍습의 충성
　둘이 없고
　장남의 의기
　짝이 없구나.
　사장에 싸우다가
　달갑게 죽다.
　꽃다운 이름
　청사에 함께
　길이 전하리.

와룡 선생의 팔진도

한편 오반은 또다시 오병의 추격을 당했다.

다행히 조자룡의 구원을 입어 백제성으로 향하여 가게 되었다.

이때, 만왕 사마가沙摩柯는 필마단기匹馬單騎로 달아나다가 오장 주태를 만났다. 처절하게 싸운 지 20여 합에 가엾게도 주태한테 죽음을 당했다.

촉장 두로杜路와 유녕劉寧이 모두 다 오에 항복하게 되니 촉영의 양초와 군기는 함빡 오병의 차지가 되었고 군졸들의 항복한 자는 그 수를 헤아릴 수 없었다.

이때 선주의 아내 되었던 강동 손 부인은 오吳에 있다가 효정猇亭에서 촉병이 대패하여 선주가 전사했다는 소문을 들었다.

손 부인은 수레를 몰아 강변까지 나가, 멀리 서편을 바라보아 통곡한 후에 몸을 날려 강물에 빠져 죽으니 정렬貞烈의 매운 향기는 사람들의 마음을 아프게 했다.

뒷사람들은 강변에 사당을 짓고, 묘廟 이름을 '효희사梟姬祠'라 했다. 그들은 사당을 지은 후에 시를 지어 탄식했다.

先主兵歸白帝城
夫人聞難獨捐生
至今江畔遺碑在

猶著千秋烈女名

선주는
백제성으로 돌아갔건만
부인은 난을 듣고
홀로 죽음길로 걸었네.
지금도 강변에 비석이 있어
천추에 열녀 이름 아직도 전하네.

한편 육손은 크게 공을 거두고 승리한 군사를 거느려 서편을 향하여 추격했다.

기관夔關에서 떠나, 얼마 가지 아니했을 때 육손이 마상에서 앞을 바라보니 일좌 청산이 구름 밖에 있고, 옆에는 강물이 곤곤히 흐르는데 일진一陣 살기殺氣가 하늘을 찔러 일어났다.

육손은 말을 멈추고 모든 장수를 돌아보며 말했다.

"전면에 반드시 매복한 적병이 있다. 삼군은 경솔하게 나가지 말라. 군사를 뒤로 십여 리쯤 물러서 지세가 넓고 평탄한 곳에 진을 쳐서 적병을 막게 하라."

육손이 이같이 영을 내린 후에 초마哨馬를 전면으로 보내서 동정을 살피라 했다.

보초가 돌아와 보했다.

"아무 이상도 없습니다. 군사 한 명 보이지 아니합니다."

육손은 믿지 아니했다.

"그럴 리가 없다."

육손은 다시 다른 초마를 보내서 살피고 오라 했다.

초마가 돌아와 고했다.

"전면에 한 사람의 군사도 보이지 아니합니다."

육손은 그래도 믿지 아니했다. 앞을 바라보니 해는 점점 서편으로 기울어 가는데 살기는 배나 더했다.

살기가 확실히 허공에 가득한데 복병伏兵이 없다는 것은 말이 아니 되는 소리였다.

육손은 다시 심복 중에 영리한 사람을 불렀다.

"너 가서 자세히 살피고 오너라."

심복은 나는 듯이 강변으로 말을 달렸다.

아무것도 없었다. 다만 강변에는 돌무더기가 어지럽게 80~90더미, 이곳저곳에 흩어져 있을 뿐이었다.

다시 나갔던 초마는 육손한테 돌아와 보했다.

"아무것도 보이지 아니하고 다만 돌 더미 팔구십 무더기가 어지럽게 흩어져 있을 뿐입니다."

육손은 버럭 의심이 났다.

"본고장에 사는 토인土人들을 불러라."

아장들은 곧 토인을 불러 대령했다.

"어떤 사람이 돌무더기를 강변에 저같이 쌓아 두었느냐?"

육손이 친히 물었다.

"이곳은 어복포魚腹浦란 곳이온데 제갈공명이 서천西川으로 들어갈 때 군사를 거느리고 이곳에 와서 돌을 쌓아서 진陣을 친 곳이올시다. 그 후부터 항상 이상한 기운이 구름 피어오르듯 돌무더기 속에서 일어납니다."

토인의 말을 들은 육손은 마음속으로 깜짝 놀랐다. 곧 수십 기를 거느리고 강변으로 달렸다.

과연 돌무더기는 80~90처에 흩어져 있었다.

육손은 산판에 말을 멈추고 자세히 둘러보았다.

돌무더기 쌓인 곳마다 사면팔방에 모두 문이 있고 창이 있었다.

육손은 웃으며 혼잣말했다.

"이것은 제갈양이 사람을 유혹하는 술법이다. 제아무리 제갈양이라 한들 무슨 수가 있겠느냐?"

육손은 말을 마치자 곧 말을 달려 돌무더기 앞에 당도했다.

따라다니는 부장이 간하였다.

"날도 저물고 했으니 도독께서는 빨리 돌아가시는 것이 좋겠습니다."

육손도 그렇다고 생각했다. 막 말 머리를 돌려 나오려 할 때, 홀연 일진광풍이 일어나면서 삽시간에 모래가 날고 돌이 구르면서 하늘땅이 캄캄해졌다.

육손이 정신을 수습해 바라보니, 돌무더기마다 살기를 뿜어 창과 칼은 어둠 속에서 휘황하고 백사장 모래톱은 청산으로 변해서 우줄댔다. 강물은 천병만마가 북을 울려 달려드는 듯 천지가 소란했다.

육손은 깜짝 놀랐다.

"내가 제갈양의 계교에 빠졌구나!"

급히 말 머리를 돌려 달아나려 했다.

그러나 달아나려 하나 뚫고 나갈 길이 없었다.

육손이 한참 당황해서 어찌할 줄 모르고 있을 때, 한 노인이 육손의 앞에 나타났다. 깜짝 놀라 물었다.

"장군은 어쩌자고 이 속으로 뛰어들었소?"

육손은 노인한테 애걸했다.

"나를 석진石陣 속에서 벗어나도록 해 주십시오."

"팔진도 속에서 벗어나시기를 원하십니까?"

"그저 원합니다. 장자長者께서는 인도해 주시기 바랍니다."

노인은 지팡이를 짚고 천천히 걸었다.

"내 뒤만 따라오시오."

육손이 노인의 뒤를 따랐다. 몸은 거침없이 석진 밖으로 나오게 되었다.

노인은 육손을 산등성이까지 전송했다.

육손이 노인을 향하여 공손히 물었다.

"장자께서는 존함이 누구시오니까?"

노인이 대답했다.

"노부老夫는 제갈공명의 장인 되는 황승언黃承彦이란 사람이오. 전에 내 사위 되는 사람이 촉蜀으로 들어갈 때, 이곳에 돌 진을 배치했는데 이것은 팔진도八陣圖라 하는 것이오. 둔갑법遁甲法으로 휴休, 생生, 상傷, 두杜, 경景, 사死, 경驚, 개開 여덟 문을 배치해서 반복해 들어가니 날마다 시시각각 변화가 무궁해서 적병이 한번 이 진 속으로 발만 들여놓은 날은 벗어날 길이 없고, 이러므로 팔진도의 위력은 정병 십만 명에 견줄 만하오. 공명은 떠날 때 나한테 부탁하기를 후일, 동오 대장이 팔진도에 빠져서 헤매는 일이 있을 테니 절대로 길을 찾아 주어서는 아니 된다 하였소. 그랬더니 과연 공명의 말이 맞는구려. 내가 아까 마침 바위 아래서 보니 장군이 사문死門으로 들어갑디다. 나는 장군이 벗어나지 못할 것을 짐작했소. 그러나 노부는 평생에 착한 일 하기를 좋아하는 사람이오. 차마 장군이 이곳에서 죽는 것을 볼 수 없어 특별히 와서 구원해 주는 것이오."

육손은 노인의 말을 듣자 팔진도의 묘리를 알고 싶었다.

"노인장께서는 이 진법의 묘리를 터득해 아십니까?"

노인은 고개를 가로흔들며 대답했다.

"변화가 무궁무진해서 나 같은 늙은 사람은 배울 도리가 없었습니다."

육손은 말 위에서 내려 황 노인께 백배치사한 후에 본진으로 돌아갔다.

당唐나라 시인 두보杜甫는 시를 지어 제갈공명을 예찬했다.

功盡三分國

名成八陣圓

江流石不轉

遺恨失吞吳

공은 삼분하는 나라 중에

첫째가는 으뜸이요,

이름은 팔진도

또 한 번 떨쳤다.

강물은 흐르는데

돌은 옮기지 아니했네.

오국을 삼키지 못한 일 천추의 한이 된다.

육손은 본진으로 돌아와 탄식했다.

"공명은 참 와룡臥龍이다. 도저히 내가 따라가지 못하겠다."

육손은 팔진도에 혼이 난 후에 깊숙이 서촉으로 들어가서 공격할 것을 중지했다.

"삼군은 일제히 반사班師하라."

명령을 내렸다.

좌우에 있던 여러 장군들이 일제히 말했다.

"유비가 대패하여 겨우 성 하나를 지키고 있는 이때 승세하여 공격하는 일이 당연합니다. 팔진도를 보신 후에 군사를 철수하시는 일은 어찌 된 까닭입니까?"

육손은 미연히 웃고 변명했다.

"나는 팔진도를 보고 두려워서 물러가는 것이 아니다. 위주魏主 조비曹조는 간사하기 제 아비 조조와 다름이 없다. 이번에 내가 촉병의 뒤를 쫓는다면 조비는 반드시 동오의 허한 틈을 타서 습격할 것이 분명하다. 만약 우리 군대가 서촉으로 깊숙이 들어간다면 별안간 급히 나오기 어려울 것이다."

육손은 말을 마친 후에 장수에게 영을 내려 뒤를 끊어 호위하라 이르고 대군을 휘동하여 본국으로 돌아갔다.

군사를 물려 퇴군한 지 2~3일이 채 못되어 파발마가 급히 달려와 정보를 전했다.

"위장魏將 조인曹仁은 유수濡須로 나오고 조휴는 동구洞口로 나오고 조진은 남군南郡으로 나와서 삼로의 군마가 수십만인데 밤을 도와 국경으로 육박해 들어옵니다. 무슨 뜻인지 모르겠습니다."

육손은 빙긋 웃으며 말했다.

"내 요량이 틀림없구나. 벌써 군사를 움직여 막으라 했으니 큰 염려는 없을 것이다."

육손은 태연히 보고를 받았다.

장무章武 2년 여름 6월에 동오 육손이 촉병을 효정 이릉 땅에서 대파한 후에 선주 유비는 백제성白帝城으로 쫓겨 갔다.

오호五虎 대장大將의 한 사람인 상산 조자룡은 군사를 거느려 백제성을 지키면서 선주를 호위했다.

이때 마량馬良은 선주의 명을 받들어 서촉으로 공명을 보러 갔다가 현덕한테로 돌아왔다.

서촉의 대군이 여지없이 참혹하게 패한 것을 보자 마량은 가슴이 쓰리고 아팠다.

공명의 말씀을 선주한테 전해 아뢰었다.

선주는 탄식했다.

"짐이 일찍 승상의 말을 들었던들 오늘날 이같이 패하지 아니했을 것을 그랬소. 오늘날 무슨 면목으로 성도成都로 돌아가 군신君臣을 대하겠소."

선주는 말을 마치자 곧 전지傳旨를 내렸다.

"나는 당분간 촉으로 들어가지 아니하고, 이곳 백제성에 머물러 있겠다. 관역館驛 이름을 고쳐서 영안궁永安宮이라 이름하라."

한편 전쟁의 뒷소식이 들어왔다.

"풍습馮習, 장남張南, 부동傅彤, 정기程畿, 사마가沙摩柯 등이 다 충절을 다해 전쟁터에서 순국殉國했습니다."

선주는 눈물을 흘려 감창하기를 마지아니했다.

조비와 손권의 싸움

또다시 정보가 들어왔다.

"동오 육손과 전쟁을 했을 때, 위를 막으러 강북江北으로 갔던 황권이 조비한테 항복했다 합니다. 폐하께서는 황권의 가속을 잡아다가 치죄하시옵소서."

선주는 고개를 가로흔들어 대답했다.

"강북에 있는 황권이 위에 항복한 것은 오병으로 인하여 길이 끊어졌으므로 촉으로 돌아올 수가 없어서 하는 수 없이 위에 항복한 것이 분명하다. 이것은 짐의 잘못이요, 황권의 허물이 아니다. 더구나 그의 가속을 죄 준다는 일은 말이 아니 된다. 전과 같이 녹미祿米를 주어서 생활하게 하라."

선주는 너그럽게 처리했다.

이때 황권이 위에 항복하니 위장들은 황권을 조비한테 뵙게 했다.

조비는 황권을 향하여 비꼬아 물었다.

"경이 오늘 짐한테 항복한 것은 진한陳韓을 추모追慕한 것이 아니냐?"

황권이 울며 대답했다.

"신은 촉제蜀帝의 수은殊恩을 입어 대우가 융숭했습니다. 촉제는 신에게 강북 군사를 독려하라는 임명을 맡기셨습니다. 그러나 육손의 군사한테 길이 막혀서 촉으로 돌아갈 수 없었습니다. 그렇다고 차마 오吳에는 항복할 수 없었습니다. 이런 까닭에 폐하께 항복한 것이올시다. 패군지장이 죽음을 면하면 다행인데, 어찌 감히 옛사람 진한을 추모하겠습니까?"

조비는 황권의 말을 듣고 크게 기뻤다. 곧 그에게 진남鎭南 장군將軍의 칭호를 내리니 황권은 굳게 사양하고 받지 아니했다.

이때 시신이 조비한테 아뢰었다.

"염탐꾼이 촉에서 와서 말하는데 유비는 황권의 가속들을 모조리 잡아 죽였다 합니다."

황권은 웃으면서 대답했다.

"신은 촉주와 성심으로 서로 믿고 있습니다. 촉주는 신의 본심을 알 테니 반드시 신의 가속을 함부로 죽이지 아니할 것입니다."

"그렇겠소."

조비는 명랑한 마음으로 대답했다.

뒷사람은 시를 지어 황권의 절개를 책망했다.

降吳不可却降曹

忠義安能事兩朝

堪歎黃權惜一死

紫陽書法不輕饒

오에는 항복하지 못한다면서

도리어 조비한테는 항복했네.

충의 있는 사람이라면서

어찌 두 조정을 섬기랴.

탄식한다 황권은

한 번 죽지 못했구나.

춘추필법은 가볍게 보지 아니한다.

이리하여 황권은 의리를 지킨다면서 의리를 지키지 못했다. 사람의 처세하기란 이같이 어려운 것이다.

조비는 가후賈詡를 청하여 물었다.

"짐이 천하를 통일하고 싶은데 먼저 촉을 취하는 것이 옳은가? 오를 취하는 것이 좋겠나?"

가후가 대답했다.

"유비는 웅대한 재질에다가 다시 제갈양을 정승으로 써서 나라를 잘 다스리고 있습니다. 그리고 동오 손권은 허실虛實을 잘 알아 처사하는데다가 육손이 있어서 험한 요해처마다 군사를 둔병시키고 강을 격하여 전선을 펴놓고 있으니 졸연히 격파할 수 없습니다. 신의 생각으로는 우리 위국魏國의 제장 중에는 손권과 유비를 당해 낼 적수가 없습니다. 비록 폐하의 천위天威를 가져 임하신다 해도, 아직 만전의 형세가 발견되지 아니합니다. 폐하께서는 잘 지키시어 두 나라의 변을 기다리시는 것이 상책일까 합니다."

조비는 고개를 가로흔들었다.

"짐은 이미 삼로 대병을 파송해서 손권을 공격하라 했는데 이기지 못할 리 만무하오."

상서尚書 유엽劉曄이 아뢰었다.

"근자에 동오 육손이 새로 촉병 칠십만 대병을 격파하여 상하가 합심하고 있는 데다가 다시 강호江湖의 험한 요새를 가졌으니 졸연히 제어하기 어려울 것입니다. 육손은 꾀가 많은 사람이라 반드시 준비가 있을 것입니다."

조비가 물었다.

"경은 전에는 짐에게 오를 치라 권고하더니, 이제 또 간하여 막으니 어찌 된 까닭인가?"

유엽이 대답했다.

"때가 같지 아니합니다. 전에는 동오가 여러 차례 촉한테 패하니 그 형세가 꺾여진 고로 한번 쳐볼 때라고 말씀을 드렸습니다. 그러나 오늘은 전승한 태세로 변해서 예기가 백배나 솟구쳤습니다. 공격할 때가 아닙니다."

"내 뜻이 이미 결정되었으니 경들은 다시 말하지 말라."

조비는 곧 어림군御林軍을 거느리고 친히 3로 군마를 후원하러 나갔다.

초마가 달려와 고했다.

"동오에서는 벌써 준비가 있어서 여범呂範으로 조휴曹休를 막게 하고, 제갈근諸葛瑾은 남군南郡의 조진曹眞을 막고, 주환朱桓은 유수濡須의 조인曹仁을 막으라 했습니다."

초마의 아뢰는 말을 듣자 유엽이 다시 간하였다.

"저편에 저렇듯 준비가 있으니 폐하께서 가신다 해도 유익함이 없을 것입니다."

조비는 그래도 듣지 아니했다. 대군을 휘동하여 앞으로 나갔다.

이때 오장吳將 주환朱桓은 나이 겨우 27세였다. 담이 크고 지략이 많았다. 손권은 매우 사랑했다. 이때 유수濡須에 군사를 거느리고 있다가 조인曹仁이 군사를 거느려 선계羨溪를 취한다는 소식을 듣고 군대를 총동원하여 선계를 막게 하고, 겨우 5천 기만 머물러 본성을 지키게 했다.

홀연 정보가 들어왔다. 조인曹仁은 부장 상조常雕에게 제갈건諸葛虔, 왕쌍王雙과 함께 5만 정병을 거느리고 유수성으로 쳐들어가라는 명령을 내렸다는 것이었다.

장수와 군사들은 얼굴에 두려운 빛을 띠었다.

주환朱桓은 칼을 빼어 들고 장병들을 격려했다.

"이기고 지는 것은 장수의 전략에 달렸고 군사 수의 많고 적은 데 있지 않다. 병법에 말하기를 객병客兵이 배가 되고 주병主兵이 반이라 해도 주병은 오히려 객병을 이긴다 했다. 지금 조인은 천 리 먼 길에 군사를 몰고 왔으니 사람과 말이 다 함께 피곤해 있다. 나는 너희들 장병과 함께 높은 성을 차지해서 남으로 큰 강을 바라보고 북으로는 험한 산악을 등지고 있어 피로하지 아니한 몸으로 피로한 군사를 대적하고 주인이 되어 객을 제어하는 것이니, 이것은 백 번 싸워서 백 번 이길 수 있는 형세다. 비록 조비가 친히 온다 해도 근심할 것이 없는데 황차 조인 따위겠느냐."

주환은 장병들에게 이같이 일장 격려한 후에 다시 영을 내렸다.

"모든 군사들은 기를 거두고 북을 울리지 말라. 그리하여 성안에 지키는 사람이 없는 듯하게 보이라."

명령 일하 주환의 군대는 성 위에 꽂은 창과 칼을 뉘어 놓고 몸을 피하여 사람이 없는 듯이 매복해 있었다.

한편 위장 선봉 상조常雕는 군사를 재촉하여 급히 진군했다. 성을 향하여 돌격했을 때 별안간 일성 포향이 천지를 진동하면서 성상에는 기치창검이 벌여지고 활짝 성문이 열리는 곳에 소년 대장 주환은 나는 듯이 말을 달려 칼을 둘러 상조의 목을 취했다.

싸운 지 3합에 주환은 한칼로 상조를 찍어 마하에 떨어뜨렸다. 오병들은 승세하여 소리치며 달려들어 일진을 충살하니 위병들은 대패하여 달아나면서 죽는 자가 무수했다.

주환은 무수한 군기軍器와 정기旌旗와 군마軍馬를 얻어 큰 승리를 거두었다.

때마침 조인은 뒤늦게 선계羨溪에서 군사를 몰아 나오다가 주환의 군사를 만나 대패해서 물러갔다. 조인은 급히 말 머리를 돌려 위주 조비한테 패한 사연을 자세히 아뢰었다.

조비는 크게 놀랐다. 장령들을 급히 모아 의논하고 있을 때 홀연 탐마가 뛰어와 보했다.

"조진曹眞과 하후상厦侯尙이 남군南郡에서 육손의 복병을 성안에서 만나서 곤궁한 중에 또다시 제갈근諸葛瑾의 복병이 밖에서 쳐들어와서 안팎으로 협공을 당하여 대패했습니다."

말이 채 떨어지기 전에 다른 탐마가 또다시 뛰어들어 보했다.

"조휴도 오장 여범한테 대패했습니다."

조비의 3로三路 군마軍馬는 모조리 결딴이 났다.

현덕은 백제성에서 유선을 부탁하고

조비는 크게 한숨지으며 탄식했다.

"짐이 가후와 유엽의 말을 듣지 아니하고 이런 참패를 당했구나."

때마침 여름이었다. 역병疫病이 유행되었다. 군사들은 열에 여섯, 일곱 명씩 쓰러져 죽었다.

조비는 하는 수 없었다. 군사를 이끌어 낙양성으로 돌아갔다. 이로 인하여 오의 손권과 위의 조비는 점점 더 불화한 사이가 되었다.

한편 선주 유현덕은 백제성白帝城 영안궁永安宮에서 병이 들어 일어나지 못했다.

병세는 점점 더 침중했다. 장무 3년 여름 4월이 되었다.

선주는 스스로 병이 사지 속속들이 깊이 든 줄 알게 되자 먼저 세상을 떠난 관공과 장비 두 아우를 생각하는 마음이 간절했다.

밤과 낮으로 비창한 생각 속에 파묻혀서 눈물을 흘렸다. 병세는 더욱 악화되었다.

두 눈이 보이지 아니했다. 모시고 있는 시종들도 보기 싫었다. 좌우를 꾸짖어 물리치고 혼자서 용탑龍榻에 누워 있었다.

돌연 음산한 바람이 일어나면서 등불은 꺼질 듯하다가 다시 켜졌다.

흔들리는 희미한 불빛 아래 사람들이 서 있었다.

선주가 일어나 보니 위편에 서 있는 사람은 관운장이요, 아래편에 서 있는 사람은 장익덕이었다.

선주는 크게 놀랐다.

"두 아우는 아직 살아 있었더냐?"

관운장이 대답했다.

"신 등은 사람이 아니라, 귀신이올시다. 상제上帝께서 저희들 두 사람이 평생에 신의를 잃은 일이 없다 하시어 특별히 칙명을 내리시어 신神으로 봉하셨습니다. 앞으로 형님을 모시고 한자리에 단합하게 지낼 날도 멀지 않을 듯합니다."

선주는 두 아우를 붙잡고 방성대곡하다가 이내 깜짝 놀라 깨어 보니 꿈이었다.

곧 시종을 불러 때를 물어보니, 밤은 깊어 삼경이었다.

선주는 탄식했다.

"내 오래 살지 못하겠구나!"

곧 사신을 성도로 보내어 승상 제갈양과 상서령尙書令 이엄李嚴에게 급히 영안궁으로 달려와서 유명遺命을 받으라 청했다.

공명은 태자太子 유선劉禪으로 성도를 지키게 하고, 선주의 차자次子 노왕魯王 유영劉永과 양왕梁王 유리劉理와 함께 선주께 뵙기로 했다.

공명이 영안궁에 당도하여 선주께 뵈니 병세는 대단히 위독했다.

공명은 황망히 용탑 아래 엎드려 절하여 뵈니 선주는 기운 없는 음성으로 공명을 용상 곁으로 올라오라 했다.

공명은 황송해서 용상 곁에 섰다.

선주는 공명의 등을 어루만지며 말했다.

"짐이 승상을 얻은 후로부터 다행히 제업帝業을 이루었으나 어찌 뜻하였으랴. 지식이 천루한 탓으로 승상의 말씀을 듣지 아니하고 스스로 패하는 길을 취했으니 뉘우친들 소용이 없게 되었소이다. 이로 인하여 짐은 병이 들어 죽음이 조석에 달려 있게 되었소이다. 그러나 아들이 잔약하니 부득불, 대사大事를 승상께 부탁하는 수밖에 도리가 없소이다."

선주는 말을 마치자 눈물이 비 오듯 쏟아져 얼굴에 가득했다.

공명도 눈물을 흘려 울면서 대답했다.

"폐하께서는 너무 상심 마시고 잘 용체를 보존하시어 천하 사람들의 바라는 마음을 저버리지 마시옵소서."

선주는 눈을 들어 좌우를 살펴보았다.

때마침 마량의 아우 마속馬謖이 곁에 있었다.

선주는 마속한테 영을 내렸다.

"경은 좀 물러가게."

마속이 물러난 후에 선주는 다시 공명한테 말했다.

"승상은 마속의 재질才質을 어떻게 보시오?"

공명이 대답했다.

"당세當世의 영재英才입니다."

선주는 베개 위에서 고개를 가로흔들었다.

"짐은 이 사람을 보니 언과기실言過其實이 되어 아무래도 크게 쓸 인물이 못되오. 승상은 깊이 살피시오."

선주는 분부를 마친 후에 전지傳旨로 모든 신하들을 불러 전상殿上에 오르게 한 후에 종이와 붓을 들어 유조遺詔를 써서 공명에게 주면서 탄식했다.

"짐이 글을 못 배웠으나 대략은 알고 있소이다. 성인의 말씀에 조지장사鳥之將死에 기명야애其鳴也哀요, 새가 죽을 때는 그 울음소리가 슬프고, 인지장사人之將死에 기언야선其言也善, 사람이 죽을 때를 당하면 그 말이

착하다 하였소. 짐은 경들과 함께 조적을 섬멸하고 한실을 부흥시키기를 기약했더니, 불행히 중도에 영별하게 되어 승상을 번거롭게 하니 미안하기 짝이 없소. 이 큰 사업을 태자太子 선禪에게 물려주니, 보통말로 듣지 말고 승상은 모든 일을 잘 가르쳐 지도해 주시오.”

공명은 당에 엎드려 울면서 절하고 말했다.

“폐하께서는 좀 용체를 평안히 쉬시옵소서. 신 등은 견마犬馬의 수고로움을 다하여 폐하의 지우知遇해 주시는 은혜를 갚겠습니다.”

선주는 내시內侍에게 공명을 붙들어 일으키라 말하고 한 손으로 눈물을 닦고, 한 손으로 공명의 손을 잡고 말했다.

“짐은 이제 죽소. 심중의 말을 서로 다 털어놓읍시다.”

“말씀하실 것이 있거든 다 말씀하십시오.”

선주는 유언을 계속했다.

“승상의 재주는 조비에 비하여 열 배나 되니 반드시 국가를 안정시켜서 마침내 큰일을 완성하려니와, 나의 아들을 도와주고, 만약 그 재목이 못된다면 승상이 스스로 성도의 주인이 되시오.”

공명은 선주의 유언을 듣자, 온몸에 땀이 흘렀다. 얼른 몸을 가누지 못하며 울면서 땅에 엎드려 아뢰었다.

“신이 어찌 감히 팔과 다리, 고굉股肱의 힘을 다하지 아니하겠습니까? 죽기까지 계속해서 충성을 다하겠습니다.”

공명은 말을 마치자 머리를 쪼아 피가 흘렀다.

선주는 또다시 공명을 탑榻 위에 앉게 한 후에 노왕魯王 유영劉永과 양왕梁王 유리劉理를 앞으로 가까이 오라 하여 분부를 내렸다.

“너희들은 다 짐의 말을 기억해 두라. 짐이 죽은 후에 너희 형제 세 사람은 승상을 아버지로 섬겨서 태만하지 말라. 그리고 공명 선생께 절하여 뵈어라."

두 왕은 공명한테 절을 올렸다.

공명이 아뢰었다.

"신이 비록 간뇌도지肝腦塗地한들 어찌 다 지우知遇해 주신 은혜를 갚으오리까?"

선주는 모든 신하한테 일렀다.

"짐은 이미 외로운 아들을 승상께 부탁했고, 외로운 사자嗣子에게는 승상을 아버지로 섬기라 했다. 경들도 태만하지 말고 짐의 바라는 바를 저버리지 말라."

선주는 또다시 산상 조자룡을 불러 부탁했다.

"짐은 경과 함께 환란患難 속에서 상종한 지 여러 해가 되었다. 이제 와서 뜻밖에 이 땅에서 영결될 줄은 꿈에도 생각하지 못했던 바이다. 경은 구교舊交를 생각해서 항상 내 자식을 돌봐 주어서 짐의 부탁을 저버리지 말라."

조자룡도 울면서 절하고 아뢰었다.

"신이 어찌 감히 견마의 수고를 사양하오리까?"

선주는 다시 중관衆官을 향하여 말했다.

"경들 여러분에게 일일이 다 따로 부탁하지 못한다. 스스로 자애自愛해서 몸을 보중하라."

말을 마치자 숨을 지어 운명하니 수가 63세요, 때는 장무章武 3년 여름 4월 24일의 일이었다.

뒤에 두공부杜工部는 시를 지어 탄식했다.

蜀主窺吳向三峽

崩年亦在永安宮

翠華想像空山外

玉殿虛無野寺中

촉주는 오를 엿보아

삼협으로 향했는데,

영안궁에서 돌아간 것도

바로 그 해다.

푸른 일산은

공산空山 밖에

생각으로만 떠오르고

옥루玉樓 자리 허무하다.

절터가 되었구나.

古廟杉松巢水鶴

歲時伏臘走村翁

武侯祠屋長隣近

一體君臣祭祀同

고묘古廟 솔나무엔

백로 새만 깃들었고

설날이나 복날 되면

촌 늙은이 오고 간다.

공명의 사당

이웃해 있어

임금과 신하

오랜 세월

제사를 받네.

선주 유현덕이 돌아가 세상을 떠나니, 문무백관들은 애통하지 않는 이가 없었다.

공명도 모든 관료를 거느리고 재궁梓宮을 받들어 성도成都로 가니 태자太子 유선劉禪이 성 밖까지 나와 영구靈柩를 맞이하여 정전正殿에 편안히 모시어 발상 거애하여 예를 마친 후에 독관讀官이 유조遺詔를 받들어 읽었다.

"짐이 처음 병을 얻은 것은 다만 하리下痢였다. 그 후에 여러 가지 병이 계속해 일어나서 스스로 지탱하기 어려웠다. 짐은 들으니, 인생 오십이면 요수天壽[1]라 하지 아니한다 하는데 짐은 나이 이제 육십이 넘었으니 다시 무엇을 한하랴. 다만 경卿들, 형제로 인하여 염려가 될 뿐이다.

힘쓰고 힘쓰라, 악한 행동을 적다고 해서 하고 착한 일이 적다고 해서 버리지 말라. 다만 어질고 다만 덕스럽게 하라. 이리해야만 사람을 복종시키리라. 경卿의 아비는 덕이 박한 사람이니, 족히 본받을 바가 못된다. 경은 승상과 더불어 종사하여 섬기기를 아비와 같이하여 태만하지 말고, 잊지 말라. 그리고 경의 형제는 다시 승상께 대소를 물어서 처리하라. 간절히 부탁한다."

독관이 조서 읽기를 다하니 공명이 자리에 일어나 정중하게 말을 꺼냈다.

---

1) 요수 : 요절天折. 젊은 나이에 죽음.

"나라에는 하루라도 인군이 없을 수 없다. 사군嗣君을 세워 한의 대통大統을 계승하는 것이 당연하다."

공명은 말을 마치자 태자太子 선禪을 세워 황제 위에 나가게 하고 건흥建興이라 연호年號를 고친 후에 승상 제갈양에게 무향후武鄕侯 영령益州牧의 벼슬을 더하여 선주를 혜릉惠陵에 장사 지내고, 시호諡號를 소열昭烈 황제皇帝라 한 후, 황후皇后 오吳 씨氏로 황皇 태후太后를 봉하고 감甘 부인夫人을 시호하여 소열昭烈 황후皇后라 하고 미麋 부인夫人도 또한 황후로 추시追諡하여 올린 후에 군신의 벼슬을 올려 상을 주는 한편 천하에 대사령大赦令을 놓아 모든 죄수를 놓아주었다.

이 소식은 위군魏軍들의 탐지한 바 되었다. 중원中原으로 퍼져 들어갔다.

조신은 조비한테 보했다.

"유현덕이 죽었습니다."

"무어야, 유현덕이 죽었어!"

조비는 크게 5로군을 일으키다

조비는 크게 기뻐했다.

"유비가 죽었다 하니 짐은 이제 근심이 없다. 주장 없는 틈을 타서 군사를 일으켜 치리라."

가후가 간하였다.

"유비가 비록 죽었다 하나 제갈양이 있습니다. 유비는 반드시 어린 아들을 제갈양한테 부탁했을 것입니다. 제갈양은 유비의 은우恩遇를 생각하여 마음을 기울이고 힘을 다하여 사주嗣主를 붙들어 도울 것입니다. 폐하께서는 창졸간에 공격하실 수 없습니다."

가후가 말하는 중에 한 사람이 출반하여 분연히 아뢰었다.

"이때 출병을 아니한다면 어느 때 출병하겠소?"

모두들 보니 사마의司馬懿였다.

조비는 기뻤다.

"어찌하면 촉을 쳐서 손아귀에 넣겠소?"

"중원中原 군사만 가지고는 어렵습니다. 오로五路 대병大兵을 일으켜서 사면으로 협공한다면 비록 제갈양이 있다 하나 수미首尾를 돌볼 수 없어서 어찌하지 못할 것입니다. 이리되면 촉을 취하기 여반장이올시다."

"오로 대병이란?"

"사신을 요동遼東 선비국鮮卑國에 보내서 국왕 가비능軻比能을 만나 보고 황금과 비단을 뇌물로 준 후에 요서遼西 강병羌兵 십만을 일으켜서 육로로 서평관西平關을 취하는 것이 일로一路가 됩니다. 다음엔 남만南蠻에 사신을 보내서 만왕 맹획孟獲을 보고 군사 십만을 일으켜 익주益州, 영창永昌, 장가將牁, 월규越雟 네 고을을 격파하여 서천西川의 남쪽을 치는 것이 이로二路 입니다. 다음엔 오국으로 사신을 보내서 화친을 청한 후에 땅을 베어 주고 손권으로 십만 대병을 일으켜 양천兩川의 협구峽口를 취하여 부성涪城을 취하는 것이 삼로三路입니다. 또 사신을 항복한 장수 맹달孟達한테 보내서 상용병上庸兵 십만을 일으켜 서쪽으로 한중漢中을 공격한다면 이것이 사로병四路兵입니다. 그러한 후에 대장군大將軍 조진曹眞으로 대도독大都督을 삼아서 경조京兆를 경유하여 지름길로 양평관陽平關으로 나가서 서천西川을 취한다면 이것이 오로군五路軍입니다. 이와 같이 대병 오십만이 한 꺼번에 다섯 길을 취하여 나간다면 제갈양이 비록 여망呂望의 재주를 가졌다 하나 어찌 능히 우리 오로 대병을 당해 내겠습니까?"

조비는 사마의의 말을 듣고 크게 기뻐했다.

곧 말 잘하는 사람 넷을 뽑아 사신을 임명하여 네 곳으로 보내고 조진으로 대도독을 삼아서 군사 10만을 거느려 양평관을 취하라 했다.

이때 장료張遼 등 일반 옛 장수들은 다 열후列侯에 봉하여 기주冀州, 서주徐州, 청주靑州와 합비合淝 등의 관關과 나루(津)며 좁은 목(隘口)을 지키고 있는 까닭에 전선이 조화되지 아니했다.

한편 촉한蜀漢에서는 후주後主 유선劉禪이 즉위卽位한 후에 옛 신하들이 병들어 죽은 이들이 많았다.

조정에 법을 마련하는 일이며 전량錢糧에 대한 경제와 송사들은 모두 다 제갈양의 재결을 얻어 처리했다.

이때 후주는 아직 황후를 두지 아니했다.

공명은 군신을 거느리고 후주한테 아뢰었다.

"고故 거기車騎 장군將軍 장비張飛의 딸이 매우 현숙합니다. 나이 또한 십칠 세올시다. 정궁正宮 황후皇后를 봉할 만하오니 납후納后하시는 것이 좋겠습니다."

후주는 곧 공명의 말을 들어 장비의 딸로 황후를 봉했다.

건흥建興 원년元年 8월에 변방에서는 소문이 대단했다.

조비의 5로五路 대병大兵이 서천을 구하러 오는데 제1로군은 조진이 대도독이 되어 10만 대병을 거느려 양평관으로 쳐들어오고, 제2로군은 반장, 맹달이 상용병 10만을 거느려 한중을 범하고, 제3로군은 동오 손권이 정병 10만을 거느려 협구峽口를 거쳐서 서천으로 들어오려 하고, 제4로군은 만왕蠻王 맹획孟獲이 만병 10만을 일으켜 익주益州 사군四郡을 공격해 들어오고, 제5로군은 번왕蕃王 가비능軻比能이 강병羌兵 10만을 거느려 서평관西平關으로 쳐들어온다는 소문이 자자하게 퍼졌다.

탐마들은 나는 듯이 이 위급한 소식을 승상부에 보했다.

승상 제갈양은 무슨 일을 하는지 위급한 소식을 들은 후에는 전혀 승상부에 나와 일을 보지 아니했다.

수군대는 소리는 이곳저곳에서 일어났다.

"승상도 별 수가 없는 것 아닌가? 오로 대군의 막막강병을 막아 낼 도리가 없는 모양이지."

"서천은 쑥밭이 되고 말 테니 장차 어찌하면 좋은가?"

만조백관과 백성들은 모두들 근심과 수심이 가득했다.

후주도 깜짝 놀랐다. 곧 근시近侍를 공명한테 보내서 급히 입조入朝하라 했다. 사명使命이 공명한테 나간 지 반나절에 겨우 돌아와 후주께 아뢰었다.

"아무리 승상을 뵈오려 했으나 뵙지 못하고 그대로 돌아왔습니다. 부하인府下人들의 말이 승상은 병이 나서 입조入朝할 수 없다 합니다."

후주는 황망했다. 어찌해야 좋을지 몰랐다.

다음 날 또다시 황문黃門 시랑侍郎 동윤董允과 간의諫議 대부大夫 두경杜瓊을 보내서 조비의 5로군의 침범을 고하라 했다.

그러나 승상부에서는 칙사인 두 사람을 또다시 받아들이지 아니했다.

두경杜瓊은 승상한테 전갈을 들여보냈다.

"선주께서 승상께 고명顧命을 내리시어 어린 임금을 부탁하셨는데, 위급한 이때 병을 칭탁하시고 칙사勅使를 대하지 아니하시니 통탄할 일이오다."

얼마 뒤에 문리門吏가 나와서 승상의 말을 전했다.

"병이 약간 차도 있으니 내일 일찍 도당都堂에 나가서 일을 의논하겠습니다, 하고 아뢰라 하십니다."

기막힌 일이었다. 동윤과 두경 두 사람은 탄식하고 돌아갔다.

도당에 모인다는 말은 만조백관들한테 전해졌다.

다음 날 백관들은 승상부로 나가서 사후伺候했다.

이른 아침 때부터 시작해서 저물 때까지 기다려도 승상은 나오지 아니했다. 백관들은 하는 수 없이 흩어졌다.

두경은 대궐로 들어가 후주한테 아뢰었다.

"폐하께서 성가聖駕를 움직이시어 친히 승상부로 가시어 대책을 하문하시는 것이 좋겠습니다."

후주는 곧 태후궁太后宮으로 들어가 황 태후한테 아뢰니, 태후는 크게 놀랐다.

"승상이 어찌해서 이같이 선제先帝의 부탁을 저버린단 말이냐? 내가 친히 가서 알아보리라."

동윤이 아뢰었다.

"낭랑娘娘[2]께서는 가볍게 움직이지 마시옵소서. 신의 생각에는 승상께서는 필연코 고명하신 소견이 있는 듯합니다. 잠깐 주상主上께서 갔다 오시는 것을 기다려서 행동을 하셔도 좋습니다. 만약 폐하께서 친히 가셔도 승상의 태도가 태만하다면 낭랑께서는 태묘太廟로 나가 좌정하신 후에 승상을 불러 물어보셔도 늦지 아니합니다."

태후는 동윤의 말을 들었다.

다음 날 후주의 거가車駕는 친히 승상부에 당도했다.

문 지키는 아전은 어가를 뵙자 황망히 땅에 부복했다.

후주가 물었다

"승상은 어디 게시냐?"

"어디 게신지 모르겠습니다. 다만 균지鈞旨를 내리시어 함부로 영 없이 백관을 들이지 말라 하셨습니다."

후주는 문리의 말을 듣고 수레에서 내려 홀몸으로 걸어서 셋째 중문까지 당도했다.

이때 공명은 작은 못가에 죽장竹杖을 비스듬히 짚고 고기들이 노는 모습을 구경하고 있었다.

후주는 공명의 등 뒤에 한동안 섰다가 천천히 입을 열었다.

"승상께서는 안녕하십니까?"

공명은 그제야 머리를 돌렸다.

후주인 것을 알자 황망히 죽장을 버리고 땅에 엎드려 절하며 아뢰었다.

"신은 만 번이나 죽을죄를 졌습니다."

---

2) 낭랑 : 왕비나 귀족의 아내를 높여 이르는 말.

공명은 앉아서 5로군을 막아 내다

후주後主는 공명을 일으키며 물었다.

"조비가 다섯 길로 쳐들어와서 형세가 매우 급한데 승상께서는 무슨 연유로 승상부에 나와 일을 보지 아니합니까?"

공명은 껄껄 웃으며 후주를 부축하여 내실로 들어가 좌정한 후에 천천히 말했다.

"조비의 오로병이 오는 것을 신이 어찌 모를 리 있겠습니까? 지금 신이 연못가에서 고기 노는 것을 보고 섰는 것은 관어觀魚하는 것이 아니오라, 생각하는 바가 있어 그리했습니다."

후주는 다시 공명한테 물었다. 공명이 대답했다.

"강왕羌王 가비능軻比能과 만왕蠻王 맹획孟獲과 반장反將 맹달孟達과 위장魏將 조진曹眞의 사로병은 신이 벌써 물리쳐 버렸습니다. 다만 손권의 일로병만은 아직 물리치지 못하고 계획을 세웠을 뿐이온데 다만 한 사람 말 잘하는 인물만 있으면 되겠습니다. 그러나 사람이 없습니다. 그래서 생각하는 중이올시다. 폐하께서는 과히 염려 마십시오."

후주는 공명의 말을 듣자 한편으로 놀라고 한편으로 기뻤다.

"상부께서는 과연 귀신도 따르지 못할 측량키 어려운 재주를 가지셨습니다. 사로병을 물리치신 이야기를 듣고 싶습니다."

"선제께서는 돌아가실 때 폐하를 신에게 부탁하셨습니다. 신이 어찌 감히 자나 깨나 태만하겠습니까? 성도成都의 모든 관리들은 병법을 몰라서 사람을 잘 부리는 것이 귀한 줄 모릅니다. 그러므로 함부로 누설할 수 없습니다. 노신老臣은 전부터 서반국 왕가비가 양평관을 범할 줄 짐작하고 미리 사람을 마초한테 보내서 서평관을 긴하게 막으라 했습니다. 마초도 조상 때부터 서천 사람인데다가 강인羌人의 인심을 많이 얻어서 그들은 마초를 천신 같은 장군으로 생각하니 서천 일로는 근심이 없었습니다. 그리하옵고 남만, 맹획의 사군四郡 침범에 대해서는 위연魏延에게 한 떼 군마를 주어서 좌출우입左出右入하고 우출좌입右出左入하는 병법을 쓰라 했습니다. 만병은 힘은 세나 의심이 많은 자들입니다. 위연의 좌출우입하고 우출좌입하는 용병을 보면 의심이 나서 진군을 하지 못할 것입니다. 역시 근심할 거리가 되지 아니합니다. 또 반장 맹달이 한중漢中으로 나오는 일에 대해서는 이런 방책을 썼습니다. 맹달은 본디부터 이엄李嚴과 사생을 함께할 것을 맹세한 사람이올시다. 신이 성도로 들어갈 때 이엄에게 영안궁永安宮을 지키고 있으라 했습니다. 신은 지난번에 이엄한테 사람을 보내서 그의 친필親筆로 맹달을 회유懷柔하라 했으니, 맹달은 필연코 병을 칭탁하고 나오지 아니하여 군심이 태만할 것입니다. 그러하니 한중을 공격한다는 맹달의 군사도 걱정할 것이 없습니다."

"그러면 조진의 공격은 어찌합니까?"

후주가 물었다.

"조진은 양평관陽平關을 범할 것입니다. 그러나 이곳은 천하에 몇째 안 가는 험지올시다. 군사만 두어도 넉넉히 지킬 수 있는 곳입니다. 그러나 조운趙雲을 보내서 단단히 지키고 싸우지 말라 했습니다. 조진이 왔다가 우리 군사가 나가지 않는 것을 보면 오래 지체 않고 저절로 물러갈 것입니다."

후주는 두 번 세 번 공명의 높은 식견에 마음으로 탄복하였다.

공명은 다시 말을 계속했다.

"이상의 사로병은 다 근심할 것이 없습니다. 그러나 혹여나 실수가 있을까 해서 관흥과 장포 두 장수에게 각각 군사 삼만 명씩 거느리고 한곳에 배치해 있다가 유격대遊擊隊가 되어 구원하는 책임을 지라 했습니다. 이 몇 군데 파견하는 군대들은 모두 다 성도成都로 경유하게 아니한 까닭에 군대들의 행동을 한 사람도 아는 사람이 없습니다."

공명은 말을 잠깐 중단했다가 다시 이었다.

"다만 한 곳 동오東吳 일로병一路兵은 곧 움직이지는 아니할 것입니다. 그러나 만약 사로병四路兵이 천중川中을 이겼다는 소문만 들으면 급히 와서 함께 공격할 것입니다. 그러나 사로병이 승리를 못했다면 얼른 움직이지 아니할 것입니다. 신의 생각에는, 손권은 조비가 지난번에 삼로三路로 오를 침범한 원한을 가져서 얼른 말을 듣지 아니할 것입니다. 그러나 한번 말주변 좋은 사람을 동오로 보내서 이해득실利害得失로 이야기해서 먼저 손권의 동오 군사가 움직이지 않도록 한다면 나머지 사로병四路兵은 근심할 필요가 없습니다. 지금 말주변 좋은 사람을 생각하고 있는 중인데 폐하의 성가聖駕가 친히 왕림하시니 황공무지惶恐無地하옵니다."

후주가 말했다.

"태후께서도 상부를 뵈러 오신다 했습니다. 이제 상부의 말씀을 들으니 마치 악몽 속에서 처음 깬 듯했습니다. 다시 무엇을 근심하겠니까."

공명은 후주와 함께 두어 잔 술을 마신 후에 후주를 전송하여 승상부에서 나가게 했다.

모든 관원들은 문 밖에 둘러서 있다가 후주의 안색에 희색이 떠돌며 공명을 작별하고 수레에 오르는 것을 보자, 모두 다 의혹된 마음을 풀지 못했다.

이때 만조백관 틈에 한 사람이 하늘을 우러러 크게 웃으며 얼굴에 기쁜 빛이 가득했다.

공명이 보니 호부상서戶部尙書 한사마漢司馬 등우鄧禹의 후손인 의양義陽 사람 등지鄧芝였다.

공명은 가만히 시자를 보내서 등지를 머물러 있게 했다.

백관이 흩어진 후에 공명은 등지를 서원으로 청해 들였다.

공명은 등지에게 물었다.

"지금 천하는 삼분이 되어 촉과 위와 오가 솥발같이 섰는데 두 나라를 쳐서 통일 중흥을 하려 하면 먼저 어느 나라를 치는 것이 좋겠소?"

등지가 대답했다.

"저의 어리석은 생각으로 말씀 드린다면 위는 비록 한 적이라 하나 그 세력이 매우 큽니다. 그러므로 급히 흔들어 보기 어려울 것입니다. 서서히 도모하는 것이 좋을 듯합니다. 이제 폐하께서 보위寶位에 오르신 지 일천日淺하여 민심이 아직 안정되지 아니하였습니다. 손오孫吳와 연합해서 순치脣齒의 형세를 맺고 선제先帝 때 구원舊怨을 씻어 버리시는 것이 장구한 계책입니다. 모르겠습니다마는 승상의 균의鈞意는 어떠하십니까?"

공명은 등지의 말을 듣자 껄껄 웃으며 말했다.

"나 역시 그같이 생각한 지 오래건만 사람을 얻지 못해서 한이더니 오늘에야 바야흐로 얻었구려."

등지는 공명께 아뢰었다.

"승상께서는 사람을 얻어서 무엇에 쓰려 하십니까?"

"동오로 보내서 화친을 맺으려 하는 것이오. 공은 벌써 천하 형세를 짐작했으니 필연코 군명君命을 욕되게 하지 아니하리다. 손권을 찾아보는 일은 공이 아니면 아니 되겠소."

등지는 사양해서 말했다.

"어리석은 재주와 천착한 지혜를 가진 사람으로 능히 감당할 바가 아닙니다."

"천만에, 내일 천자께 아뢰어 사신의 책임을 맡길 테니 절대로 사양하지 마시오."

등지는 공명의 간곡한 부탁을 받았다.

"힘이 모자랍니다마는 분부대로 거행하겠습니다."

등지는 응낙하고 물러갔다.

다음 날 공명은 후주한테 들어가 등지를 동오로 보내서 화친하게 할 것을 아뢴 후에 사신의 책임을 등지에게 맡겼다.

등지는 후주께 뵈어 절하여 하직한 후에 동오로 향하여 떠났다.

이때 동오에서는 육손이 위병魏兵을 물리친 후, 오왕 손권은 육손의 큰 공을 생각해서 보국輔國 장군將軍에 강릉후江陵侯를 봉하고, 형주목荊州牧을 영領하게 하니 이로부터 군권軍權은 다 육손한테로 돌아갔다.

장소張昭와 고옹顧雍이 오왕한테 연호年號를 고치자고 청하니 손권은 좇아서 황무黃武 원년元年이라 했다.

홀연 시신이 아뢰었다.

"위주 조비가 사신을 보냈습니다."

손권은 사신을 불러들이라 했다.

조비의 사신은 들어와 손권한테 절하고 아뢰었다.

진복은 장온을 만나 천리를 변론하고

"서촉西蜀이 전에 사명使命을 보내서 구원을 청하므로 군사를 일으켜 오국을 침범했던 것입니다. 오늘 와서는 크게 뉘우쳐서 사로병四路兵을 일으켜 서촉을 치려 합니다. 동오에서 후원을 해 주신다면 서촉을 평정한 후에 그 반을 나누어 드리기로 하겠습니다."

손권은 조비의 사신의 말을 들은 후에 얼른 결정을 짓지 못했다. 사명을 관사에 나가 쉬게 한 후에 장소, 고옹 등을 불러 상의하였다. 장소가 의견을 말했다.

"육손의 소견이 극히 높으니 한번 불러 물어보십시오."

손권은 곧 육손을 청하여 물었다. 육손이 아뢰었다.

"조비는 중원을 차지하고 앉아 있으니 급히 도모할 수 없습니다. 이제 조비의 말을 듣지 아니하면 반드시 원수가 될 것입니다. 신의 생각에는 위魏나 오吳에 다 제갈양만 한 적수가 없습니다. 마음에 없으나 승낙하시고 군사를 정돈하여 사로군의 소식을 정탐한 후에 좌우하는 것이 좋으리라 생각합니다. 만약 사로병이 승리를 거두어 서촉이 위급하게 되거든 군사를 발해서 성도成都를 취하는 것이 상책이올시다. 그렇지 않고 사로병이 패한다면 다시 별도로 의논하시는 것이 좋겠습니다."

손권은 육손의 말을 들었다.

이튿날 위사魏使를 불러 말했다.

"돌아가 주상께 전하오. 아직 군수軍需가 조달이 다 못되었으므로 앞으로 날 택일을 해서 곧 기정起程하겠다 말씀하시오."

조비의 사자는 하직을 고하고 물러갔다.

손권은 조비의 사신이 돌아간 후에 각처로 사람을 보내서 위와 촉의 교전交戰하는 형세를 살폈다.

서번西蕃 군사는 서평관으로 나왔다가 마초가 있는 것을 보고 싸우지 아니하고 군사를 거두어 자퇴해 갔다.

남만 맹획은 사군을 치러 갔다가 위연이 계교를 써서 들고나는 것을 보자 겁이 나서 군사를 물려 돌아갔다.

상용 맹달의 군사는 절반쯤 오다가 군주에 염병이 떠돌았다. 군사를 거두어 돌아가 버렸다. 조진의 군사는 양평관으로 향해 나오다가 조자룡이 관문을 지켜서 버티고 있었다. 험한 산길은 과연 한 장수가 관을 지키니만 군사가 당해 내지 못할 요해처였다. 조진은 사곡斜谷에 진을 치고 있다가 이길 승산이 없었다. 그대로 군사를 거두어 돌아갔다.

손권은 사로군의 형세를 살펴본 후에 문무관을 불러 의논했다.

"육 도독은 과연 신산神算이라 하겠소. 고孤가 만약 망동을 했더라면 또 한 번 서촉과 결원을 할 뻔했소."

손권이 이같이 말하고 있을 때 측근 시자가 아뢰었다.

"서촉에서 사신이 왔습니다."

손권은 영을 내렸다.

"들어오라 일러라."

손권을 모시었던 장소가 아뢰었다.

"이것은 제갈양이 우리에게 퇴병退兵시키려는 계획입니다. 그리하여 등지를 세객說客으로 보낸 것입니다."

"무어라고 대답하면 좋겠소."

손권이 장소한테 물었다.

장소는 잠깐 무엇을 생각하고 있다가 대답했다.

"먼저 전각 앞에 큰 가마솥을 걸고 기름 수백 근을 담은 후에 아궁이를 만들어 백탄白炭으로 불을 질러 기름이 펄펄 끓게 한 연후에, 키 크고 얼굴 무섭게 생긴 무사들 일천 명을 뽑아서 손에 칼을 들고 궁문 앞에서부터 전상殿上까지 벌여 세운 후에 등지를 불러들이십시오. 그리해서 등지가 무어라고 입을 벌려 지껄이기 전에 전하께서는 옛적에 역이기酈食其가 제나라에 찾아가 세객이 되어 달랠 때 당했던 고사故事를 본받아 삶아 죽인다고 위협하신 후에 그의 대답이 어찌 나오는 것을 보아 처리하십시오."

손권은 장소의 말대로 했다. 곧 큰 가마솥을 전각 앞에 걸어 놓고 기름을 펄펄 끓인 후에 무사 천 명을 배치하고 등지를 불러들었다.

등지는 의관을 정제하고 궁문宮門 앞에 당도해 보니 무사들이 좌우편 두 줄로 갈라서서 궁문에서부터 전상까지 강철 칼에 대부大斧, 장창長槍, 단검短劍 등 가지각색 무기들을 들고 위풍 늠름하게 벌여 서 있었다.

등지는 벌써 그 뜻을 짐작했다. 조금도 두려운 빛이 없이 고개를 들고 뚜벅뚜벅 걸어 들어갔다.

전각 앞을 바라보니 열 섬들이 큰 가마솥에는 기름이 펄펄 끓어오르고 좌우 옆에는 무사들이 칼을 잡고 눈을 부라리고 서 있었다. 등지는 미미히 웃으며 걸었다.

시신이 등지를 손권이 앉아 있는 발(簾) 앞으로 인도했다. 등지는 길게 읍揖할 뿐 절을 하지 아니했다.

손권은 발을 걷으라 명령을 내렸다.

주렴珠簾이 걷어지자 손권은 다짜고짜 큰소리로 등지를 꾸짖었다.

"어찌해서 절을 하지 않느냐?"

등지는 고개를 번쩍 들고 앙연히 대답했다.

"상국上國의 천사天使는 작은 나라 임금한테 절을 하지 않는 법이오."

손권은 진짜로 노했다.

"너 이놈, 세 치 혓바닥을 놀려서 감히 옛적에 역이기가 제를 달래려던 옛일을 흉내 내려 하느냐? 빨리 저놈을 기름 가마 속에 넣어 삶아라."

등지는 손권의 호통 치는 말을 듣자 껄껄 웃었다.

"사람들이 말하기를 동오東吳에는 사람이 제법 많다 하더니, 누가 오늘 한 유생儒生을 두려워해서 이 같은 못난 짓을 할 줄은 꿈에도 생각지 아니 했소. 하하하."

등지는 소리쳐 웃으며 손권을 야유해 바라보았다.

손권은 더욱 노했다. 등지를 꾸짖었다.

"내가 어찌 너 같은 필부匹夫를 두려워하겠느냐?"

등지는 주저치 않고 대답했다.

"등지가 두렵지 않다면 내가 대왕을 달래러 온 것을 근심할 것 없지 않습니까?"

"너는 제갈양의 심부름으로 위와 절연絶緣하고 촉과 화친하자는 말을 하러 온 것이 아니냐?"

"나는 촉중의 한 선비일 뿐입니다. 특별히 오吳를 위해서 이해득실利害得失을 말하러 온 것인데, 무장 군인을 배치시키고 기름 가마를 끓인 후에 나를 만나 보니 어째 그리 사람들의 극량이 좁단 말씀이오?"

손권은 등지의 말을 듣자 조금 부끄러웠다.

무사들을 꾸짖어 물리치고 등지를 전상에 오르게 한 후에 자리를 주고 물었다.

"오와 위의 이해가 어떠하오? 원컨대 선생은 가르쳐 주시오."

"대왕께서는 촉과 화친하시기를 원하십니까? 위와 화친하시기를 원하십니까?"

"나는 촉하고 강화講和하고 싶으나 과연 촉주는 아직 나이 어리고 지각이 얕으니 완전하고 유종의 미를 거두지 못할까 염려되오."

"대왕께서는 세상에서 일컫는 영웅이시고 제갈양 또한 일세의 준걸입니다. 촉국은 산천의 험한 것을 가졌고, 오국은 삼강三江의 요해처를 차지했소이다. 만약 두 나라가 화합해서 입술과 이의 관계를 맺는다면, 나가면 천하도 삼킬 것이요, 물러온다 해도 솥발같이 삼국三國이 서 있을 수 있습니다. 그렇지 아니하고 대왕께서 위한테 몸을 바쳐 신하 노릇을 하신다면 위에서는 대왕이 친히 조근朝覲하는 것을 바랄 것이고 또다시 태자太子로 내시內侍를 하라 할 테니 탈입니다. 만약 듣지 아니한다면 위는 군사를 일으켜 오를 칠 것입니다. 이때 가서 촉이 또한 순풍에 돛을 단 듯 위와 함께 오를 친다면 강남 땅은 다시는 대왕의 소유가 아닐 것입니다. 만약 대왕께서 저의 말씀이 틀린 말이라 하신다면 저는 대왕 앞에 죽어서 세객說客이란 억울한 이름을 면하겠습니다."

등지는 말을 마치자 옷을 걷어붙이고 전 아래로 내려서서 기름 가마로 뛰어들려 했다.

손권은 급히 근시에게 명하여 등지를 만류하여 후전後殿으로 청해 들인 후에 상빈上賓의 예로 대접하여 물었다.

"선생의 말씀은 정히 고의 뜻에 맞습니다. 고는 이제 촉주와 함께 화친하려 하니 선생은 중간에 들어서 일을 성사시킬 수 있겠습니까?"

등지는 딱 버티고 대답했다.

"아까 대왕께서는 소신을 삶아 죽이려 하셨는데 지금은 소신에게 사명

使命을 맡기시려 하시니 삶아 죽이려고 하신 분도 대왕이시고 살려서 사신으로 쓰려는 분도 대왕이십니다. 대왕의 마음이 이같이 정해 있지 아니하면서 어찌 다른 사람과 신信을 맺을 수 있겠습니까?"

손권은 등지를 향하여 몸을 굽히며 말했다.

"고의 뜻은 이미 결정되었습니다. 선생은 의심치 마시오."

손권은 등지를 머물러 있게 한 후에 백관을 모아 놓고 말했다.

"고는 강남 팔십이 주州를 장악하였고 다시 형초荊楚 땅을 두었으면서도 도리어 서촉 편벽한 곳만 같지 못하고, 촉에는 등지같이 그 임금을 욕되지 않게 하는 신하가 있건만, 우리 오에는 촉에 들어가 고의 뜻을 전할 만한 사람이 한 사람도 없으니 과연 딱한 일이다."

손권의 말이 채 떨어지기 전에 한 사람이 출반하여 아뢰었다.

"신이 원컨대 사명을 받들어 가겠습니다."

모두 보니 오군오인吳郡吳人 장온張溫으로 현재 중랑장中郞將 벼슬을 하고 있는 사람이었다.

"경이 능히 촉에 가서 제갈양을 대해 보고 나의 뜻을 전할 수 있겠나? 어려울 것일세."

장온이 대답했다.

"공명도 사람입니다. 무엇이 두렵습니까?"

손권은 크게 기뻤다. 장온에게 중한 상을 준 후에 등지와 함께 서촉에 가서 통호通好하라 했다.

한편 제갈공명은 등지를 손권한테 보낸 후에 후주께 아뢰었다.

"등지는 이번에 가면 반드시 화친하는 일에 성공하고 돌아올 것입니다. 오지吳地에는 잘난 사람이 많습니다. 반드시 답례하는 사신이 올 것입니다. 폐하께서는 예를 다해서 잘 대접하시기 바랍니다. 사신이 왔다 간 후에 촉과 오가 동맹同盟이 된다면 위국 조비는 감히 촉을 공격하지 못할 것입니다. 이리하여 오와 위가 평안하게 되면 신은 남의 만蠻을 평정한 연후에 위魏를 도모하겠습니다. 위의 실력이 약해진다면 동오도 또한 오래 부지하지 못할 것입니다. 이때 가서 한번 통일대업統一大業을 완성해 볼 수 있습니다."

후주는 공명의 아뢰는 말씀을 그럴듯하게 들었다.

홀연 시자는 동오에서 등지가 돌아오는 편에 장온을 답례사答禮使로 하여 함께 보냈다고 아뢰었다.

후주는 문무백관을 단지丹墀에 모이게 하고 등지에게 영을 내려 장온을 불러들이라 했다.

장온은 득의양양한 태도로 앙연히 전상에 올라 후주를 향하여 예를 올렸다. 후주는 많은 예물을 내린 후에 연회를 열어 대접했다.

잔치가 파한 후에 장온은 관사로 돌아갔다.

다음 날 공명은 승상부에 연회를 열고 장온을 청해서 대접했다.

공명은 장온한테 말했다.

"선제께서 생존해 계실 때는 오국과 불목했으나 지금 주상께서는 깊이 오왕吳王을 사모하시어 옛 혐의를 풀고 새로 좋게 지내면서 힘을 합하여 위국을 격파할 의도를 가지셨습니다. 대부께서는 돌아가 잘 말씀하시오."

장온張溫은 공명의 말을 듣고 쾌하게 대답했다.

"새로 즉위한 촉주蜀主는 참 영특하시오. 그래야지, 우리 오국과 화친하지 아니하고 촉이 배겨 나겠소. 하하하……, 내가 돌아가면 우리 대왕께 아뢰어서 맹호盟好가 잘 되도록 하리다."

장온은 술이 얼근하게 취해서 희소자약喜笑自若하면서 자못 거만한 태도를 취했다.

다음 날 장온은 오국으로 돌아가게 되었다.

후주는 금백金帛을 장온한테 내린 후에 연회를 성 남편 우정郵亭에 열고 백관을 보내어 전송하게 했다.

공명은 은근히 장온에게 술을 권했다.

한참 수작을 하면서 술을 마시고 있을 때, 홀연 한 사람이 술에 취하여 비틀거리고 들어오면서 정자에 올라 읍揖하고 자리에 앉았다. 태도가 대단히 거만했다.

장온은 공명한테 물었다.

"저 사람은 누구입니까?"

"진복秦宓이란 사람인데 익주 땅에 사는 학사學士입니다."

장온은 제갈공명의 대답을 듣자 비웃는 어조로 말했다.

"이름이 좋아서 학사라 하나, 흉중胸中에 진정한 학문이 있는지 모르겠소."

옆에서 듣고 있던 진복이 정색하고 말했다.

"촉중蜀中에는 삼척동자라도 다 학문을 하는데 항차 나 같은 사람이겠소."

한마디 던졌다.

장온이 다시 빙긋 웃고 말했다.

"공의 배운 바 학문은 어떠한 학문이오?"

진복이 주저하지 않고 대답했다.

"상통천문上通天文하고 하달지리下達地理해서 삼교구류三敎九流와 제자백가諸子百家를 무소불통無所不通하고, 고금흥폐古今興廢와 성현경전聖賢經傳을 무소불람無所不覽하였소."

장온은 여전히 비웃는 웃음을 풍기며 말했다.

"공이 큰소리를 탕탕하니 한번 묻겠소. 하늘은 머리가 있소?"

"있고말고, 하늘에 머리가 있지요."

진복이 서슴지 않고 대답했다.

"하늘의 머리가 어디 있단 말이오?"

"서편에 있소이다. 『시경詩經』에 서쪽을 돌아본다(乃眷西顧) 하였으니 돌아본다는 것은 머리를 돌려야만 돌아본다는 것인데 머리가 있는 것이 분명하오."

장온이 또 물었다.

"하늘에 귀가 있소?"

진복이 대답했다.

"하늘은 높은 곳에 처해 있으나 낮은 데서 나는 소리를 듣고 있소. 역시 『서경』에 학명구고鶴鳴九皐 성문우천聲聞于天이라 했으니, 귀가 없다면 어찌 학의 울음소리를 듣겠소?"

장온은 마음속으로 깜짝 놀랐다.

장온은 계속해서 물었다.

"그럼 하늘에 발이 있겠소?"

"발이 있고말고. 천보간난天步艱難이라 했으니, 발이 없다면 어찌 하늘의 걸음걸이가 어렵다고 했겠소."

"그럼 또 묻겠소. 하늘은 성姓이 있소?"

"하늘에 성이 있지. 확실히 성이 있지."

"무슨 성이란 말이오."

"유劉 씨氏지."

"어떻게 유 씬 줄 아오?"

"천자天子의 성이 유 씨니까, 하늘 성도 유 씨가 아니겠소?"

진복의 말이 떨어지니 장온이 또 말했다.

"해는 동편에서 뜹니다. 그러하니 천자는 동오東吳에 계십니다."

해는 임금이 기상이었다. 장온은 슬며시 천자의 나라는 동오라고 주장해 보았다.

"하하하, 그렇지. 동편에서 나와서 서편에서 지는 것이지, 하하하."

진복은 해가 서편에 지니 서촉이 천자의 나라라고 함축성 있게 응구첩대應口輒對해 버렸다.

진복의 대답은 물 흐르듯 하니 장온은 말문이 탁 막혔다.

이번엔 진복이 장온한테 물었다.

"선생은 동오의 명사십니다. 하늘을 가지고 물으셨으니 반드시 하늘의 깊은 이치를 잘 아셨을 것입니다. 옛날 태고 때 혼돈混沌되었던 것이 둘로 나뉘어 음양陰陽이 쪼개져서 판단(剖判)될 때 가볍고 맑은 것은 위로 떠서 하늘이 되고 무겁고 탁한 것은 아래로 엉키어 땅이 되었다 합니다. 공공共工 씨氏가 싸움에 패하자 머리를 불주산不周山에 부딪치는 통에 천주天柱가 부러지면서 땅은 지함이 돼서 하늘은 서북으로 기울어지고 땅은 동남으로 함몰되었다 하는데 맑고 가벼운 하늘이 어찌해서 서북으로 기울어졌습니까? 가볍고 맑은 이외에 하늘에 또 다른 무엇이 있습니까. 선생께서는 좀 가르쳐 주십시오."

장온은 대답할 수 없었다. 자리를 피하여 사과했다.

"뜻밖에 촉중엔 준걸俊傑이 많으십니다. 높은 강론講論을 들으니 막혔던 가슴이 활짝 열려집니다."

공명은 장온이 부끄러워할까 하여 좋은 말로 풀어 주었다.

"진 학사가 좌석에서 논란한 것은 다 희담戲談인가 합니다. 족하足下께서는 나라를 편안케 할 깊은 대책을 알고 계십니다. 그까짓 말재주가 무슨 소용이 있습니까?"

장온은 공명한테 절하여 사양했다.

공명은 등지한테 영을 내려, 장온과 함께 다시 오로 가서 답례를 하라 했다. 등지는 장온과 함께 강동으로 향했다.

한편 손권은 장온을 촉으로 보낸 후에 문무백관과 국사를 의논하고 있을 때, 근신이 아뢰었다.

"서촉에서 등지를 답례사로 보내서 장온과 함께 왔습니다."

손권은 곧 장온을 전 앞으로 불러들였다.

장온은 유현덕의 아들 후주와 제갈공명의 덕을 칭송한 후에 답례사로 등지가 왔다고 했다.

손권은 잔치를 베풀어 등지를 접대하고 등지를 향하여 말했다.

"오국과 촉국이 마음을 함께하여 위국을 멸하고 천하를 얻어 태평세월이 되게 한 후에, 두 임금이 천하를 나누어 다스린다면 어찌 즐겁지 않겠소?"

등지가 대답했다.

"하늘에는 두 해가 없고, 백성은 두 임금을 섬길 수 없습니다. 만약 위를 멸한 후에 천명天命이 누구한테로 돌아갈지 모르겠소이다마는 임금 된 이는 각기 그 덕을 닦고 충성을 다한다면 비로소 전쟁은 휴식될 것입니다."

손권은 소리를 높여 크게 웃으며 말했다.

"당신은 과연 성실한 사람이오."

말을 마치자, 후한 상을 내렸다.

등지가 상을 받고 서촉으로 돌아오니, 이로부터 오와 촉은 다시 화해가 되어 좋게 지내게 되었다.

한편 위주 조비의 정탐꾼들은 이 소식을 듣고 급히 조비한테 알렸다.

조비는 듣고 크게 노했다.

"오, 촉이 화친한다는 일은 우리 중원을 도모하려는 음모다. 내가 먼저 치는 것만 같지 못하다."

크게 문무 제신을 모아 군사를 일으켜 오국 칠 일을 의논했다.

이때 대사마大司馬 조인曹仁과 태위太尉 가후賈詡는 세상을 떠났다. 시중侍中 신비辛毗가 출반하여 아뢰었다.

"중원 땅은 흙이 기름지고 인구가 적어서 용병을 한다면 이를 보지 못할 것입니다. 오늘날 계책은 단지 양병養兵을 해서 십 년 둔전屯田을 하여 먹을 것이 많고 군사가 족한 연후에 전쟁을 한다면 오와 촉을 깨칠 수 있습니다."

조비는 역증이 났다.

"무슨 우활한 소리냐? 오, 촉이 연화連和한다면 조만간 우리나라를 침범할 텐데, 어느 겨를에 십 년을 기다리란 말이냐?"

곧 군사를 일으켜 오, 촉을 치라는 전지를 내렸다.

사마의가 아뢰었다.

"오국은 장강의 험함을 가졌습니다. 배가 아니면 건너갈 수 없습니다. 폐하께서 친정親征을 하시려면 다소 전선戰船을 많이 준비하시어 채영蔡穎에서 수춘壽春, 광릉廣陵을 거쳐서 강구江口로 건너가 남서南徐를 취하시는 것이 상책이올시다."

조비는 사마의의 말을 채택했다. 낮과 밤을 도와 용배 열 척을 만드니 길이가 20장丈이 넘었다. 배마다 2천 명을 수용할 수 있었다. 다시 전선 3천 척隻을 만들었다.

서성은 화공으로 조비를 격파하다

위국魏國 황초黃初 5년 가을 8월에 조비는 대소 장수를 회동한 후에 조진으로 전부前部를 삼고 장요, 장합, 문빙, 서황의 무리로 대장을 삼아 먼저 가게 하고 허저, 여건으로 중군을 삼아 조비를 호위하게 하고 조휴로 후군을 삼고 유엽劉曄, 장제로 참모관參謀官을 삼아 뒤를 따르게 하니 앞뒤의 수륙水陸 군마軍馬는 30만여 명이었다. 당일로 기병케 하고 사마의로 상서복사尙書僕射를 제수하여 허창에 있어 크고 작은 나라 정치를 사마의에게 결정하라 한 후에 군대의 기병起兵한 일을 극비에 붙였다.

한편 동오에서는 위국 군대의 비밀한 행동을 염탐하는 군사에 의해서 알게 되었다.

오국의 조신들은 황망히 이 일을 오왕 손권한테 고했다.

"지금 위왕 조비는 친히 용배를 타고, 수륙 대군 삼십만여 명을 거느려 채영蔡穎에서 출발하여 회수淮水를 거쳐서 광릉廣陵을 취하면서 강남으로 내려오려 하는 바, 이해관계가 심히 큽니다."

손권은 깜짝 놀랐다. 곧 문무백관을 모아 상의하였다.

고옹이 출반하여 아뢰었다.

"이제, 주상께서 기위 서촉과 화친하시는 맹약을 체결하셨으니, 속히 제갈양한테 글을 보내시어 그로 하여금 군사를 일으켜 한중漢中으로 나와서 적군의 형세를 갈라놓게 하고, 한편으로 남서南徐에 둔병屯兵하여 적을 막게 하소서."

고옹의 말을 듣자 손권이 대답했다.

"육손陸遜이 아니면 이 큰 임무를 맡을 사람이 없구려."

"육손은 지금 형주를 지키고 있습니다. 가볍게 움직일 수 없습니다."

"나도 모르는 바가 아니지만 어찌하오? 눈앞에 힘을 쓸 만한 사람이 없는 것을⋯⋯."

손권의 말이 채 떨어지기 전에 한 사람이 반 안에서 소리치며 나와 말했다.

"신이 비록 재주 없으나, 한 떼 군사를 거느려 위병을 막겠습니다. 만약 조비가 친히 장강을 건너온다면 꼭 산 채로 잡아 전하께 바치겠습니다. 비록 조비가 친히 오지 않는다 해도 위병을 반 이상을 죽여서 다시 우리 동오를 바라보지 못하게 만들겠습니다."

손권이 말하는 사람을 바라보니, 다른 사람이 아니라 장군 서성이었다.

손권은 크게 기뻤다.

"만약 경이 강남 일대를 지켜 준다면 내가 무엇을 근심하겠소."

손권은 곧 서성에게 안동安東 장군將軍 총진總鎭 도독都督 건업남서군마建業南徐軍馬의 칭호를 주고 남서에 가서 둔병하라 했다.

서성은 사은숙배를 드린 후에 명을 받들어 물러갔다.

서성은 영문에 나와 군대를 사열한 후에 곧 전령을 내렸다.

"대장 이하 장령들은 군기軍器를 풍부하게 준비하고 정기旌旗를 많이 장만해서 장강 일대의 언덕을 수호하라."

전령이 채 떨어지기 전에 한 사람이 몸을 뛰쳐나오며 큰소리로 외쳤다.

"오늘 대왕께서 장군께 중대한 임무를 맡기신 것은 위병을 격파해서 조비를 생금生擒하라 하신 것인데 장군께서는 어찌 빨리 군마를 움직여

회남淮南으로 건너가지 아니하시고 조비의 군사가 오기를 기다려 적을 막으려 하시니 이래 가지고서는 불급不及이 될 것입니다."

서성이 보니 왕의 조카 손소孫韶였다.

손소는 벼슬이 양위揚威 장군將軍으로서 일찍이 광릉廣陵을 수어守禦하고 있었다. 나이 젊어서 패기가 많고 담력과 용기가 있었다.

서성은 손소를 향해 말했다.

"조비의 군세는 방대할 뿐 아니라, 그의 앞에는 무수한 명장들이 모두 다 선봉들이 되었으니 함부로 강을 건너 적과 싸우지 못할 것이다. 적병이 함빡 북안北岸으로 집결된 후에 자연히 격파할 계획을 세웠으니 과히 염려하지 말라."

손소가 대거리해 말했다.

"저의 수하에 삼천 군마가 있을 뿐 아니라, 저는 광릉 지리를 잘 알고 있습니다. 원컨대 강북으로 가서 조비와 한번 결사전을 하겠습니다. 만약 이기지 못한다면 달게 군령을 받겠습니다."

서성은 손소의 우기는 말을 듣지 아니했다.

그러나 손소는 굳이 가겠다고 두 번 세 번 보챘다.

"장군님 보내 주십시오."

"아니 된다."

서성은 큰소리로 꾸짖었다.

"장군님 기어코 조비를 산 채 잡아 오겠습니다. 보내 주십시오."

손소는 또 보챘다.

서성의 노염은 절정에 올랐다. 얼굴이 감빛같이 붉어졌다. 천둥같이 호령을 내렸다.

"네가 내 명령을 듣지 아니하니 내 어찌 모든 장수들을 어거할 수 있으라? 무사들은 손소를 참하라!"

서성의 호령이 한번 떨어지니 도부수들은 손소를 진문 밖으로 끌어내어 검은 기 아래 세웠다.

장차 목을 베려는 찰나였다.

손소의 부장은 나는 듯이 말을 달려 손권한테 보했다.

"큰일 났습니다. 손 장군이 군령을 어겼다 해서 참형을 당하게 되었습니다."

손권은 급히 말에 올랐다. 친히 채를 쳐 나는 듯이 서성의 진으로 향했다.

이때 진문 밖 행형장에서는 손소의 목을 막 베려는 찰나였다.

손권은 급히 말을 채쳐 들어가며 소리쳤다.

"도부수들은 행형하는 칼을 잠깐 멈추라."

도부수들이 뛰어드는 사람을 바라보니 오왕 손권이었다. 황망히 행형하는 칼을 멈추었다.

손권은 손소를 사형장에서 구해 냈다.

손소는 울면서 손권한테 하소연했다.

"신은 지난해 광릉廣陵에 있었던 관계로 그곳 지리를 잘 알고 있습니다. 한번 그곳에 가서 조비와 결사전을 하려 합니다. 그러나 서성은 조비가 장강으로 내려오기만 기다리고 있으니, 동오의 일은 탈이올시다."

손권은 서성을 만나러 영채 안으로 들어갔다.

서성은 손권을 영접하여 장막 안에 앉게 하고 아뢰었다.

"대왕께서는 신에게 도독의 중책을 맡기시어 적병을 막으라 하였습니다. 이제 무위 장군, 손소가 군법을 준수하지 아니하므로 참형에 처하라 했는데 대왕께서는 어찌해서 놓아주셨습니까?"

"소는 혈기 왕성한 것만 믿고 군법을 범했으니 당연히 벌을 받아야 하오. 그러나 특별히 너그럽게 생각해서 용서해 주시오."

손권의 말을 듣자 서성이 대답했다.

"법이란 신이 만든 것도 아니요, 대왕께서 만드신 것도 아닙니다. 법은 곧 국가의 전형典刑입니다. 만약 대왕의 조카라고 해서 면한다면 앞으로 어떻게 군사를 지휘하겠습니까?"

"소의 범법한 일을 다스리는 권한은 장군한테 맡겨서 처치하는 것이 당연하오. 그러나 이 아이는 나의 형님이 매우 사랑했던 아이입니다. 본성은 유兪 씨지만 형님께서 사성賜姓[3] 손孫 씨氏를 하셨소. 나에게도 공적이 많았던 것이오. 지금 만약 죽인다면 형님한테 의리를 저버리는 일이 되는구려."

오왕 손권은 서성한테 간청했다.

"정 그러시다면 대왕의 안면을 보아서 죽음을 면하게 하오리다."

손권은 손소를 불러들여 서성한테 사과하는 절을 올리라 했다.

그러나 손소는 버티고 절을 하지 아니하면서 큰소리로 외쳤다.

"저의 소견대로 군사를 이끌고 가서 조비를 무찔러 죽일 뿐입니다. 서성의 견식見識에는 불복하겠습니다."

서성의 얼굴빛이 흙빛으로 변했다.

"이놈, 저리 물러나거라."

손권은 조카 손소를 꾸짖어 물리친 후에 서성한테 말했다.

"이 자식이 없기로서니 동오에 무슨 손해가 있겠소. 이후에는 다시 두 번 쓰지 마시오."

---

3) 사성 : 임금이 공신에게 성姓을 내려 주던 일, 또는 그 성.

말을 마치고 돌아갔다.

이날 밤에, 손소는 본부 군사 3천 명을 거느리고 서성 모르게 강을 건너 조진曹陣으로 향했다.

보초는 이 소식을 재빨리 서성한테 보했다.

서성은 큰일이라 생각했다. 오왕 손권의 낯을 보아 정봉丁奉한테 3천 병마와 비밀한 계교를 주어 강을 건너 접응하게 했다.

이때 위왕 조비는 용배를 타고 광릉에 당도하니 전부前部 조진曹眞은 벌써 군사를 장강 언덕에 배치시키고 있었다.

위주魏主 조비曹조는 조진한테 물었다.

"저편 적병은 얼마나한 병력을 강 언덕에 배치했더냐?"

"언덕을 격하여 멀리 바라보았습니다. 그러나 한 명의 군사도 보이지 아니할 뿐 아니라 영문도 없고 정기旌旗도 아니 보입니다."

"그것은 속이는 흉계다. 짐이 친히 가서 허실을 살피리라."

조비는 용배를 타고 큰 강으로 나가 닻을 내리니 용과 봉이며 해와 달을 그린 오색기는 바람에 날려 광채가 눈을 쏘았다.

조비는 배 안에 단정히 앉아 멀리 강남을 바라보았다. 과연 한 사람도 눈에 띄지 아니했다.

조비는 유엽劉曄과 장제蔣濟를 향하여 물었다.

"강을 건너가도 좋겠는가?"

유엽이 대답했다.

"병법에 실실허허實實虛虛라 했습니다. 적은 폐하의 큰 군사가 오는 것을 보고 반드시 대책을 세웠을 것입니다. 아직 며칠 동안 더 동정을 보신 연후에 선봉더러 강을 건너라 하십시오."

조비는 유엽의 말을 옳게 여겼다.

"경의 말이 짐의 의사와 합치된다."

조비는 이날 밤에 강심에 배를 띄우고 자기로 했다.

밤이 깊었다. 달은 안개가 가려서 어두웠다.

군사들은 손에 홰를 잡아 강을 밝히니 하늘과 강물은 흡사 백주같이 환했다.

그러나 강 남편엔 반점 불빛도 보이지 아니했다.

조비는 좌우를 돌아보며 물었다.

"어찌한 까닭으로 강남엔 반점 불빛도 보이지 않느냐?"

근신이 아뢰었다.

"아마 폐하의 천병天兵이 온다는 소문을 듣고 적병들은 겁이 나서 바람같이 사라졌나 보오이다."

조비는 가만히 미소했다.

새벽이 되자 안개는 점점 더 자욱해져서 코앞에 있는 사람이건만 알아볼 도리가 없었다.

한식경이 지났다. 바람이 솔솔 불었다. 안개가 흩어지기 시작했다. 멀리 강 남편이 보였다.

기막혔다. 강남 일대가 모두 다 성으로 변했는데 성루城樓마다 칼과 창이 햇빛에 번쩍이고 정기는 바람에 펄럭여서 사람의 눈을 어지럽게 했다.

탐보가 배를 저어 급히 아뢰었다.

"남서 연강 일대서부터 석두성石頭城까지 이르는 동안 연연 수백 리에 뻗쳐서 성곽城郭과 주거舟車가 하룻밤 사이에 잇달아 이루어졌습니다."

탐보군이 아뢰는 말을 듣고 조비는 깜짝 놀랐다.

원래 서성은 갈대풀로 사람 허수아비를 만들어 함빡 푸른 옷을 입히고 손에는 창과 칼이며 기를 잡게 한 후에 가성假城과 의루擬樓에 세워 놓았던 것이다.

위병들은 멀리 성 위에 벌여 서 있는 허다한 인마를 바라보고 간담이 서늘했다.

조비가 탄식하며 말했다.

"위국에 비록 무사武士 천군千群이 있다 한들 소용이 없구나. 강남 인물이 이같이 재주가 신출귀몰하니 가히 도모할 수 없구나."

한편으로 놀라고 한편으로 의심하고 있을 때, 홀연 광풍이 크게 일어나면서 흰 파도는 집채 같은 물결을 일으켜 조비의 용포 자락을 적시면서 배는 엎칠 듯 뒤칠 듯 곧 침몰이 될 지경이었다.

조진은 황황망조하여 급히 문빙한테 영을 내렸다.

"작은 배를 빨리 저어 급히 어가御駕를 호위하라."

문빙은 작은 배를 이끌어 놓고 용배로 뛰어올라 조비를 업어 내린 후에 항구로 들어갔다.

홀연 탐마가 아뢰었다.

"조자룡이 군사를 거느리고 양평관으로 나와서 장안 땅을 취하려 합니다."

조비는 대경실색했다.

"군사를 거두어 회군하라!"

조비의 영이 떨어지니 각 진 군사들은 일제히 바람 흩어지듯 제각기 달아났다.

뒤에서 오병이 고함치며 쫓아 들었다.

조비는 급히 전령을 내렸다.

"나의 어용물御用物을 다 버리고 달아나라."

조비의 군사들은 용배에 가득 실은 조비의 어용하는 물건을 강물에 던졌다.

용배가 마악 항구로 들어가려 할 때, 홀연 고각鼓角 소리가 크게 일어나면서 한 떼 군마가 쏟아져 나왔다.

조비가 바라보니 위수 대장은 다른 사람이 아니라 바로 손권의 조카 손소였다.

위병은 저항할 수 없었다. 강물에 빠져 죽는 자가 무수했다. 군세는 반넘어 꺾어졌다.

모든 장수들은 황황히 조비를 구해 내서 천신만고하면서 회하를 건넜다.

앞으로 나간 지 30리를 채 못 가서 강변 갈대밭에 불길이 일어나 하늘에 창천했다. 노전蘆田 일대에 미리 어유魚油를 부어 놓고 그 위에 불을 질렀다.

기름에 붙은 불길은 순풍을 타고 내리 닥쳤다. 풍세는 더한층 맹렬하고 화염은 가득했다. 용배 앞으로 나갈 길이 없었다. 조비는 황망했다.

급히 작은 배로 뛰어내렸다.

조비가 머리를 돌려 바라보니 용배에는 벌써 불이 붙기 시작했다.

조비는 황망히 배에 내려 언덕으로 올랐을 때, 한 떼 군마가 또다시 고함치며 짓쳐 나왔다. 조비가 바라보니 위수 대장은 정봉이었다. 장요가 급히 말을 놓아 맞이해 싸우려 했다. 정봉은 급히 활에 살을 메겨 장요를 쏘았다.

정봉이 쏜 화살은 소리치며 허공을 날아 장요의 허리에 꽂혔다.

서황이 급히 내달아 장요를 구해 가지고 위주魏主 조비와 함께 호위하여 달아났다.

위병은 무수하게 죽었다. 쫓기는 등 뒤에는 위병한테 얻은 수레며 배와

병기 등이 무수하게 많았다. 위병은 대패해서 달아났다.

서성은 큰 공을 세웠다.

오왕은 크게 기뻤다. 크나큰 상을 내렸다. 이때 조비의 장수 장요는 허창으로 돌아간 후에 정봉한테 맞은 살 독이 온몸에 퍼져서 더 살지 못하고 죽었다. 조비가 눈물을 흘려 후하게 장사 지내 준 일은 적지 아니해도 짐작할 수 있는 일이었다.

한편 상산 조자룡은 양평관에서 시살해 나가려 하다가 홀연 아장이 승상한테서 서신이 왔다고 전했다. 조자룡이 뜯어보니 제갈공명의 친필이었다.

익주益州 원수元帥 옹개雍闓가 만왕蠻王 맹획孟獲과 연결이 되어 10만 만병을 동원하여 4군四郡을 침노한다 하니 장군은 빨리 회군하시고, 양평관은 마초한테 맡겨서 굳게 지키라 하시오. 나 자신이 스스로 남정南征하겠소이다.

중대한 서신이었다.

조자룡은 공명의 서신을 받고 마초에게 모든 일을 부탁한 후에 급히 군마를 거두어 돌아갔다.

이때 공명은 성도에서 군마를 정돈하여 친히 남정할 부서를 차리니 바로 곧,

方見東吳敵北魏
又看西蜀戰南蠻

방금, 동오와 북위北魏의 싸움을 보았는데,

또다시 서촉이 남만과 전쟁하는 것을 보게 되었다.

한편 제갈 승상은 성도에 있어 크고 작은 일을 친히 결정하니 동천과 서천 양천兩川 백성들은 태평세월을 즐겁게 보냈다.

밤에는 문을 닫지 아니해도 도둑이 없고, 길에는 물건을 떨어뜨려도 주워 가는 사람이 없었다.

여기다가 행운은 계속되어 해마다 풍년이 드니 늙고 어린이는 배를 두드리며 노래를 불렀다. 부역이 있을 때마다 먼저 일하기를 자원하니 군기와 기계 등 전쟁에 쓸 물건들은 완비하지 아니한 것이 없고, 곡식은 곳간마다 가득 차고 재물은 부고마다 들이쌓였다.

건흥 3년에 돌연 익주益州에서 급한 보고가 들어왔다.

만왕蠻王 맹획孟獲이 크게 만병蠻兵 10만을 움직여 국경을 넘어 침략하니, 건녕建寧 태수太守 옹개雍闓는 한조漢朝 십만후十萬侯 옹치雍齒의 후예건만 맹획과 연결을 취하여 반란을 일으켰다. 장가군牂牁郡 태수太守 주포朱褒와 월전군越雋郡 태수太守 고정高定 두 사람이 항복하여 성성을 바치니 지조를 지켜 항복하지 아니한 사람은 영창군永昌郡 태수太守 왕항王伉 한 사람뿐이었다.

공명은 남만을 친정하고

옹개, 주포朱褒, 고정高定 등 항복한 장수는 부하들과 함께 맹획의 향도
鄕導가 되어 영창군永昌郡으로 향하여 쳐들어오니 왕항王伉은 공조功曹 여
개呂凱와 함께 성을 사수死守하고 있는데 형세가 매우 급하다는 것이었다.

공명은 보고를 받고 입조入朝하여 후주後主께 아뢰었다.

"남만이 복종하지 않는 일은 국가의 크나큰 우환거리올시다. 신은 대
군을 인솔하고 친히 나가서 치겠습니다."

후주는 불안했다.

"동에는 손권이 있고, 북에는 조비가 있습니다. 이제 상부께서 나를 버
리고 남만까지 가신다면 이 틈을 타서 오병과 위병이 올 테니 근심이올시
다. 어찌하면 좋습니까?"

공명은 미소를 지어 대답했다.

"동오 손권은 현재 우리와 화친하고 있으니 다른 마음이 없을 것입니
다. 혹시 딴 일을 일으킨다면 이엄李嚴이 백제성白帝城을 지키고 있습니다.
이 사람이면 능히 육손을 당할 것입니다. 그리고 조비는 싸움에 새로 패
해서 기운이 떨어지고 맥이 풀렸으니 멀리 원정하지 못할 것입니다. 뿐만
아니라 마초가 한중에서 여러 곳을 파수하고 있으니 근심하실 것이 없습
니다. 신은 또 관흥과 장포에게 군사를 등분해 나누어 주고 폐하를 보호
하여 만에 하나라도 실수가 없도록 하라고 일러두었습니다. 아무 근심도

마시옵소서. 이제 신은 남만을 소탕한 연후에 북으로 중원을 도모해서 선제先帝의 삼고초려 하신 은혜와 폐하를 부탁하신 소중한 책임을 갚으려 합니다."

후주는 비로소 마음이 놓였다.

"나는 나이 어려서 아무것도 모릅니다. 그저 상부께서 잘 짐작해서 처리하옵소서."

말이 채 떨어지기 전에 군신반에서 한 사람이 나와 말했다.

"불가, 불가합니다."

모두 보니 남양南陽 사람 왕연王連이었다. 자를 문의文儀라 하는데 현재 간의諫議 대부大夫의 직책을 맡고 있는 사람이었다.

"남방은 불모지지不毛之地요, 장기瘴氣와 역질疫疾이 유행하는 곳입니다. 승상의 소중하신 몸으로 친히 원정을 하신다는 일은 온당한 일이 아니올시다. 그러하옵고 옹개 따위는 옴딱지 같은 작은 근심이올시다. 승상께서는 대장 한 사람쯤 보내시옵소서. 필연코 성공할 것입니다."

공명은 웃으며 대답했다.

"남만은 중국에서 거리가 먼 때문에 사람들은 왕화王化를 받지 못하여 거두어 복종시키기 곤란하오. 이러므로, 내가 친히 가서 강하고 부드럽게 짐작해서 처리하지 아니하면 아니 되겠소. 함부로 다른 사람을 보낼 수 없소이다."

왕연은 두 번 세 번 간했으나 공명은 마침내 듣지 아니했다.

이날 공명은 후주께 하직을 고한 후에 장완蔣琬으로 참군參軍을 삼고 비위費禕로 장사長史 직책을 주고 동월董越, 번건樊建 두 사람에게는 연사椽史를 제수하고 조운趙雲, 위연魏延으로 대장을 삼아 군마를 총독하라 하고 왕평王平, 장익張翼으로 부장副將을 삼아 촉 장수 10명에 촉병 50만을 기병

시켜 앞으로 익주益州를 바라보고 진군하니 군세는 호탕하여 수백 리에 뻗쳤다.

이때 관공의 셋째 아들 관색關索이 군중에 들어와 공명께 뵙고 아뢰었다.

"형주荊州를 실함失陷한 후에 포가장鮑家莊으로 난을 피하여 병을 치료하고 있었습니다. 항상 서천으로 가서 선제先帝 폐하께 뵙고 원수 갚을 일을 아뢰려 했습니다마는 전쟁 통에 다친 상처가 합장이 되지 아니하여 보행을 못했습니다. 요사이 상처가 약간 차도 있어 동오東吳의 원수를 갚으려고 수소문했더니 불행히 원수들은 벌써 다 죽어 버렸습니다. 서천으로 가서 금상 폐하나 뵈러 가는 중인데 뜻밖에 길에서 승상 합하의 정남군征南軍을 만났습니다. 이리하와 특별히 뵈러 온 것입니다."

공명은 관공의 아들 관색의 말을 듣자 관공을 생각하면서 차탄하기를 마지아니했다.

공명은 일변 사람을 조정에 보내서 관색이 찾아온 일을 후주께 아뢴 후에 한편으로 그에게 전부前部 선봉先鋒으로 임명하고 대오를 정제하여 나가니 공명의 군대는 추호도 백성을 범하지 아니했다.

한편 남만 맹획의 앞잡이가 된 옹개는 제갈공명이 친히 대군을 통솔하여 온다는 소식을 듣자 곧 고정高定, 주포朱褒와 상의한 후에 군마를 세 길로 나누어 공명의 군마를 막으려 했다. 고정은 중로中路를 취하고 옹개는 좌로左路를 취하고 주포는 우로右路를 취하니 한 사람이 거느린 군사 수는 5만~6만 명씩이나 되었다.

고정은 악환鄂煥이란 장수로 전부 선봉을 삼으니 환의 키는 구척장신이요, 얼굴은 검고 추악했다. 한 자루 방천극方天戟이란 창을 잘 쓰는데 만 사람이 당하지 못할 용맹이 있었다. 본부병을 거느리고 대채大寨에서 나와 촉병을 맞이했다.

한편 공명은 대군을 인솔하고 익주 경계에 당도했다.

선봉대장 위연, 부장 장익, 왕평이 계구界口에서 악환의 군사와 마주치게 되었다.

양군은 둥글게 원진圓陣을 이루어 대치했다.

선봉대장 위연은 말을 놓아 진문 앞에 서서 크게 옹개를 꾸짖었다.

"반적은 빨리 항복하라."

악환은 대답 없이 말을 채쳐 위연을 취하려 했다.

교봉한 지 두어 합이 못되어 위연은 거짓 패해 달아났다.

악환은 위연의 뒤를 기세 좋게 쫓았다.

두어 마장을 쫓았을 때, 홀연 함성이 천지를 진동하면서 좌편에서는 장익이 군사를 몰아 나오고 우편에서는 왕평의 군사가 호통 치면서 나왔다.

앞에서 거짓 패해 달아났던 위연도 다시 말 머리를 돌렸다.

삼원 대장은 일제히 악환을 공격했다. 창과 칼은 부딪쳐 소리를 내고 말과 말은 뛰달려 어흥 소리를 쳤다.

악환은 천하장사라 하나 세 사람의 대장을 당해 낼 도리가 없었다. 마침내 삼원 대장한테 사로잡혔다.

악환은 대채大寨로 끌려가 공명 앞에 꿇렸다.

공명은 악환의 결박을 친히 풀고 술과 밥을 대접한 후에 물었다.

"그대는 누구의 부장이던가?"

악환이 대답했다.

"소인은 고정高定의 부하올시다."

공명이 말했다.

"고정은 본시 충의忠義가 깊은 선비인 것을 내가 전부터 잘 알고 있소. 불행히 옹개雍闓한테 유혹이 되어 오늘 반란군이 되었구려. 이제 그대를 놓아서 돌려보내니, 그대 돌아가거든 부디 고 태수한테 일러두시오. 빨리 항복해서 큰 화를 당하지 않도록 하라고."

공명의 너그러운 대접을 받은 악환은 절하여 치사하고 돌아갔다.

곧 고정을 향하여 말했다.

"공명 선생은 과연 덕이 높은 분입니다. 장군을 충의의 인사라고 극구 칭찬합디다."

고정 또한 마음속으로 감격했다.

다음 날 일이었다. 옹개는 악환이 살아왔다는 말을 듣고 고정의 영문을 찾았다.

인사가 끝난 후에 옹개는 고정한테 물었다.

"악환이 어떻게 무사하게 돌아왔소?"

"제갈공명이 의롭게 놓아 보냈습니다."

"의롭게 놓아 보내다니 말이 되오? 이것은 제갈양의 반간反間시키는 계책입니다. 우리 두 사람의 사이를 불화하도록 만들기 위하여 이 꾀를 낸 것입니다."

고정은 반의하면서 마음을 정하지 못했다.

이때 보초 보던 군사가 급히 장대 아래 들어와 고했다.

"촉장 위연이 전문 앞으로 달려와 싸움을 돋우고 있습니다."

옹개는 친히 3만의 대군을 인솔하고 위연을 맞아 싸웠다.

두 장수는 어우러져 싸운 지 수합이 못되어 옹개는 말을 채쳐 달아났다.

위연은 대군을 휘동하여 옹개의 3만 대병을 20리 밖까지 쫓았다.

다음 날 옹개는 다시 군사를 끌고 와 싸움을 돋우었다.

공명은 내리 사흘이 되어도 응전하지 아니했다.

나흘째 되는 날 옹개와 고정은 두 편 길로 나와 촉채蜀寨를 취하려 했다.

그러나 이때 공명은 미리 위연한테 명을 내려 두 길에 복병을 두었다.

옹개와 고정의 양로군은 뜻밖에 쏟아져 나오는 복병으로 인하여 군마의 태반을 꺾였다. 죽은 자도 많았지만 생금된 자도 적지 아니했다.

위연은 옹개 편에서 산 채 잡은 군사와 고정 편에서 잡아 온 군사를 좌우편으로 갈라서 가두었다.

한편 유언비어를 가만히 퍼뜨렸다.

"고정의 진에서 잡힌 군사는 살 수가 있다."

"옹개 진에서 잡힌 군사는 다 죽여 버린다."

포로들은 요설謠設을 듣고 한편에서는 마음이 불안하고 한편에서는 일루의 희망을 갖게 되었다.

다음 날이 되었다. 제갈공명은 옹개 진에서 잡아 온 군사들을 일제히 결박 지어 장하에 꿇렸다.

공명은 장대에 높이 앉아 물었다.

"너희들은 누구의 부하들이냐? 옹개의 군사냐, 고정의 군사냐?"

옹개의 군사는 일제히 거짓말로 대답했다.

"고정의 군사올시다."

공명은 영을 내렸다.

"고정의 군사라 한다. 술과 밥을 배불리 먹여서 놓아주어라."

위연은 공명의 명을 받들어 옹개의 군사들에게 술과 밥을 배불리 먹게 한 후에 놓아주었다.

옹개의 군사는 희희낙락해서 돌아갔다.

공명은 다시 고정의 군사들을 불렀다.

"너희들은 누구의 졸아치들이냐?"

"저희들은 진짜 고정의 졸개들이올시다."

공명은 다시 위연에게 술과 밥을 배불리 먹이라고 영을 내린 후에 고정의 군사들한테 분부를 내렸다.

"너희편 대장인 옹개는 사람을 보내서 항복하기를 약속했다. 뿐만이 아니다. 너의 대장 고정의 머리와 목을 베어 공로를 세우겠다 했다. 그러나 나는 인정상 그러할 수 없다. 너희들은 모두 다 고정의 부하라 하니 죽이지 아니하고 그대로 돌려보낸다. 다시 배반하는 행동은 취하지 말라. 만약 다음에 또 배반한다면 단연코 용서치 아니하리라."

고정의 군사들은 감격했다. 절하여 치사하고 돌아가 고정한테 공명의 덕을 칭송했다.

고정은 가만히 한 사람을 옹개의 진으로 보내서 군심을 살펴보라 했다.

옹개의 군졸들은 모두 다 공명의 덕을 칭송하면서 귀순할 마음을 가졌다.

고정은 마음이 편안치 아니했다. 다른 심복 한 사람을 또 공명의 진으로 보내서 허실을 살피라 했다. 그러나 심복은 불행히 보초한테 잡혔다.

공명한테 끌려갔다.

공명이 물었다.

"너희 대장은 고정과 주포 두 사람의 목을 베어 바치겠다고 맹세까지 해 놓고 어찌해서 기한이 지나도록 실행하지 않느냐? 그리고 무엇을 또다시 엿보려고 너를 보냈느냐?"

공명은 고정의 염탐꾼을 일부러 옹개의 염탐꾼으로 알고 대하는 태도를 취했다.

고정의 염탐꾼은 마음속으로 좋은 단서를 얻었다고 생각했다.

"네, 곧 가서 연락을 취하겠습니다."

이쯤 얼버무려 대답했다. 공명은 다시 가짜 밀서 한 통을 써서 정탐 온 군사한테 주며 말했다.

"너는 이 밀서를 꼭 옹개한테 전해서 빨리 거사하라 일러라. 일을 그르치면 큰일이다."

염탐꾼은 치사하고 쏜살같이 고정한테로 돌아가 공명의 밀서를 전하고 옹개와 공명 사이에 비밀한 약속이 있는 것을 말했다.

고정은 염탐꾼이 전하는 밀서를 보자 다시 더 의심할 여지가 없었다. 크게 옹개를 원망했다.

"나는 저를 진심으로 대하건만 저는 도리어 나를 죽여서 제갈양한테 바치려 하니 정리상 용납할 수 없는 괘씸한 놈이다."

고정은 곧 악환을 불러 상의했다.

악환이 의견을 말했다.

"공명은 어진 분이올시다. 이런 분을 배반한다면 좋지 아니합니다. 우리들이 모반하게 된 것은 모두 다 옹개 때문입니다. 장군께서 저놈의 손에 죽는 것보다 차라리 우리가 먼저 저놈을 죽여 가지고 공명한테로 갑시다."

"어떻게 하수를 하면 좋겠냐?"

"먼저 연회를 베풀고 저 자를 청해 보십시오. 만약 저 자가 다른 맘이 없다면 허심탄회하고 올 것이고, 오지 아니한다면 이심이 있는 자로서 장군은 앞에서 쳐들어가시고 소장은 영문 뒤 좁은 길에 군사를 거느려 매복해 있다가 저 자를 사로잡겠습니다."

고정은 악환의 의견을 좇았다.

곧 연회를 베풀고 옹개를 청했다.

옹개는 제갈양이 고정의 군사를 살려 보낸 일과 포로들 사이에 일어났던 전일의 요설을 생각했다.

의심이 더럭 났다. 두려워서 오지 아니했다.

고정은 옹개를 죽이기로 결심했다.

이날 밤 자정 때, 고정은 군사를 이끌고 옹개의 영채 속으로 돌격해 들어갔다.

옹개의 군사 중에는 공명한테 포로가 되었다가 죽음을 면해 돌아간 군사들이 많았다. 마음속으로 깊이 고정의 덕이라 생각했다.

고정이 군사를 거느려 옹개를 공격하는 눈치를 채자, 그들은 함빡 고정의 군졸로 변하여 옹개를 무찔러 들어갔다.

옹개의 군사는 싸우지 아니해서 자중지란이 되었다.

옹개는 급했다. 자다가 말 한 필을 얻어 타고 산길로 향해 달아났다.

두 마장을 채 못 가서 북소리가 요란한 중에 한 떼 군마가 쏟아져 나오며 길을 막았다. 앞에 선 대장은 악환이었다. 방천화극을 둘러 옹개를 취했다.

옹개는 조수족할 틈이 없었다.

악환의 날카로운 방천화극은 단번에 옹개의 염통을 찔러 말 아래 쓰러뜨렸다.

악환은 옹개의 머리를 베어 창끝에 꿰어 들고 좌충우돌하니 옹개의 군졸은 함빡 고정한테 항복했다.

고정은 옹개의 수급을 받들어 양부 군대와 함께 공명한테 항복했다.

공명은 장대 위에 높이 앉아 추상같은 호령을 좌우에 시립해 섰는 무사들한테 내렸다.

"고정을 몰아내어 목을 베어라!"

고정은 얼굴이 흙빛으로 변했다.

"소장은 승상의 큰 은혜에 감격하여 이제 옹개의 수급을 베어 항복하러 온 길이온데 어찌해서 죽이십니까?"

공명은 소리를 높여 한번 껄껄 웃었다.

"네 어찌 나를 기만하여 거짓 항복하느냐?"

고정이 대답했다.

"승상께서 무슨 증거로 소장이 거짓 항복한다 하십니까?"

공명은 연갑 속에서 서신 한 장을 꺼냈다. 고정을 주며 말했다.

"네 이 편지를 보아라. 주포朱褒가 가만히 항복하는 밀서를 보냈다. 그리고 너와 옹개는 사생을 함께할 것을 맹세한 사람이라 한다. 네 어찌 옹개의 목을 베었겠느냐? 저것은 옹개의 목이 아니라 다른 사람의 가짜 목이 분명하다. 이러하니 너는 거짓 항복하는 놈이 아니고 무엇이냐?"

공명은 천동같이 얼러 댔다.

고정은 억울했다. 소리쳐 부르짖었다.

"이것은 주포란 놈의 반간질이올시다. 승상께서는 절대로 믿지 마십시오."

"나 역시 한편 송사만 듣고는 판단하기 어렵다. 네가 만약 주포를 잡아 온다면 비로소 네 진심을 인정하리라."

고정이 부르짖었다.

"제, 그럼 주포를 잡아 오겠습니다. 어떻습니까?"

"그렇다면 내 의심이 풀어질 것이다."

공명이 대답했다.

고정은 곧 부장 악환과 함께 본부병을 거느리고 주포의 영채로 치달렸다.

영문에서 떠나 10리쯤 달렸을 때, 산 뒤에서 한 떼 군마가 쏟아져 나왔다. 바로 주포의 군사였다.

주포는 고정의 군사와 만나자 반가웠다. 황망히 말을 놓고 고정과 말을 하려 했다.

그러나 고정은 크게 노하여 주포를 꾸짖었다.

"너는 어찌해서 제갈양과 밀서를 교환해서 반간지계反間之計로 나를 해치느냐?"

주포는 어이가 없었다. 평상시에 생각해 본 적도 없는 억울한 말이었다. 입이 뻣뻣하고 눈이 멍했다. 얼른 대답을 못했다.

이때 악환이 주포 등 뒤에서 창을 번쩍 들어 주포를 찔렀다.

주포는 말 아래 가로 떨어졌다. 고정은 큰소리로 외쳤다.

"만약 불순하는 자가 있다면 모두 죽여 버릴 테다."

주포의 군사는 일제히 항복했다.

고정은 양부兩部 군마를 거느리고 공명을 찾아서 주포의 목을 바쳤다.

공명은 크게 웃으면서 말했다.

"내 짐짓 너를 시켜서 충심을 표하도록 한 것이다."

공명은 말을 마치자, 고정에게 익주益州 태수太守를 주어 삼군三郡을 총섭하게 하고 악환으로 아장을 삼았다.

3로 군마가 일시에 평정되니 영창永昌 태수太守 왕항王伉이 성 밖까지 나와서 공명을 맞이해 드렸다.

공명은 입성入城하는 절차를 끝내자 왕항한테 물었다.

"누가 공과 함께 이 성을 지켜서 근심이 없게 하였소?"

왕항이 공명의 말에 대답했다.

"제가 이 성을 보전한 것은 여개呂凱란 사람의 힘이 컸습니다. 이 사람은 영창永昌 불위현不韋縣 사람입니다."

공명은 곧 여개를 청했다.

여개는 공명께 나와 절하여 뵈었다.

공명이 물었다.

"공은 영창의 높으신 선비십니다. 성을 보존하는데 큰 힘을 쓰셨다 합니다. 감사로운 말씀 이루 다 치사할 수 없습니다. 이제 나는 남만을 치려 합니다. 높으신 소견이 계시다면 말씀해 주십시오."

여개는 품 안에서 그림 한 장을 꺼내서 공명한테 바치며 말했다.

"저는 평시에 남만인이 반심을 가지고 있는 것을 짐작한 까닭에 사람을 보내서 그곳 지리와 둔병시킬 만한 요해처를 조사해서 한 폭 그림을 그렸습니다. 그리하여 이 그림을 「평만지장도平蠻指掌圖」라 했습니다. 이 그림을 명공明公께 바치오니 공은 한번 시험해 보십시오. 남만을 치는데 한 도움이 될 것입니다."

공명은 여개의 「평만지장도」를 보고 크게 기뻐했다.

여개에게 행군行軍 교수敎授에 향도관을 임명하여 남만 지경으로 군사를 거느려 깊이 들어갔다.

공명이 한참 행군해 가는 도중에, 후주한테서 사명使命이 왔다.

공명은 중군中軍으로 청해 들였다.

한 사람이 소포素袍 백의白衣로 나와서 인사하였다. 공명이 보니 마속馬謖이란 사람이었다.

그의 형 되는 마량馬良이 죽은 까닭에 복을 입은 것이었다.

마속이 공명께 품하였다.

"주상 폐하의 칙명을 받들어 왔습니다. 주상께서 특별히 군사들한테 술과 비단을 내리셨습니다."

공명은 조서를 받들어 본 후에 명에 의하여 군졸들에게 주식과 비단을 나누어 주고 마속을 장전에 머물러 있게 한 후에 조용히 물었다.

"이번에 나는 천자의 조서를 받들어 남만을 삭평削平하려 하는데 명공은 전부터 남만의 풍속을 잘 안다 하니 고견高見이 있으면 말씀해 주시기 바라오."

마속이 대답했다.

"어리석은 말씀이오나 승상께서는 살펴 주시기 바랍니다. 남만은 중원과 거리가 멀고 산천이 험한 까닭에 항상 마음으로 복종하지 아니한 지 오래입니다. 비록 오늘 승리를 거두었다 하나, 저것들은 내일 또다시 반할 것입니다. 승상의 대군이 나서기만 하면 필연코 평정이 되겠습니다. 그러나 군사를 돌려 북벌北伐을 경영하신다면 저 자들은 내허內虛한 것을 탐지하여 더한층 속히 반발할 것입니다. 대저 용병用兵하는 법은 공심攻心하는 것이 상공上攻이 되고, 공성攻城하는 것이 하책이 됩니다. 그러므로 심전心戰이 상승이요, 병전兵戰이 하책이 되는 것이니 원컨대 승상께서는 다만 마음으로 복종하도록 하십시오."

공명은 마속의 말을 듣고 길게 탄식했다.

"마형은 나의 가슴속을 환하게 아는구려."

공명은 말을 마치자, 곧 마속에게 참군參軍의 업무를 주어 대령을 통솔하여 전진하게 했다.

한편 만왕 맹획은 공명이 슬기로 옹개의 무리를 격파한 것을 알자 3동三洞 원수元帥를 회동하고 의논하였다.

제1동第一洞은 금환삼결金環三結 원수元帥요, 제2동은 동도나董荼那 원수元帥요, 제3은 아회남阿會南 원수元帥였다.

3동 원수가 맹획한테 보이니 맹획은 3동 원수들에게 분부를 내렸다.

"지금 제갈양의 대군이 우리 경계를 침범하니 부득불 힘을 합하여 막아 내지 아니하면 아니 될 것이다. 너희들 세 사람은 세 길로 군사를 몰아 나가라. 승리하는 자에게는 동주의 칭호를 주리라."

세 장수는 영을 받들어 나갔다. 금환삼결은 가운데 길을 택해 나가고, 동도나는 좌로로 나가고, 아회남은 우로로 길을 취하여 5만 만병을 거느리고 나갔다. 이때 공명은 중군에 있어 여러 장수들과 군략에 대하여 의논하고 있을 때, 홀연 초마가 나는 듯이 정보를 전했다.

"오랑캐 삼동 원수들이 삼로로 군사를 거느려 나옵니다."

공명은 보고를 받자 곧 조운, 위연을 불렀다.

조운, 위연이 공명께 보이니 공명은 아무런 분부도 내리지 아니하고 다시 시자에게 왕평, 마충을 부르라 영을 내렸다.

왕평, 마충이 공명께 보이니 공명은 조운, 위연을 제쳐 놓고 왕평, 마충한테 분부를 내렸다.

"이제 만병이 삼로로 나온다 하는데 조자룡과 위 장군에게 막으라 하고 싶으나 두 사람은 다 이곳 지리를 알지 못한다. 쓰려 하나 쓸 수 없다. 너희들 두 사람은 힘을 합하여 적을 맞이하라. 왕평은 좌로로 나가고 마충은 우로를 취하여 나가라. 조자룡과 위 장군은 뒤에서 접응하라 하리라. 오늘 군마를 정돈하였다가 내일 평명平明 때 군대를 출동시키라."

두 장수는 청령하고 물러갔다.

공명은 또 장의張嶷와 장익張翼을 불러 분부를 내렸다.

"너희 두 사람은 함께 군대를 거느리고 가운데 길로 나가서 적을 맞이하라. 오늘 군마를 점고하여 정돈한 후에 내일 왕평, 마충과 함께 행동을 같이하라. 조자룡과 위연으로 선봉을 삼고 싶으나 두 사람은 모두 다 지리에 어두워 밝지 못하다. 쓰고 싶으나 쓰지 못하니 유감천만이다."

장의, 장익이 청령하고 물러갔다.

조자룡과 위연은 공명이 쓰지 않는 것을 보자 얼굴에 노여운 기색이 보였다.

공명은 두 사람을 향하여 타일렀다.

"내가 그대들을 쓰려고 하지 않는 것이 아니다. 다만 중년에 오랑캐한테 혹여 실수를 당할까 해서 염려하는 것이다. 예기銳氣를 잃지 말라."

조자룡이 앞으로 나와 말했다.

"만약 우리들이 지리를 알면 어찌하실 텝니까?"

"그대들은 조심하고 망동하지 말라."

공명의 말을 듣자 조운, 위연 두 사람은 불평한 마음을 안은 채 묵묵히 물러갔다.

조자룡은 위연을 자기 영문으로 청해서 의논하였다.

"우리 두 사람은 기어코 선봉이 되어야 하겠소. 승상은 우리가 지리를 모른다고 아니 쓰니 후배를 대하여 부끄러워서 낯을 들 수가 없구려."

위연이 대답했다.

"별말 할 것 없이 지금 곧 우리는 말을 타고 나가서 이 고장 토인을 향도로 해서 만병을 대적한다면 대사를 이룰 수 있으리다."

"좋소이다. 그리합시다."

조운은 찬성하고 곧 말에 올라 중간 길로 들어서서 나갔다.

두어 마장을 채 가지 아니해서 멀리 바라보니 티끌이 자욱하게 일어나면서 수십 기 만병이 말을 달려오는 것이었다.

조운과 위연은 양편 길을 취하여 벽력같은 소리를 지르며 짓쳐 나가니 만병들은 혼비백산이 되어 창과 칼을 버리고 달아났다.

조운과 위연은 달아나는 만병을 쫓아가 두서너 사람을 산 채로 잡아서 본진으로 돌아왔다. 술과 밥을 두둑하게 먹여 대접한 후에 만병 동태와 지리를 탐지했다.

"대장은 누구누구며, 둔병한 곳은 어느 어느 곳이냐?"

술과 밥을 후하게 대접 받은 만병들은 숨김없이 솔직하게 대답했다.

"정면에는 금환삼결 원수의 큰 영문이 있습니다. 바로 산어귀에 있습니다. 영문 앞, 동서 양편 길은 오계동吳溪洞으로 통할 뿐 아니라 동도나 원수와 아회남 원수가 진 치고 있는 우채右寨 후면이 바로 됩니다."

조운과 위연은 만병의 고백을 들은 후에 정병 5천을 점고했다.

이경 때가 되니 천기는 맑아서 달은 밝고 별빛마저 초롱거렸다.

조운, 위연은 사로잡은 만병을 향도로 하여 5천 군마를 거느려 달빛을 밟고 나갔다.

금환삼결의 큰 진에 당도했을 때는 사경쯤 되었다. 이때 만병들은 잠자리에서 일어나 밥을 짓고 있었다. 새벽녘에 장차 시살할 준비 태세를 취하고 있는 것이었다.

이때 조운과 위연은 5천 정병을 거느려 고함치며 시살해 들어갔다. 만병은 뜻밖에 당하는 일이었다. 손과 발이 떨려서 어찌할지 몰랐다. 진중은 별안간 아수라장을 이루어 크게 어지러웠다.

상산 조자룡은 장창을 비껴들고 중군으로 치달렸다. 금환삼결 원수가 오랑캐 소리를 지르며 뛰어나왔다.

교봉 1합에 조자룡의 창은 금환삼결을 찔러 마하에 떨어뜨려 버렸다.

조자룡은 칼로 만장蠻將의 목을 베어 창끝에 꿰어 드니 만병들은 외마디소리를 치며 대패해 달아났다.

위연은 조자룡의 뒤를 이어 동쪽 길을 취하여 동도나董茶那의 진으로 향하여 짓쳐 들어갔다.

조운도 다시 군사의 반분을 나누어 서편 길을 취하여 아회남阿會南의 진으로 달렸다. 이때 벌써 날은 밝아 평명이 되었다.

위연이 동도나의 진으로 시살해 들어가니 동도나는 진 뒤에 쇄도하는 군마의 소리를 듣고 급히 군사를 거느려 쳐들어오는 위연의 군마를 막았다.

홀연 진문 앞에 고함 소리 어지럽게 일어나면서 만병이 서로 짓밟으며 크게 어지러워졌다.

쳐들어오는 군사는 원래 왕평이 거느린 군사였다.

위연의 군사와 왕평의 군사는 양편에서 만병을 협공하니, 만병은 대패했다.

동도나는 길을 앗아 달아났다. 위연은 계속해서 뒤를 쫓았다.

한편 조자룡은 아회남의 진으로 쇄도하니 마충이 거느린 일지 병마가 먼저 진 앞에 당도해 있었다. 조운과 마충은 만병을 협공하니 만병의 죽고 상하는 자가 부지기수였다. 아회남은 자기 군사를 짓밟으며 말을 달려 달아났다.

모든 장수들은 크게 승리를 거둔 후에 공명을 찾아뵈었다.

공명은 미소를 지어 장수들한테 물었다.

"삼동三洞 만병蠻兵 중에 양동兩洞 만장蠻將은 달아났다 하거니와 금환삼결의 머리는 어디 있는가?"

상산 조자룡이 금환삼결의 수급을 공명께 바쳤다. 여러 장수들이 말했다.

"동도나와 아회남은 모두 다 말을 버리고 고개를 넘어 달아나서 잡지 못했습니다."

공명은 크게 웃으며 말했다.

"두 사람은 내가 벌써 사로잡아 왔소. 하하하."

조자룡, 위연 이하 모든 장수들은 반신반의하면서 믿지 아니했다.

조금 있으려니 장의가 동도나의 결박을 풀어서 데리고 들어오고, 장익이 아회남의 결박을 풀어서 등을 밀어 들어왔다.

　모두 다 깜짝 놀랐다.

　공명이 말했다.

　"나는 여개가 그려 놓은 도본圖本을 보고 만병들이 둔병할 곳을 미리 짐작하였소. 이리하여, 자룡과 위 장군의 예기를 일부러 꺾어서 마음을 격동케 하여 금환삼결을 패망시키고, 다시 좌우 채를 습격하게 한 연후에 왕평과 마충으로 접응케 한 것이니 실로 조 장군과 위 장군이 아니면 이 크나큰 일을 감당할 사람이 없었던 것입니다. 그리고 나는 동도나와 아회남이 반드시 산길로 달아날 것을 미리 짐작한 고로 장의와 장익을 보내서 매복해 있다가 사로잡고, 관색을 또 보내서 후원하게 했던 것이오."

한 번 맹획을 사로잡고

모든 장수들은 일제히 공명한테 절하며 말했다.

"승상의 기산機算은 신귀神鬼도 헤아릴 수 없습니다."

공명은 동도나와 아회남을 장 아래로 데려오라 했다. 결박을 풀게 한 후에 술과 음식과 의복을 내려 후대한 후에 각각 동洞으로 돌아가 악환을 돕는 일을 하지 말라 했다.

두 만장은 눈물을 머금어 절하면서 공명의 덕을 칭송하고 물러갔다.

공명은 모든 장수들을 불러 분부했다.

"내일 맹획孟獲은 필연코 친히 군사를 거느려 올 것이다. 반드시 사로잡아야 한다."

말을 마치자 조자룡과 위연을 불러 비밀한 계책을 주어 5천 병마를 영솔하여 나가게 하고 다시 왕평, 관색을 불러 따로 계교를 주어 가게 했다.

공명은 전후 분별을 마친 후에 장대에 앉아 하회를 기다렸다.

한편 만왕 맹획이 장중에 앉아 있을 때, 홀연 초마가 보했다.

"삼동 원수가 다 제갈공명한테 붙잡혀 가고, 부하 군사는 모두 다 대패해서 뭉그러졌습니다."

맹획은 크게 노했다. 친히 대군을 휘동하여 앞으로 나오다가 왕평이 거느린 군사와 마주치게 되었다.

두 편 군사는 급히 진을 치고 대결하는 태도를 취했다.

왕평이 말을 놓아 바라보니 만진蠻陣의 문기門旗가 열리는 곳에 수백 남만의 말 탄 장수들은 좌우편으로 갈라서고, 중간에 맹획이 말 타고 앉았는데 머리에는 보석을 물린 자금관紫金冠을 쓰고, 몸에는 술 달린 홍금포紅錦袍를 입고, 허리에는 전옥사자碾玉獅子 띠를 띠고 다리에는 응시말록화鷹嘴抹綠靴를 신고, 한 필 곱수털 적토마 타고 한 쌍 송문양보검松紋鑲寶劍을 찼다.

맹획은 고개를 번쩍 들어 좌우에 시립해 섰는 만장을 둘러보며 말했다.

"사람이 매양 말하기를 제갈양은 용병用兵을 잘한다 하더니, 이제 진을 돌아보니 정기旌旗는 난잡하고 대오는 질서가 없으며 도창刀槍과 기계器械 등속이 한 가지도 쓸모 있는 것이 없다. 비로소 소문이 헛된 것을 짐작할 수 있다. 내 벌써 이러한 줄 알았다면 진작 무찔러 버렸을 것을 한스러운 일이다. 누가 나가서 촉장蜀將을 사로잡아 군위軍威를 떨치겠느냐."

맹획의 말이 채 떨어지기 전에 한 장수가 소리치며 나왔다. 이름을 망아장忙牙長이라 불렀다.

한 자루 절두대도截頭大刀를 휘두르며 황표마黃驃馬를 달려 왕평을 취하려 덤벼들었다.

두 장수는 교봉한 지 수합이 채 못되어 왕평은 문득 말 머리를 돌려 달아났다.

맹획은 왕평이 달아나는 것을 보자 대병을 몰아 뒤를 쫓았다.

촉장蜀將 관색關索이 중간에 나타났다가 또다시 달아났다. 20리쯤 맹획이 뒤를 쫓았을 때, 돌연 함성이 천지를 진동하면서 좌편에는 장의張嶷가 나오고, 우편에는 장익이 나와서 맹획의 달아나는 길을 끊었다. 맹획은 당황했다. 어찌할 줄 모르고 있을 때 왕평과 관색이 또다시 군사를 돌려 협공하니 만병은 대패했다.

맹획은 부장과 함께 죽을힘을 다하여 포위망을 뚫고 달아났다.

그러나 등 뒤에서는 장의, 장익, 왕평, 관색의 3로병의 추격이 급했다.

맹획은 얼이 빠져 정신없이 달아날 때, 별안간 전면에서 또다시 고함 소리 천지를 진동하면서 한 떼 군마가 쏟아져 나오며 길을 막았다.

맹획이 눈을 들어 앞을 바라보니 기가 막히지 않는가. 위수 대장은 상산 조자룡이었다.

맹획은 크게 놀랐다. 황망히 금대산錦帶山 초로로 향하여 달아났다.

자룡은 쫓기는 만병을 시살해 들어가니 오랑캐 군사들은 당해 낼 도리가 없었다. 항복하고 사로잡히는 군사가 셀 수 없도록 많았다.

맹획은 겨우 수십 기를 거느리고 산골 속으로 들어갔다. 그러나 고함치며 쫓아 드는 조자룡의 군사로 추격이 더한층 심했다. 맹획은 말을 타고 달아나려 했으나 길이 좁아서 말을 달릴 수 없었다.

하는 수없이 말을 버리고 산 꼭두 고갯길로 기어올랐다.

홀연 산골 속에서 한 떼 군마가 소리치며 나왔다.

위연이 공명의 지시를 받아서 이곳에 매복해 있던 군사였다.

맹획은 대항했으나 당해 낼 힘이 떨어졌다.

위연의 힘센 팔뚝은 만왕 맹획을 후려쳐 껴안았다. 맹획은 마침내 포로가 되었다. 맹획을 호위하여 달리던 종자들은 일제히 항복했다.

위연은 맹획을 결박 지어 공명께 뵈러 대채大寨로 향했다.

공명은 맹획이 잡혀 올 것을 미리 알고 있었다. 소와 돼지와 양을 잡아 큰 잔치를 준비한 후에 장중에 휘장을 걷어 올리고 겹겹이 창과 칼을 든 무사들을 배치시키니 마치 서리와 눈이 내린 듯 엄숙하고 싸늘한 기운이 장 안에 가득했다.

다시 공명이 단정히 앉아 있는 곳에는 후주가 내린 금부은월金斧銀鉞이며 푸른 일산이 받쳐 있고, 북과 나팔 대소취타大小吹打가 벌여 있는 곳에는 어림군御林軍이 서리 같은 창과 칼을 들어 공명을 호위해 있으니 위의威儀는 십분 엄숙했다.

공명은 장중에 배설해 놓은 장대에 높이 앉아 앞을 바라보니 수백 명의 만병들이 결박 지어 엎드려 있었다.

공명은 무사에게 명을 내렸다.

"만병들의 결박을 풀어 주라."

무사들은 일제히 만병의 결박을 풀었다.

공명은 만병을 굽어보며 효유하였다.

"너희들은 모두 다 선량한 백성이었다. 불행히 맹획한테 구속되어 오늘날 놀라운 고생을 당하게 되었다. 생각하건대 너희들 부모와 처자와 형제들은 필연코 날마다 문에 의지해서 너희들이 돌아오기를 기다리고 있을 것이다. 만약 너희들이 싸움에 패했다는 소식을 그들이 들었을 때, 그들은 창자가 쥐어짜지고 눈에서는 피눈물이 나왔을 것이다. 나는 오늘 너희들을 다 놓아줄 테다. 너희들은 속히 집으로 돌아가서 부모와 처자들의 마음을 평안케 하라."

공명은 말을 마치자 술과 밥을 후하게 먹이고 노자와 양식까지 주어 보내니 만병들은 깊이 감동되어 공명께 백배치사를 드리며 돌아갔다.

공명은 맹획의 항복한 군사들을 돌려보낸 후에 맹획을 잡아들이라 했다.

무사들은 곧 맹획을 결박 지어 공명 앞에 대령시켰다.

공명은 소리를 높여 맹획을 꾸짖었다.

"선제先帝께서 너를 박하게 대접하지 아니하셨는데 너는 어찌해서 배반했느냐?"

맹획이 고개를 들어 뻣뻣이 대답했다.

"양천兩川 땅은 모두 다 다른 사람이 점령한 곳이었는데, 그대의 주인이 강제로 빼앗아 스스로 황제가 되었다. 나는 대대로 이곳에 살아온 사람이다. 너희들이 무례하게 내 땅을 침범했으면서 되레 날더러 배반했다 하느냐?"

공명은 다시 물었다.

"오늘 너는 나한테 사로잡힌 몸이 되었다. 너는 마음으로 복종하겠느냐?"

맹획은 여전히 뻣뻣했다.

"산은 궁벽하고 길은 좁아서 잘못 너한테 잡힌 몸이 되었다. 그러나 사내대장부가 어찌 잡힌 자에게 심복할 수 있느냐?"

"그렇다면 내가 너를 놓아줄 테니 가겠느냐?"

"네가 나를 놓아준다면 나는 돌아가서 다시 군마를 정돈한 후에 한번 자웅雌雄을 결단해 싸워 보려 한다. 만약 그때 가서 두 번 잡힌다면 복종할 테다."

공명은 맹획의 말을 듣자 껄껄 웃었다.

좌우한테 명을 내렸다.

"결박을 풀어 주고 주식을 대접한 후에 놓아주어라."

시자들은 맹획의 결박을 끄르고 술과 밥을 먹인 후에 의복과 말을 주어 돌아가게 했다.

맹획은 유유히 말 타고 본채를 향하여 돌아갔다.

두 번 맹획을 사로잡고

　공명이 맹획을 놓아주니 모든 장수들은 공명께 물었다.

　"맹획은 남만南蠻의 거괴巨魁이온데 이제 다행히 사로잡아서 남방이 문
득 평정하게 되었는데 승상께서는 무슨 연고로 다시 놓아주셨습니까?"

　공명은 빙긋 웃으며 대답했다.

　"내 이 사람을 잡기는 실로 주머니 속의 물건을 취하는 것같이 쉬운 일
이니 아무 걱정들 마시오. 그의 마음이 진심으로 항복할 때까지 자연히
되기를 기다리는 것입니다."

　모든 장수들은 믿지 아니했다.

　한편 맹획은 당일로 노수瀘水까지 갔다.

　길에서 수하 패잔병들을 만났다. 군사들은 맹획을 보자 한편으로 놀라
고 한편으로 기뻤다.

　일제히 절하여 물었다.

　"대왕께서는 어떻게 적진 속에서 빠져나오셨습니까?"

　패잔병들은 맹획이 위연한테 잡혀간 것을 아는 때문이었다.

　맹획은 허풍선을 쳐서 대답했다.

　"촉병들이 나를 장중에 두고 감시하는 중 나는 한밤중에 십여 명 군사
를 죽여 버리고 어둠을 타서 도망쳐 오는데 돌연 한 떼 촉병을 또다시 만
났다. 모조리 죽여 버리고 말을 빼앗아 타고 오는 길이다."

만병들은 곧이들었다. 모두들 기뻐하면서 맹획을 옹위하여 노수를 건 넜다.

맹획은 새로 채를 정하고 각 동의 추장酋長들을 회동시켰다.

원래 패잔병으로 죽지 않고 돌아온 만병은 수가 10만여 기가 넘었다.

이때 맹획과 함께 출전했던 장수 동도나와 아회남은 제갈공명한테 잡 혔다가 먼저 돌아와 동중에 있었다.

맹획이 사람을 보내서 청하니 두 사람은 두려웠다. 동병洞兵을 거느리 고 맹획한테 뵈었다.

맹획은 모든 장수한테 전령을 내렸다.

"나는 이미 제갈양의 계책을 잘 알고 있다. 그러므로 곧 싸울 수는 없 다. 싸우면 그의 흉계에 떨어지고 말 것이다. 저편 제갈양의 군사는 멀리 온 피곤한 군사다. 더구나 요사이 일기는 한층 무더우니 저편 군대는 오 랫동안 배겨 나지 못할 것이다. 다행히 우리는 노수의 험한 지리를 가졌 으니 천만다행한 일이다. 우리는 선박을 함빡 남안 일대에 배치시키고 한 편으로 토성을 쌓고 깊게 호를 파서 대비하고 있다가 제갈양의 하는 모양 을 보아서 계책을 세우리라."

모든 추장들은 맹획의 지시에 따랐다. 선박은 남안 일대에 집결시키고 토성을 쌓고 성 위에는 높은 누樓를 세웠다.

누마다 활과 창이며 쇠뇌와 포석砲石을 배치하여 오래 거처할 계획을 차렸다.

맹획은 이같이 노수가에 방어선을 쳐서 만전지책萬全之策이라 생각했 다. 탄연坦然히 근심하지 아니했다.

한편 공명은 호호탕탕 큰 군사를 거느려 나가니 전위병은 벌써 노수가 에 당도했다.

초마哨馬가 급히 달려와 보고를 올렸다.

"노수에는 배도 없고 떼도 없는 데다가 겸해서 수세는 매우 급합니다. 그리하옵고, 격안隔岸 일대一帶에는 토성을 쌓고 토성에는 만병들이 파수를 보고 있습니다. 때마침 오월이라 천기가 심히 더운 중 남방 땅이라 분외로 더욱 덥습니다. 군사들은 갑옷을 입기 극난합니다."

공명은 초마의 보고를 받은 후에 친히 노수까지 나가 관망하고 본채로 돌아와 장수들한테 영을 내렸다.

"지금 맹획은 노수 남편에 둔병한 후에 호를 파고 누를 세워 우리 군사를 막고 있다. 나는 이곳까지 큰 군사를 몰고 왔으니 그냥 돌아갈 수는 없다. 그대들은 산기슭 나무 무성한 곳을 가려서 영채를 짓고 인마를 쉬게 하라."

공명은 전령을 내린 후에 곧 여개를 보내서 노수에서 백 리쯤 떨어진 서늘한 곳에 네 개 영채를 세우고 왕평, 장의, 장익, 관색으로 각각 한 개씩 영문을 지키게 한 후에 안팎으로 풀을 베어 싸고 수레로 막아서 서늘한 기운이 들도록 했다.

장군 장완蔣琬이 진터를 둘러보고 공명께 물었다.

"여개呂凱의 건축한 채寨를 보니 지세가 매우 좋지 아니합니다. 마치 옛날 선제께서 동오한테 패할 때 그 진세陣勢와 흡사합니다. 만약 만병이 노수를 건너와 화공火攻을 한다면 어찌하실 텝니까?"

공명은 웃으며 대답했다.

"공은 너무 심려하지 마시오. 나한테 자연 묘산妙算이 있습니다."

장완은 공명의 대답을 이해하지 못했다.

이때 촉중에서는 마대馬岱를 위문사慰問使로 하여 해서약解暑藥과 양미糧米를 보냈다.

공명은 마대를 맞아들여 예를 마친 후에 일변 약과 양미를 네 곳 영채에 나눠 주게 하고 마대한테 물었다.

"장군은 이번에 몇천 명의 군사를 거느리고 오셨습니까?"

"삼천 군마를 인솔하고 왔소이다."

공명은 다시 물었다.

"이곳 군사들은 여러 차례 싸워서 피곤해 있으니 장군의 삼천 군사를 빌려 줄 수 있겠소?"

"모두 다 나라 군마가 아닙니까? 네 것 내 것을 가릴 필요가 있습니까? 승상께서 쓰신다면 백 번이라도 드리겠습니다."

공명은 그제야 얼굴에 가득 웃음을 띠고 마대를 향하여 의사를 토로하였다.

"지금 맹획은 노수瀘水를 가로막고 있는데 건너가려 하나 길이 없소이다. 나는 먼저 적의 양도粮道를 끊어서 그들로 하여금 자중지란이 일어나도록 할 작정입니다. 그러나 날랜 장수와 날랜 군사가 없어서 걱정입니다."

"승상께서 어떻게 적병의 자중지란이 일어날 것을 끊어 말씀하십니까?"

마대가 물었다.

"내 생각이 틀림없을 것입니다. 이곳에서 백오십 리쯤 가면 노수瀘水 하류下流에 사구沙口가 있습니다. 물이 잔잔해서 떼(筏)로 건너가기 적당한 곳입니다. 장군은 본부병 삼천 군마를 거느리고 강을 건너가서 곧 만동으로 들어가 먼저 적의 양식 운반하는 길을 끊어 버린 후에 동도나와 아회남 두 동주洞主의 내응을 얻는다면 호발毫髮만큼 틀림이 없을 것입니다."

마대는 비로소 공명의 계획을 알았다.

"그러면 소장이 저의 삼천 병마를 거느리고 곧 떠나겠습니다."

마대는 쾌하게 응낙하고, 곧 군사를 거느려 사구(沙口)로 나가 강을 건넜다.

과연 강물은 잔잔하고 얕았다. 군사들은 태반이나 뗏목을 물에 띄워 건너가지 아니하고 옷을 벗고 알몸으로 건넜다.

그러나 반쯤 가다가 모두 다 물속에 쓰러져 버렸다. 급히 구해서 언덕으로 끌어올리니 모두 다 코피를 흘리고 죽었다.

마대는 깜짝 놀랐다.

급히 사람을 공명한테 보내서 이 사실을 고했다.

공명은 향도하는 토인을 불러 물었다.

"노수를 건너가는데 군사들이 코피를 흘리고 죽으니 웬 까닭이냐?"

토인이 대답했다.

"그것은 별일이 아닙니다. 지금 오뉴월 염천이올시다. 일기가 몹시 더우므로 노수 속에 있는 독기가 함빡 발산이 된 때문입니다. 한낮에 알몸으로 강을 건너가거나 물을 마시면 반드시 중독이 되어 열에 일곱, 여덟은 죽고 맙니다. 군사를 건너시려면 물이 식어 서늘하고 독기가 가라앉은 밤을 기다려서 밥을 든든하게 먹인 후에 건너보내시면 아무 일도 없을 것입니다."

공명은 곧 토인으로 길을 인도하게 하고 장사 군인 5~6명을 뽑아서 한밤중에 마대의 군사를 뗏목으로 건너게 했다. 과연 향도하는 토인의 말대로 밤에 건너는 군사들은 아무런 일도 없었다.

마대는 2천 명의 장정 군사를 무사하게 건너게 한 후에 적병들이 양식을 운반하는 산골길을 점령했다.

원래 산골길은 겨우 사람 하나와 말 한 필이 지나갈 수 있는 좁은 길이었다. 마대는 길 어귀마다 군사를 매복시키고 산속에는 채를 세워 자리

잡은 후에 적병들이 양식 운반하기를 기다리고 있었다.

한편 만병들은 마대가 양식 운반하는 길을 끊고 있는 것을 까맣게 몰랐다.

전과 같이 양식을 싣고 나오다가 앞뒤로 길을 끊기고 곡식 백여 수레를 뺏겼다.

만병들은 당황했다. 급히 맹획이 있는 큰 채로 가서 고했다.

이때 맹획은 큰 채 안에서 종일 술 마시면서 군무軍務를 다스리지 아니했다. 모든 추장을 향하여 말했다.

"내가 제갈양과 대결한다면 반드시 그의 간계에 빠지기 십상팔구다. 그런 까닭에 나는 노수의 험한 것을 이용하여 호를 파고 누를 쌓아서 적의 침입을 막고 있으면 족하다. 저 자들은 앞으로 더위에 시달려서 배겨 나지 못할 것이다. 얼마 아니 가서 퇴전할 것이다. 우리들은 그때 가서 추격한다면 제갈양을 생금生擒하고 말 것이다. 어떠냐, 나의 계교가. 하하하하."

맹획은 자못 유쾌한 듯 소리를 높여 웃었다.

홀연 방 안에서 한 사람의 추장이 일어나 말했다.

"노수 중에 사구沙口는 물이 매우 얕은 곳입니다. 이곳으로 촉병이 건너온다면 큰일이올시다. 대왕께서는 군사를 나누어 지키시는 것이 좋겠습니다."

맹획은 또다시 크게 웃으며 대답했다.

"너는 본토박이면서도 어째 지리를 알지 못하느냐? 촉병이 만약 사구로 건너오기만 하는 날은 반드시 물속에서 죽고 말 것이다."

추장이 다시 일어나 의견을 말했다.

"향도하는 토인들이 촉병에게 밤에 노수를 건너는 방법을 알려 준다면 어찌하실 텝니까?"

"쓸데없는 소리 하지 마라. 우리 경내境內 사람들이 설마 적을 도와줄 리가 있느냐?"

맹획은 추장의 말을 듣지 아니했다.

이때 보발 군사가 급히 뛰어와 보했다.

"촉병이 가만히 노수를 건너서 협산峽山의 양식 운반하는 길을 끊고 양식 백여 차를 빼앗아 갔습니다. 군사 수의 다소는 알 수 없으나 기호旗號에는 '평북平北 장군將軍 마대馬岱'라고 쓴 깃발이 도처에 펄럭입니다."

"그따위 소배少輩는 입에 올려 말할 나위도 없다. 부장副將 망아장忙牙長은 곧 이천 병마를 거느리고 협곡峽谷으로 가서 쥐 같은 도둑을 무찌르라."

망아장이 청령하고 군사를 거느려 나갔다. 한편 촉진에서 마대가 바라보니 맹획의 군대가 협구로 올라오는 것이었다.

마대는 2천 병마를 산 앞에 배치시키고 망아장을 맞이해 싸울 준비를 차렸다. 양편 군사는 둥글게 원을 그려 대치해 있었다.

망아장은 범 같은 장수 마대의 출중한 무예를 알 까닭이 없었다.

장창을 비껴들고 마대를 꾸짖으며 덤벼들었다.

마대는 코웃음 치며, 교봉 1합에 망아장을 한칼에 마하에 떨어뜨렸다.

이 모양을 본 만병들은 대패해 달아났다. 급히 맹획한테 달려가서 패한 전말을 보했다.

맹획은 모든 장수를 불렀다.

"누가 감히 나가서 마대를 대적하겠느냐?"

맹획의 말이 채 떨어지기 전에 동도나가 나와서 말했다.

"소장이 한번 나가 마대를 대적하겠습니다."

맹획은 크게 기뻤다.

곧 3천 군사를 동도나에게 주어 싸우라 했다.

맹획이 가만히 생각해 보니 촉병이 또다시 노수를 건너온다면 큰일이었다.

아회남을 불렀다.

"너도 삼천 병마를 거느리고 사구沙口로 나가서 촉병이 노수를 건너지 못하도록 하라."

아회남도 3천 병마를 거느리고 사구로 향했다.

한편 동도나는 만병을 거느리고 협산峽山 산골 앞에 진을 쳤다. 마대가 군사를 거느려 동도나와 싸우려 했다.

군사들 중에 동도나를 알아보는 자가 있었다.

"저 자가 바로 제갈공명께 항복했던 만장 동도나올시다."

마대는 비로소 알았다. 말을 놓아 동도나를 향하여 크게 꾸짖었다.

"배은망덕하는 의리 없는 무리들아, 우리 승상께서 너의 생명을 살려 주셨는데 너는 오늘 또다시 배반했으니, 너도 사람이라면 양심에 부끄러우리라."

동도나는 얼굴에 가득 부끄러운 빛을 띠었다. 대답할 말이 없었다. 칼을 뽑아 싸울 용기가 없어졌다. 슬몃슬몃 말고삐를 늦추어 뒤로 물러갔다.

이 통에 만병은 대패했다. 마대는 일진을 엄습하여 크게 이기고 돌아갔다.

동도나는 돌아가 맹획을 향하여 말했다.

"마대는 기막힌 영웅입니다. 당해 낼 도리가 없습니다."

맹획은 불같이 노했다.

"이놈, 내가 너의 행실을 다 알고 있다. 너는 원래 제갈양의 은혜를 받은 자다. 그래서 오늘날 싸워 보지도 아니하고 물러왔다. 이놈, 너는 매국

賣國하는 놈이다. 이놈을 끌어내어 참형에 처하라."

맹획은 좌우 시자에게 엄한 영을 내렸다.

모든 추장들이 애걸해 빌었다.

"그저 한번만 용서해서 목숨은 살려 주십시오. 그리하여 다시 공을 세우도록 하십시오."

두 번 세 번 간청했다.

맹획은 동도나의 죽음을 면케 하고 무사에게 명하여 대곤大棍 1백 도를 때려 내쫓았다.

여러 추장들은 동도나를 위문하러 찾아갔다.

모두 다 맹획의 무정한 짓을 원망했다.

한 추장이 말을 꺼냈다.

"우리들이 비록 만방蠻方에 살고 있으나 중국을 감히 범한 일이 없고, 중국 또한 우리를 침범한 일이 없었소이다. 이제 우리들은 맹획의 핍박함을 받아 부득이 반기를 들었으나, 아무리 생각해 보아도 제갈공명은 신기막측神機莫測한 분입니다. 조조와 손권 같은 사람도 벌벌 떨고 두려워했거든 황차 우리 같은 사람이겠소. 더구나 우리들은 모두 다 그분의 살려 준 은혜를 받은 사람입니다. 그분의 큰 덕을 갚을 길이 없습니다. 목숨을 내걸고 맹획을 죽여 가지고 공명한테로 가서 동중 백성들의 도탄 속에 든 고생을 면케 하십시다."

동도나가 대답했다.

"나도 그런 마음이 있기는 하나 너희들의 마음을 알 길이 없어서 발론을 아니했던 것이다."

공명의 은혜를 입어 동도나와 함께 돌아왔던 군사들이 일제히 소리치며 원했다.

"가겠습니다. 함께 가십시다."

여러 군사들의 찬동하는 말을 듣자, 동도나는 손에 강철 칼을 들고 백여 명 군사와 함께 맹획이 있는 큰 진으로 달렸다.

이때 맹획은 장중에 대취해 누워 있었다.

동도나는 백여 명 군사와 함께 칼을 들고 장하帳下로 들어갔다.

장하에는 문 지키는 두 장수가 시립해 있었다. 동도나는 목소리를 가다듬어 수문장을 꾸짖었다.

"너희들도 제갈 선생의 살려 주신 은혜를 받은 자들이다. 이 기회에 승상의 은혜를 갚으라."

두 장수는 고개를 숙여 대답했다.

"장군이 하수下手하시기를 기다릴 것 없이 저희들이 산 채로 맹획을 잡아서 제갈 승상께 바치겠습니다."

동도나는 기뻤다. 여러 장수들은 일제히 장중으로 들어가 술에 대취하여 천둥같이 코를 골고 자는 맹획을 밧줄로 꼭꼭 묶었다.

맹획은 묶인 뒤에야 소스라쳐 놀랐다. 아직도 취한 기운이 몽롱했다.

동도나는 장수들을 지휘하여 노수에서 배를 타고 북편 언덕에 있는 공명의 진으로 향했다.

한편 공명의 진에서는 보발 군사가 벌써 공명께 이 사실을 고했다.

공명은 각 진에 영을 내려 엄숙하게 군기를 나열한 후에 꼭지 추장이 맹획을 데려오고, 나머지 사람들은 모두 다 본채로 돌아가서 부를 때까지 기다리고 있으라 영을 내렸다.

동도나는 공명의 명을 받들어 먼저 중군中軍에 들어가 공명을 뵙고 맹획을 생금한 자세한 전말을 고했다.

공명은 동도나를 칭찬하여 후한 상을 내린 후에 도부수에게 영을 내려 맹획을 잡아들이라 했다.

맹획은 도부수들한테 끌려서 공명의 장하에 엎드렸다.

공명은 맹획의 꿇린 모습을 보자 껄껄 웃었다.

"네, 전자에 말하기를 두 번 사로잡히면 항복하겠다 하더니, 오늘 너는 두 번 잡혔으니 흡족한 마음으로 항복하겠느냐?"

맹획은 천연스럽게 대답했다.

"오늘 내가 잡힌 것은, 네가 나를 잡은 것이 아니다. 내 부하들이 동족 상잔同族相殘을 해서 나를 잡은 것이다. 마음이 흐뭇하게 너한테 항복할 수 없다."

공명은 다시 물었다.

"그렇다면 두 번째 놓아줄 테니 네가 가겠느냐?"

맹획이 대답했다.

"내 비록 만인이라 하나 병법은 제법 알고 있다. 만약 네가 나를 놓아준다면 다시 군사를 거느리고 와서 승부를 결단하겠다. 그때 가서 네가 나를 사로잡는다면, 마음을 기울이고 간담을 토로하면서 너한테 항복할 테다."

공명은 이번에 엄숙한 얼굴로 맹획을 꾸짖었다.

"이번엔 특별히 용서하려니와, 앞으로 또다시 잡힐 때는 단연코 용서치 아니하리라. 알아듣겠느냐?"

맹획은 대답 없이 고개를 끄덕였다. 공명은 좌우에게 명하여 맹획의 결박한 밧줄을 끄르게 한 후에 자리 위로 오르게 했다.

술과 밥을 대접하며 공명은 다시 물었다.

"내가 남양 초당에서 출려出廬한 이후 싸워서 이기지 아니한 적이 없고, 쳐서 취하지 아니한 곳이 없다. 이러하거늘, 너희 만방 사람들은 어찌하여 복종하지 않느냐?"

맹획은 잠자코 대답이 없었다.

술을 마신 후에, 공명은 맹획과 함께 말에 올라 모든 영문으로 돌았다. 산같이 쌓인 군기와 양식 쌓인 곳으로 돌았다.

공명은 일일이 진중의 비밀을 보여 준 후에, 손으로 맹획을 가리키며 말했다.

"너는 참 어리석은 사람이다. 나한테는 이 같은 정병맹장精兵猛將과 양초병기糧草兵器가 있다. 네 어찌 나를 이기려 하느냐? 네가 만약 얼른 항복한다면, 나는 당연히 천자께 아뢰어, 네 평생 왕위王位를 잃지 않도록 하고, 자자손손이 네 땅에서 살게 할 테다. 네 의향이 어떠하냐?"

맹획이 대답했다. 말투를 고쳤다.

"나는 비록 항복할 맘이 있습니다마는 동중 사람들이 진심으로 복종하지 아니합니다. 만약 승상께서 나를 돌려보내 주신다면, 본부 사람들을 초안招安⁴⁾시켜 가지고 동심합담同心合膽해서 귀순하겠습니다."

공명은 기쁜 낯으로, 맹획을 데리고 다시 큰 진으로 돌아왔다. 술을 대접해 먹인 후에, 석양 때가 넘어서 맹획을 보냈다.

공명은 돌아가는 맹획을 노수 변까지 친히 나가서 배 태워 보내고 큰 진으로 돌아왔다.

---

4) 초안招安 : 반적을 죽이지 아니하고 편안하게 항복하게 하는 것.

세 번 맹획을 사로잡고

맹획은 남만 본진으로 돌아간 후에 칼과 창이며, 도끼와 철퇴를 든 도부수들을 장하에 매복시켜 놓고 심복 차인을 동도나의 진으로 보냈다.

"공명의 사명使命이 와서 급히 오시라 합니다."

두 장수는 무심했다. 맹획의 진으로 들어갔다.

도부수들은 일제히 나와 들어오는 동도나와 아회남을 죽여서 개울물 속에 던져 버렸다.

맹획은 두 사람을 처치한 후에, 각처 요새에 믿을 만한 심복 장수를 보내서 엄하게 파수하라 하고, 친히 군사를 거느려 협산에 나와 마대와 교전을 하려 했다.

그러나 마대의 진에는 한 사람의 병졸도 보이지 아니했다.

맹획은 토인을 붙들어 달랬다.

토인은 마대의 진 옮긴 일을 말했다. 간밤에 함빡 양식과 병기를 수레에 실어 가지고, 노수를 건너 큰 진으로 돌아갔다는 것이었다.

맹획은 다시 동중으로 돌아와 친아우 맹우와 상의하였다.

"나는 제갈양의 허한 것을 다 알고 왔다. 너는 가서 약시약시 처리하라."

맹우는 형이 하라는 대로 만병 백여 명을 거느리고 금주보패金珠寶貝에 상아象牙 서각犀角들을 가득히 배어 싣고, 노수를 건너 공명의 진으로 향했다.

맹우가 막 강을 건너 육지에 내리려 할 때, 별안간 전면에서 북소리가 크게 울리면서 한 떼 군마가 쏟아져 나왔다. 위수 대장은 천하 맹장 마초의 아우 마대였다.

맹우는 크게 놀랐다.

"너 어찌해 오느냐? 싸우러 왔느냐?"

마대는 호통을 쳤다.

"아니올시다. 공명을 뵈러 왔습니다."

마대는 곧 사람을 공명한테 보냈다.

공명은 장중에 앉아 마속馬謖, 여개呂凱, 장완蔣琬, 비위費禕 등을 불러 놓고 만왕 맹획의 일을 이야기하고 있었다.

이때 시자 한 사람이 아뢰었다.

"맹획이 그 아우를 보내서 갖은 보패寶貝를 바칩니다."

공명은 마속을 돌아보며 물었다.

"마 장군, 맹획이 그 아우를 보낸 뜻을 짐작하겠소?"

"떠들고 말씀 드릴 수 없습니다."

마속은 말을 마치자 종이에 글씨를 써서 승상께 바쳤다.

"제 대답이 승상 균의鈞意에 맞을는지 모르겠습니다."

공명은 고개를 끄덕였다.

마속은 다시 글을 써서 공명한테 바쳤다.

공명은 마속의 두 번째 올리는 글을 보자 손바닥을 어루만져 크게 웃으며 말했다.

"맹획을 생금하는 계책은 내가 이미 마련하였소. 그대의 의견은 나의 의사와 똑같구려."

공명은 말을 마치자 조운, 위연, 왕평, 마충, 관색을 불렀다.

공명은 먼저 조자룡을 불러 귓속말로 어떤 분부를 내렸다.

공명은 조자룡에게 귓속말을 한 후에, 다시 위연을 불러 귓속말을 했다.

다음에는 왕평, 마충, 관색을 불러서 일일이 비밀한 분부를 내렸다.

대소 장수들은 제각기 공명의 분부를 받고 임소로 물러갔다.

공명은 여러 장수를 보낸 후에 비로소 맹우를 장 안으로 불러들였다.

맹우는 공명을 향하여 장하에서 두 번 절하고 아뢰었다.

"가형家兄 맹획孟獲이 목숨을 살려 주신 승상의 큰 덕을 생각하여 은혜를 갚으려 하나 갚을 길이 없사와 우선 금주보패金珠寶貝 등 약간을 바쳐서 군사들에게 상을 주시는데 쓰시도록 올린다 합니다. 그리하옵고 천자께 바치는 예물은 뒤에 별도로 진공進貢하겠다 합니다."

공명은 맹우에게 물었다.

"네 형은 지금 어디 있느냐?"

"승상의 하늘같이 큰 은혜에 감복하와 은갱산銀坑山으로 보물을 캐러 들어갔습니다. 조금 있으면 곧 돌아올 것입니다."

공명은 다시 물었다.

"너는 몇 명이나 되는 군사를 거느리고 왔느냐?"

"많이 데리고 오지 아니했습니다. 단지 백여 명쯤 함께 왔습니다. 모두 다 짐을 운반하는 군사들이올시다."

"불러들여라."

맹우는 만방에서 거느리고 온 군사들을 장 아래 불러들였다.

공명이 보니 모두 다 푸른 눈, 검은 얼굴에 머리털은 황발黃髮이요, 수염은 자수紫鬚였다. 귀에는 금 고리를 걸었고 발에는 신을 신지 아니하여 맨발인데 키가 크고 힘이 많아 보였다.

공명은 백여 명 만병들을 앉으라 한 후에 장수들에게 영을 내려 그들에게 술과 밥을 후히 대접하라 분부를 내렸다.

한편 맹획은 아우 맹우한테서 회보 돌아오기를 기다리고 있었다.

홀연 두 군사가 돌아왔다.

맹획은 불러들여 정세를 물었다.

"어떠했느냐?"

"제갈공명은 예물을 받고 크게 기뻐했습니다. 그리고 백여 명 군사들에게 함빡 장중帳中으로 불러들여서 소를 잡고 양을 삶아서 큰 잔치를 벌여 대접했습니다. 둘째 대왕께서 저희들한테 비밀한 지령을 내리셨습니다. 대왕께 가서 뵙고 오늘 밤 이경 때쯤 군사를 거느리시고 외응外應이 되시어 대사를 성취하시라 하셨습니다."

맹획은 보고를 듣자 크게 기뻤다. 곧 3만 만병을 점고하여 세 대로 나눈 후에 각 동의 추장들을 불러 분부를 내렸다.

"각 군은 함빡 화구火具를 준비했다가 오늘 밤 촉영에 당도했을 때 불을 놓아 군호하라. 나는 중군이 되어 제갈양을 생금하리라."

모든 추장들은 맹획의 지시를 받고 황혼 때 노수를 건너 촉영으로 향했다. 맹획은 모든 장수와 군사를 치중한 후에 중군이 되어 심복 만장 백여 인을 거느리고 공명의 대채로 향하여 나갔다.

그러나 길에는 한 사람의 군사도 저항하는 자가 없었다.

맹획은 일변으로 의심하고 일변으로 호기가 넘쳐서 장수들을 거느리고 공명의 진으로 뛰어들었다.

그러나 텅텅 비어 사람은커녕 개미 한 마리 보이지 아니했다.

맹획은 계속해서 말을 달렸다.

공명의 중군인 듯했다. 장중에 등촉이 휘황하게 밝았다.

맹획은 장중으로 성큼 올랐다. 기막히지 아니한가. 동생 맹우와 번병番兵들은 모두 다 대취해서 쓰러졌다.

원래 공명은 마속과 여개 두 사람에게 비밀한 영을 내려서 맹우와 번병에게 술을 권하면서 악공樂工과 광대로 판소리와 잡극雜劇을 하게 하고 이 틈에 술에 몽혼약을 넣어 먹였던 것이다. 맹우와 만장들은 흡사 술에 취해 죽은 사람같이 되었다. 맹획은 장 안으로 들어갔다.

"웬일들이냐?"

소리쳐 물었다.

그중에 약간 정신을 돌린 자가 있었다. 그러나 말을 하지 못했다. 다만 손가락으로 입을 가리킬 뿐이었다.

맹획은 계교에 빠진 것을 비로소 알았다.

급히 맹우 이하 만병들을 구해 가지고 중대中隊로 돌아오려 할 때, 별안간 전면에 함성이 크게 일어나면서 화광은 하늘을 사르는 듯했다.

만병들은 혼비백산이 되어 달아났다.

이때 한 떼 군마가 쏟아져 나왔다. 별사람이 아니라 촉장 왕평이었다.

맹획은 크게 놀랐다. 급히 좌대左隊로 달아나려 할 때, 또다시 화광이 충천한 속에서 일지 병마가 소리치며 길을 막았다.

맹획이 바라보니 위수 대장은 서촉의 범 같은 장수 위연이었다.

맹획은 황망히 우대右隊로 달아났다.

그러나 우대 편에서도 불길이 창천漲天하면서 일대 병마가 길을 빼앗아 나왔다.

맹획은 진땀이 흘렀다. 앞을 바라보니 정신이 아찔했다.

길을 앗아 나오는 일원 대장은 상산 조자룡이었다.

촉병들은 활활 타오르는 불길 속에서 고함을 치며 삼면으로 쏟아져 나왔다. 사면팔방이 모두 다 제갈양의 군사였다.

맹획은 군사와 말을 버리고 혈혈단신 노수를 향하고 달아났다.

맹획은 강변에 당도하여 숨을 돌렸다. 강산을 바라보니 수십 명 만병들이 일엽편주를 저어 왔다. 맹획은 무한 기뻤다. 급히 손을 흔들어 배를 불렀다.

만병들은 맹획을 보자 빨리 노를 저어 언덕에 댔다.

맹획이 비로소 숨을 돌려 배에 올랐을 때 한 방 포향을 군호로 하여 만병들은 일제히 맹획한테로 달려들어 동아줄로 사지를 꼭꼭 묶어 버렸다.

원래 마대는 공명의 비밀한 계책을 받고 본부 군사를 만병으로 변장시켜서 배를 타고 대기해 있다가 맹획을 유혹시켜 잡은 것이었다.

한편 공명은 만병을 초안招安하니 항복하는 군사가 태반이 넘었다.

공명은 좋은 말로 항복한 만병들을 위로한 후에 죽이지 아니하고 배불리 밥과 술을 대접했다.

공명은 일변 군사들에게 진중에 붙은 불을 끄게 하고 있을 때, 마대는 맹획을 묶어 들어오고, 조자룡은 맹우를 결박 지어 들어오고 위연, 왕평, 마충, 관색은 모든 동 추장을 사로잡아 들어왔다.

공명은 맹획을 손으로 가리키며 껄껄 웃으며 말했다.

"너는 네 아우를 보내서 예물을 바쳐 거짓 항복해 놓고 다시 못된 짓을 하다가 나한테 사로잡혔으니 과연 가소로운 일이다. 이번에는 진심으로 항복하겠느냐?"

"그것은 내 아우가 구복口腹을 탐하다가 그대의 계교에 넘어가서 큰일을 저질러 놓은 것이다. 내 아우가 오지 아니하고 내가 먼저 온 후에 내 아우가 군사를 거느려 외응外應이 되었더라면 반드시 성공했을 것이다. 이것은 하늘이 패하게 만든 것이요, 내가 능치 못한 것이 아니다. 그러하니, 어찌 마음으로 그대에게 항복하겠는가?"

맹획은 뻣뻣이 대답했다.

"너는 이제 세 번째나 생금이 되었는데 어째 항복을 못하겠다 하느냐?"

맹획은 그제야 고개를 숙여 대답이 없었다.

"오늘도 또 너를 놓아주랴?"

공명은 빙긋 웃으며 물었다.

맹획은 말투를 고쳤다.

"승상께서 만약 우리 형제를 놓아주신다면 돌아가 집안에 있는 장정들을 수습해서 한번 크게 싸우겠습니다. 그래서 또 사로잡힌다면 그때 가서는 진심으로 항복하겠습니다."

공명은 맹획을 향하여 타이르듯 말했다.

"다음번엔 내가 또다시 너를 사로잡는 날은 단연코 용서치 아니할 테다. 너는 육도삼략의 병서를 부지런히 공부해서 심복 군사들을 정돈해 가지고 좋은 계책을 내어 싸워 보라! 다시 후회하지 않도록 하라."

공명은 말을 마친 후에 무사에게 맹획과 맹우와 각 동 추장들의 결박을 풀어 주고 일제히 놓아주라 했다.

맹획의 형제와 추장들은 공명을 향하여 절하고 물러갔다.

이때 촉병들은 벌써 노수를 건넜다.

맹획이 노수를 건너며 보니 기치와 창검이 기세 좋게 벌여 있고 장수와 군사들이 위엄을 떨쳐 늘어섰다. 맹획이 마대의 영문 앞으로 지나니 마대가 장대 위에 높이 앉아 있다가 칼을 빼어 큰소리로 꾸짖었다.

"저놈 맹획이 또다시 잡히면 단연코 용서하지 아니한다!"

맹획은 꿈질했다. 온몸에 진땀이 흘렀다.

맹획은 벌벌 떨며 자기의 진 쳤던 곳으로 돌아가 보았다.

기막히지 아니한가. 벌써 상산 조자룡이 자기의 영문을 차지하고 군사와 말을 벌여 놓고 있었다.

조운은 맹획을 보자, 장대 아래 기를 꽂고 칼을 짚어 큰소리로 꾸짖었다.

"이놈 맹획아, 나는 곧 너의 목을 당장 벨 것이나 승상께서 죽이지 말라 하셨으니, 빨리 네 고장으로 달아나라."

맹획은 간담이 서늘했다. 고개를 숙여 연방 빌었다.

"네, 그저 고맙소이다."

연해 부르짖고 달아났다.

맹획은 진땀을 흘리며 말을 달렸다.

겨우 계구界口로 빠져나왔을 때, 돌연 산모퉁이에서 고각鼓角 소리 요란하게 일어나면서 한 장수가 말을 달려 내달았다.

맹획이 고개를 들어 바라보니 또 한 번 기막힐 지경이었다. 서촉 맹장 위연이 1천 정병을 휘동하여 기세 좋게 짓쳐 나오면서 큰소리로 꾸짖었다.

"나는 이미 너의 소굴로 깊이 들어가서 너의 요해처를 모조리 점령하였다. 네 아직도 어리석고 어두워서 천자의 대군을 항거하느냐? 이번에는 너를 꼭 죽여서 시체를 만 조각으로 낸 후에 가루가 되도록 부숴 버리고 결코 용서치 아니할 테다."

맹획의 무리는 혼뜨검이 났다. 기급초풍이 되어 머리를 껴안고 본동本洞을 바라보며 달아났다.

뒤의 시인은 장쾌한 이 장면을 읽고 시를 지어 제갈공명을 칭찬했다.

五月驅兵入不毛
月明瀘水瘴烟高
誓將雄略酬三顧
豈憚征蠻七縱勞

오월에, 군사 몰아

불모지로 들어가니

달 밝은 노수가엔

장기瘴氣와 안개만 높았구나.

웅장한 전략으로

삼고초려한 은혜

갚으랴 맹세했네.

남방 오랑캐 치는

칠종로七縱勞의 수고쯤

어찌 꺼리고 사양하랴.

이때 제갈공명의 대군은 천천히 노수를 건넜다.

영채를 세워 진을 친 후에 크게 삼군을 호궤하고 장성들을 모아 놓고 분부를 내렸다.

"그대들은 장하게 잘 싸워 주었다. 내가 맹획을 두 번째 사로잡았을 때 우리 진 속을 보여 준 것은 그가 약간의 병법을 앎으로 우리의 허한 점을 발견해서 화공법火攻法으로 우리를 치도록 한 것이다. 그는 과연 그의 아우를 시켜서 거짓 항복하게 하고 내응이 되게 했다. 그러나 그는 결국 실패했다. 그의 병법이 도저히 우리를 당해 내지 못하기 때문이다. 내가 세 번째 맹획을 사로잡아서 놓아준 것은 그가 마음으로 진정 항복하기를 바란 것이다. 그것은 그의 족속들을 멸망시키지 아니하려는 까닭이다. 그대들은 나의 뜻을 짐작해서 수고로움을 사양치 말고 더욱 보국報國할 것을 결심하라."

네 번 맹획을 사로잡고

모든 장수들은 일제히 엎드려 대답했다.

"승상의 지智와 인仁과 용勇, 이 세 가지는 비록 자아子牙와 자방子房이라도 따를 수 없습니다."

공명이 대답했다.

"내가 어찌 옛사람을 따라가겠는가? 모든 것은 다 그대들의 도움을 받아 함께 공을 이룬 것이다."

장하에 있는 모든 장성들은 공명의 말씀을 듣고 더한층 기뻐했다.

한편으로 맹획은 삼금삼종三擒三縱의 기막힌 일을 당하자 분하고 부끄러웠다.

분분히 은갱동銀坑洞으로 돌아가 곧 심복 사람을 시켜 황금과 주옥이며 보패 등속을 가지고 팔번八番 구십삼전처九十三甸處와 만방蠻方 부락들을 찾아가서 도패刀牌, 요정獠丁, 군건軍健 등 건장한 군사 수십만 명을 구원병으로 얻었다.

날짜를 급히 하여 각 대 인마를 정돈하니 마치 구름이 이는 듯 안개에 싸인 듯했다. 모두 다 맹획의 통솔을 받아 움직였다.

서촉의 복로군伏路軍은 이 사실을 탐지하자, 급히 말을 달려 제갈공명께 고했다.

"맹획이 또다시 십만 만병을 거느리고 쳐들어옵니다."

공명은 웃으며 대답했다.

"만병들은 함빡 다 오라 해라. 나의 재주를 한번 보여 주리라."

공명은 말을 마치자 작은 수레를 타고 수백 기를 거느려 어느 곳으론지 향하고 나갔다.

공명이 한 곳에 당도하니 앞에 큰 하수河水가 나타났다. 하수 이름을 서이하西洱河라 했다.

수세는 그다지 급하지 아니하나 한 척의 배도 없었다.

공명은 군사들에게 명하여 나무를 베어 떼를 만들어 강물에 띄우게 하니 뗏목은 모두 다 물속으로 가라앉아 수침이 되어 버렸다.

공명은 여개를 청하여 물었다.

"어이한 연고인가. 어찌하면 좋을까?"

"듣자오니 서이하西洱河 상류上流에 일좌 청산이 있는데 그 산에 대(竹)가 많다 합니다. 큰 놈은 두어 아름씩이나 된다 합니다. 군사를 시켜서 이 나무를 베어 죽교竹橋를 만들어 군사와 말을 건너게 하는 것이 좋겠습니다."

공명은 여개의 말을 듣자, 곧 3만 명의 군사를 조발해서 대나무 수십만 주를 베었다. 물에 띄워 내린 후에 좁은 곳에 죽교를 세우니 너비가 10여 장이나 되었다.

곧 군사를 하북 언덕에 옮겨 일자로 진을 치고 참호塹壕를 판 후에 부교浮橋로 문을 삼고 흙을 쌓아 성을 이룩한 후에 남안南岸 일대에 다시 세 군데 큰 영문을 지어서 맹획의 군사를 기다리고 있었다.

일변 맹획은 수십만 만병을 거느리고, 세 번 사로잡혔던 한과 분을 머금고 서이하西洱河로 향하여 쳐들어왔다.

맹획의 앞잡이 1만 명의 도패와 요정들은 곧장 공명의 전채前寨를 습격하면서 싸움을 돋우었다.

공명은 머리에 윤건綸巾 쓰고 몸에 학창의鶴氅衣 입고 손에는 백우선白羽扇을 잡은 후에 단정히 네 말이 모는 사마駟馬 수레 위에 앉았다.

모든 장수들이 수레를 돌아 옹위하여 나갔다.

공명이 앞을 바라보니 맹획은 몸에 서피갑犀皮甲 입고 머리에는 주홍회朱紅盔 투구 쓰고, 왼손에 방패를 잡고 바른손엔 칼을 들고, 적모우赤毛牛 타고, 입으로는 욕설을 해서 군사를 꾸짖어 격려했다.

수하의 만여 명 장정들은 도패를 춤추며 말을 달려 충돌했다.

공명은 급히 전령을 내렸다.

"모든 군사들은 본채로 돌아가 사면을 굳게 지키고, 절대로 싸움에 응하지 말라."

촉병은 일제히 물러가 진을 지켰다.

만병들은 벌거벗은 알몸뚱이로 칼을 두르며 진문 앞으로 달려들어 큰소리로 욕하며 싸움을 돋우었다.

서촉 장수들은 크게 노했다. 공명한테 품하였다.

"저희들의 청이올시다. 한번 나가서 결사전을 하겠습니다."

"아니 된다."

공명은 허락하지 아니했다. 모든 장수들은 세 번 네 번 싸우기를 청했다.

공명은 장수들을 불러 안상安詳하게 타일렀다.

"만방蠻方 사람들은 왕화를 못 입은 사람들이다. 광악狂惡하기 짝이 없다. 더구나 이번에는 여러 번 패한 한을 품고 왔으니 완악한 기운이 대단히 왕성할 것이다. 가볍게 맞아 싸워서는 아니 된다. 우리들은 며칠 더 굳게 지켰다가 그들의 창궐猖獗한 기상이 차차 풀린 후에 묘책을 써서 단번에 무찌르면 될 것이다."

촉장들은 공명의 명을 받들어 수일 동안 수세를 취했다.

공명은 며칠 후에 비로소 높은 언덕에 올라 적세를 엿보았다. 만병들은 차차 해이한 기색이 현연히 보이기 시작했다.

공명은 비로소 모든 장수들을 불렀다.

"너희들은 한번 나가서 싸워 보겠느냐?"

모든 장수들은 일제히 환성을 지르며 대답했다.

"싸워 보겠습니다."

공명은 먼저 상산 조자룡과 위연을 불렀다.

"장중으로 들어오너라."

공명은 두 장수를 장중으로 불러들여 귓속말로 지시를 내렸다.

조자룡과 위연은 공명의 비밀한 지시를 받고 물러갔다.

공명은 다시 왕평, 마충을 불러 비밀한 지령을 내렸다.

"너희들은 약시약시하게 용병하라."

왕평, 마충이 공명의 계교를 받들어 물러갔다.

공명은 다시 마대를 불렀다.

"나는 이곳 세 군데 진터를 버리고 하북河北으로 퇴군할 계획이다. 내가 군사를 거느려 물러간 후엔 그대는 부교浮橋를 부숴 버리고 하류로 내려가서 조운과 위연의 군마를 건너 보낸 후에 다시 와서 접응케 하라."

마대는 공명의 지령을 받고 군례를 드려 물러갔다.

공명은 또 장익을 불러 계교를 주었다.

"내가 군사를 철수한 후에 너는 진중에 등화燈火를 많이 켜 놓고 맹획이 등불을 보고 쫓아오거든 뒤를 끊어 버리라."

장익이 계교를 받들고 물러갔다.

모든 군사가 명을 받들어 물러간 후에 공명은 관색에게 수레를 호위하라, 영을 내리고 영문에는 휘황하게 등불을 밝혀 놓았다.

만병들은 불빛을 바라보고 감히 달려들지 못했다.

다음 날이 되었다. 동이 환하자 맹획은 대군을 거느리고 촉영을 향하여 쳐들어갔다.

그러나 세 곳 대채에는 어리친 개 한 마리도 없이 비어 있었다.

안으로 들어가 보니 양식과 병장兵仗 등 버리고 간 군기 양초가 수백 수레나 되었다.

맹획의 아우 맹우가 그의 형 맹획을 향하여 말했다.

"제갈양이 진을 버리고 달아났으니 반드시 계교가 있는 것 같소."

맹획이 큰소리로 대답했다.

"내 생각에는 제갈양이 치중輜重을 버리고 달아난 것은 반드시 긴급한 돌발 사건이 저희 나라에 일어난 것이 분명하다. 오국 손권이 군사를 거느려 쳐들어가지 아니했다면 위국 조비가 서촉 땅을 범한 것이 분명하다. 이 까닭에 제갈양은 허장성세로 등불을 밝혀서 의병疑兵이 있는 듯 만들어 놓은 후에 치중을 버리고 달아난 것이다. 빨리 쫓아가서 놓치지 않도록 해야 한다."

맹획은 말을 마치자 스스로 앞잡이가 되어 서이하로 대군을 몰고 나갔다.

맹획이 강변에 당도하여 맞은편 북안을 바라보니 연강 일대에는 성과 진이 벌여 있고, 기치창검을 정제整齊하여 마치 비단 구름이 찬란하게 강상에 떠 있는 듯했다.

만병들은 바라만 보고 감히 나가지 못했다.

맹획은 아우 맹우와 말고삐를 가지런히 하여 나오며 말했다.

"이것은 제갈양이 우리를 속이는 꾀다. 나의 추격이 두려워서 잠시 머물러 있는 듯이 보이는 술책이다. 이틀 안에 제갈양은 반드시 달아날 것이다."

맹획은 연해 호기로운 소리를 탕탕하면서 정예 부대인 만병들을 몰아 강변에 진을 치고 일변 산에 올라 대를 베어 떼를 만들었다. 도강 작전하는 준비 공작을 차리는 것이었다.

그러나 싸울 만한 씩씩한 장정들을 모조리 강변 진 앞으로 몰아 놓고 보니, 전면에서 촉병들이 자기 땅으로 쳐들어오는 것을 알 까닭이 없었다.

이날 별안간 광풍이 크게 일어나면서 사면에 화광이 충천하고 북소리 요란하면서 촉병들은 고함치며 물밀듯 쳐들어갔다.

맹획의 영문은 크게 어지러웠다.

만병과 요정들은 서로 짓밟으며 수라장을 이루었다.

맹획은 크게 놀랐다. 급히 일가붙이와 동정들을 데리고 첩첩이 에워싸 쳐들어오는 촉병의 진을 뚫고 한줄기 활로를 얻어 옛 진터로 달아났다.

얼마 아니 가서 홀연 한 떼 군마가 살기를 띠고 함성을 질러 쫓아 들었다.

맹획은 간 줄기가 떨어지는 듯했다.

앞을 바라보니 위수 대장은 상산 조자룡이었다.

맹획은 염통이 콩알만큼 오그라들었다.

황망히 말 머리를 돌려 산간 으슥한 곳으로 달려갔다.

맹획이 정신없이 달릴 때, 또다시 고함 소리 산천을 진동시키면서 한 장수가 군사를 거느려 내달았다.

맹획이 바라보니 마대였다.

맹획은 겨우 남은 패잔병 수십 기를 거느리고 산골 속으로 달아났다.

그러나 남면, 북면, 서면의 삼면이 모조리 화염으로 화했다.

시뻘건 불길은 생나무로 치붙으면서 그대로 불바다였다.

맹획은 오고 갈 길이 없게 되었다. 감히 앞으로 뛰어나가지 못했다.

맹획은 황황망조해서 어찌할 줄 몰랐다.

다행히 동편에 불길이 붙지 아니했다. 맹획은 죽을힘을 다하여 동편을 바라보고 말을 달렸다.

한곳 산모퉁이를 겨우 지났을 때, 눈앞에는 큰 수풀이 보이고 수풀 앞으로 수십 명 종자가 한 채 수레를 옹위해 나왔다.

맹획이 정신을 수습하여 바라보니 수레 위에는 한 사람이 학창의 입고 윤건 쓰고 백우선을 흔들며 단정히 앉아 있었다. 틀림없는 제갈공명이었다.

맹획은 또 한 번 자지러지게 놀랐다. 수각이 황난해서 어찌할지 몰랐다.

공명은 수레 위에서 가가대소하며 말했다.

"만왕 맹획은 크게 패해서 도망 나오는구나. 내가 너를 기다린 지 오래다."

기가 죽었던 맹획은 크게 패해 도망친다는 공명의 조롱하는 말을 듣자 분통이 터졌다. 왈칵 성이 꼭두까지 뻗쳤다. 좌우를 돌아보며 말했다.

"내가 이 사람의 속임수에 빠져서 세 번씩이나 욕을 당했다. 다행히 이번에 이곳에서 만났으니 너희들은 제갈양을 잡아 두들겨 부숴라."

맹획의 말이 떨어지니 부하 만병들은 말 타고 고함치며 일제히 힘을 다하여 촉진으로 돌격해 나갔다. 맹획도 앞으로 나가면서 고함치면서 대림大林으로 나가다가 별안간 에쿠, 소리를 지르면서 홀연 백길 땅이 꺼지며 함정 속으로 떨어졌다. 모든 군사들도 연거푸 함정 속으로 떨어져 버렸다.

이때 문득 위연이 수백 명 군사를 거느리고 나타났다. 촉병들은 함정 속으로 뛰어들어 한 사람 한 사람씩 밧줄로 묶어서 끌어 올렸다.

한편 공명은 먼저 진중으로 돌아갔다.

만병과 전酋 추장酋長이며 동정들을 초안하니, 태반이 모두 고향으로 돌아가기를 원했다.

공명은 술과 밥을 내어 극진하게 대접한 후에 좋은 말로 위로하고 이내 놓아주니 만병들은 모두 다 감격하여 공명의 덕을 칭송하며 고향으로 돌아갔다.

이윽고 촉장 장익은 맹우를 묶어 왔다.

공명은 크게 꾸짖었다.

"네 형은 너무나 우매하다. 너는 네 형을 간하는 것이 도리인데 이제 네 번째나 사로잡혔으니 무슨 면목으로 사람을 두 번 대해 보겠느냐?"

맹우는 얼굴에 가득 부끄러운 빛을 띠고 땅에 엎드려 빌었다.

"죽을 때라 잘못했습니다. 그저 살려 주십시오."

"오늘 꼭 너를 죽이지는 아니하리라. 이번에도 특별히 너희 목숨을 살려 줄 테니 돌아가 네 형을 잘 효유하라."

공명은 곧 무사들에게 맹우를 놓아주라 영을 내렸다. 무사들이 맹우의 결박을 풀어 주니 그는 무한 감격했다. 공명께 향하여 다시 울며 절하고 물러갔다. 한 시각이 채 못되어 위연은 맹획을 잡아 대령했다.

공명은 크게 노하여 맹획을 꾸짖었다.

"이놈 맹획아, 너는 이제 나한테 또다시 사로잡혔다. 할 말이 있거든 말해 보아라."

맹획은 뻣뻣이 대답했다.

"오늘날, 나는 당신의 속임수에 빠졌으니 한사恨事 중의 한사다. 죽어도 눈을 감지 못하겠노라."

공명은 소리쳤다.

"저놈을 끌어내어 목을 베게 하라."

그러나 맹획은 조금도 두려워하는 빛이 없었다. 번쩍 고개를 들어 공명을 바라보며 말했다.

"당신이 만약 나를 놓아준다면 내가 돌아간 후에 필연코 네 번째로 사로잡힌 한을 씻을 작정이다."

공명은 홀연 껄껄 웃었다.

"저 자의 결박을 끄르고 장 안으로 오르게 하라."

무사들은 맹획의 결박 진 것을 풀고 장 안으로 인도했다.

공명은 맹획에게 술을 권하며 물었다.

"나는 오늘 네 번째 너를 사로잡았다. 과연 네가 다시 싸워 보겠느냐? 나는 네 번씩이나 너를 예로 대접했건만 너는 그래도 항복하지 아니하니 어찌 된 까닭이냐?"

맹획이 대답해 아뢰었다.

"내 비록 변방 밖에 있는 사람이나 그대처럼 간사하게 속임수는 쓰지 아니했다. 내 어찌 그대에게 복종하겠는가?"

공명은 다시 물었다.

"이번에도 살려 주면 또 싸우겠느냐?"

"승상께서 만약 이번에도 용서해서 돌려보내 주신다면 진심으로 항복하겠습니다. 그리고 저희 물건으로 호군犒軍하여 다시는 반란을 일으키지 않겠습니다."

독룡동천

공명은 맹획의 항복하겠다는 말을 듣자 방긋 웃고 무사들에게 명을 내렸다.

"맹획을 놓아주어라."

맹획은 공명께 절하여 사례하고 물러갔다.

맹획은 겨우 남은 천여 명 패잔병을 정돈하여 남으로 향하여 말을 달렸다.

며칠을 가는 도중 앞에 티끌이 자욱하게 일어나면서 한 떼 군마가 달려왔다.

맹획이 보니, 아우 맹우였다.

먼저 돌아간 맹우는 다시 잔병을 정돈하여 형을 구하러 오는 길이었다.

형제 두 사람은 서로 머리를 껴안고 통곡하면서, 지난 일을 하소연했다.

아우 맹우는 형 맹획한테 말했다.

"우리는 여러 번 패하고 촉병은 항상 이기니 저당하기 어렵습니다. 산골 속으로 잠시 피해서, 싸우지 않는 것이 더 좋을 듯합니다. 그리하면 촉병들은 더위에 배겨 나지 못하여 자연히 물러가리다."

"어디 적당한 곳이 있겠느냐?"

"여기서 서남편으로 가면 한 동구가 있는데 이름을 독룡동禿龍洞이라 부르고 동주는 타사朶思 대왕大王이란 사람이올시다. 저하고 교분이 두텁습니다. 의지할 만합니다."

"그렇다면 교섭을 해 보기로 하자."

형제는 곧 말을 달려 독룡동으로 향했다.

동주 타사朶思는 맹우가 찾아왔다는 전갈을 받자 황망히 군사를 거느리고 동주 밖까지 나가 맹획 형제를 맞아들였다.

맹획은 타사와 예를 마친 후에 전후 사실을 하소연했다.

타사는 맹획의 호소를 듣자, 껄껄 웃으며 형제를 위로했다.

"염려 마십시오. 대왕은 안심하시오. 만약에 촉병이 이곳으로 오기만 하면 한 놈도 살려서 돌려보내지 않겠습니다. 제갈양과 함께 이곳에 죽게 하겠습니다."

타사의 말을 듣는 맹획은 입이 딱 벌어졌다.

"어찌하면 제갈양을 산 채로 잡겠소?"

"우리 동중에는 단지 두 갈래 길이 있습니다. 동북으로 뚫린 길은 아까 대왕께서 오신 길인데 지세가 대단히 평탄할 뿐 아니라 땅이 기름지고 물이 많아서 사람들의 내왕하기가 편합니다. 이곳에 나무와 돌로 누壘를 쌓아 동구를 막는다면 비록 백만 대병이 쏟아져 온다 해도 두려울 것이 없습니다. 그리고 서북으로 뚫린 길은 산이 험하고 고개가 험준한 데다가 길이 매우 좁습니다. 여기다가 독사뱀과 갈충蝎虫이 많을 뿐 아니라 저녁때부터 다음 날 사오시巳午時까지는 안개와 장기[5]가 끼어서 사람이 통행할 수 없고 미未, 신申, 유酉 세 시각 동안만 겨우 통행할 수 있습니다."

타사의 말을 듣자 맹획의 얼굴에는 희망의 빛이 떠돌기 시작했다.

타사는 말을 계속했다.

---

5) **장기** : 축축하고 더운 땅에서 생기는 독한 기운. 장독. 독기, 독장.

"그리고 이곳에는 네 개 독천毒泉이 있습니다. 하나는 아천啞泉이라 하는 데 물이 매우 청결합니다. 그러나 사람들이 한번 마시기만 하면 금방 벙어리가 되어 말을 못하다가 열흘이 못되어 죽어 버립니다. 둘째는 멸천滅泉이라 하는데 이 물은 뜨거워서 열탕熱湯과 같습니다. 사람이 목욕만 하면 피부와 살이 문드러져서 뼈가 앙상하게 보이다가 이내 죽어 버리고 맙니다. 셋째는 흑천黑泉이라 하는데 물은 마치 온수溫水같이 따뜻합니다. 그러나 몸에 한번 뿌려지기만 하면 손발이 새까맣게 타면서 죽어 버립니다. 넷째는 유천柔泉이라 하는데 그 물은 얼음같이 찹니다. 사람이 마시기만 하면 목구멍에 더운 기운이 사라지고 몸은 풀솜같이 연하게 되면서 이내 죽고 맙니다. 그러니 이곳에는 나는 새, 기는 짐승도 살 수 없습니다. 다만 옛적 한漢 시대時代에 복파伏波 장군將軍[6]이 한 번 왔을 뿐 그 후엔 한 사람도 온 사람이 없습니다. 앞으로 대로에 토루土壘를 쌓아 차단해 버리고 동구를 막아 평안하게 계신다면 비록 백만 대병이 온다 해도 두려울 것이 없습니다. 촉병이 동쪽 길이 막힌 것을 보면 반드시 서편 길로 들어올 것입니다. 도중에는 물이 없으니 촉병들은 네 군데 샘물을 다투어 마실 것입니다. 이쯤 되면 아무리 애룡여호한 장수와 군사라 하나 벙어리가 되어 죽고, 살이 썩어 죽고, 손발이 새까맣게 타서 죽고, 뼈다귀가 풀솜같이 되어 죽을 테니 비록 백만 대병이라 하나 활 한 개, 칼 한 자루 쓰지 아니하고 모조리 죽일 테니 비록 제갈양의 아버지라도 어찌하지 못할 것입니다."

맹획은 크게 기뻤다.

이마에 손을 얹어 감사한 뜻을 하늘에 표했다.

"오늘에 와서, 비로소 용신할 땅을 얻었구려."

---

6) 복파 장군 : 마원馬援이라는 이름 높은 대장군의 별명.

맹획은 손으로 북편을 가리키며 또 말했다.

"제갈양이 비록 백공의 재주를 가졌다 한들, 하늘이 장만한 사천四泉 물을 어찌할 거냐? 이번에는 넉넉히 네 번 패한 나의 한을 씻고야 말리라."

이로부터 맹획과 맹우 형제는 함께 연회를 하며 즐겼다.

한편 공명은 연일 맹획이 출병하지 않는 것을 보자, 전군에 호령을 내려 대군을 남으로 이동시켰다.

이때는 6월 염천이었다. 뜨거운 열기는 온 천지가 화염 속에 든 듯했다.

시인은 남방의 괴로운 더위를 두고 시를 지었다.

山澤欲焦枯

火光覆太虛

不知天地外

暑氣更何如

산과 물

타는 듯 마르고,

불기운

허공을 덮었다.

알지 못하겠네,

하늘, 땅 밖에

더운 기운

또, 어떠한가.

시인은 또 한 수의 오언사율五言四律을 지었다.

赤帝施權柄

陰雲不敢生

雲蒸孤鶴鳴

海熱巨鰲驚

忍捨溪邊坐

慵抛竹裏行

如何沙塞客

擐甲復長征

여름 맡은, 적제赤帝,

권세 자루 휘두르니

서늘한 구름장,

나를 생각도 못하네.

구름은 찌는데

학은 외롭게 울고

바닷물 끓으니,

큰 자라도 놀라네,

차마 떠나기 싫은

시냇가를 떠나서

게으르게

대밭 속으로

걸어간다.

어떠한가,

사막沙漠의 손이여,

갑옷 입고
다시 전쟁터로 가는 마음.

한편 공명은 대군을 통솔하고 남으로 향해 나갈 때, 홀연 초마가 나는
듯 달려와 고했다.

"맹획이 독룡동 속으로 들어가 나오지 아니하는데 동구 앞 요로要路에
는 누를 쌓아 길을 막았고, 그 안에는 군사가 있어 파수하고 있습니다. 산
은 험악하고 고개는 높아서 대군이 전진할 수 없을 것입니다."

공명은 여개를 청하여 물었다.

"어찌하면 좋겠소?"

"제가 전에 들으니 이 굴 속에 또 하나의 길이 있다는 말을 들어서 짐작
합니다마는 그 밖의 일은 자세치 아니합니다."

옆에 있던 장완蔣琬이 아뢰었다.

"맹획은 네 번 사로잡혀서 이제 담이 떨어지고 얼을 잃었습니다. 어찌
감히 나올 생의生意를 먹겠습니까? 더구나 군사들은 더위에 피곤합니다.
더 정벌한다 해도 유익함이 없을 것입니다. 군사를 정돈하여 돌아가시는
것이 상책일까 합니다."

공명은 고개를 가로흔들어 대답했다.

"군사를 회군시킨다면 이것은 맹획의 계교 속으로 떨어지는 것이 되
오. 우리 군사가 한번 물러간다면 그는 반드시 승세해서 우리의 뒤를 쫓
기 십상팔구라 생각하오. 이제 여기까지 와서 다시 회군한다는 것은 말이
되지 아니하는 소리오."

공명은 곧 왕평한테 군령을 내려 항복한 만병으로 길잡이를 삼고, 수백
사군을 거느려 전부가 되어 나가게 했다.

왕평은 군사를 거느리고 서북 소로를 취하여 독룡동으로 들어갔다. 군사들은 더위에 목이 말랐다. 길 앞에 샘물이 보였다. 군사들은 다투어 가면서 아천 샘물을 마시었다.

왕평이 길을 찾다가 돌아와 보니 샘물을 마신 군사들은 모두 다 벙어리가 되어 말을 못했다.

왕평은 크게 놀랐다. 까닭을 물어보니 군사들은 다만 손으로 입을 가리킬 뿐이었다. 왕평은 급히 대채大寨로 가서 공명께 고했다.

공명도 크게 놀랐다. 곧 악수惡水에 중독이 된 것이라 생각하고 수십 명 시자를 거느리고 작은 수레에 올라 군사들이 있는 곳으로 달렸다.

과연 그곳에 한 못(潭)이 있는데 푸르고 맑은 물이 충충하게 괴었는데 어찌나 깊은지 바닥이 보이지 아니하고 수기水氣가 늠름했다. 자기들도 감히 시험해 보지 못했다.

공명은 수레에 내려 높은 곳으로 올라가 보았다. 사면으로 에워싼 것이 모두 다 첩첩산중의 험한 고개요, 산봉우리뿐이었다.

어찌나 높고 험한지 새소리조차 들리지 아니했다. 공명은 심중에 크게 의심했다.

다시 사면을 살펴보니 멀리 까마득한 산마루에 사당집 한 채가 보였다.

공명은 칡덩굴을 부여잡고 무릎으로 기어올랐다.

가까이 가 보니 사당집은 돌로 쌓아 지었는데 사당 안에는 한 사람 장군의 상이 앉아 있고 옆에는 비가 서 있었다.

공명이 비석碑石에 새긴 글을 자세히 읽어 보니 바로 복파伏波 장군將軍 마원馬援의 비석상이었다.

옛적에 마원이 그곳까지 와서 만국蠻國을 평정한 후에 이 고장 토인들이 그를 추모하여 사당을 지어 제사 지내는 곳인 것을 비로소 알았다.

공명은 화상 앞에 재배再拜하고 가만히 축원했다.

"양亮이 선제先帝 폐하의 탁고託孤하시는 중하신 부탁을 받들고 지금 성지聖旨를 받자와 이곳 남만으로 왔습니다. 남만을 평정한 후에는 위魏를 치고, 오吳를 멸해서 다시 한실漢室을 중흥시키겠습니다. 오늘 군사들이 지리에 밝지 못하여 그릇 악수를 마시고 벙어리가 되어 말들을 못합니다. 바라옵건대, 존신尊神께서는 한실漢室의 은의를 생각하시고 통령(通靈 : 顯神)하시어 삼군三軍을 호우護佑해 주시옵소서."

공명은 기도를 마치고 사당 밖으로 나와서 토인과 몇 가지 말을 묻고 있을 때, 홀연 맞은편 산에서 한 노인이 지팡이를 끌고 이편으로 향해 오는데 형상이 범상치 않았다.

공명은 노인을 청하여 사당으로 들어가 예를 마친 후에 돌 위에 마주 대하여 앉았다.

공명이 공손히 물었다.

"어르신네의 존성대명尊姓大名은 누구시오니까?"

노인이 대답했다.

"노부老夫는 전부터 오랫동안 대국 승상의 높으신 이름을 들은 지 오랩니다. 다행히 오늘 이곳에서 뵙게 되니 이만 다행이 또 어디 있겠습니까. 지금 만인들은 모두 다 승상이 살려 주신 은혜에 대하여 감읍感泣하고 있습니다."

"샘물을 마시면, 어찌해서 벙어리가 됩니까?"

공명은 노인한테 물었다.

"군사들이 마신 샘물은 아천啞泉이라 합니다. 마시면 말을 못하다가, 수일 후에 곧 죽어 버립니다."

노인은 말을 계속했다.

"이 샘 이외에 또 삼천三泉이 있는데, 동남편에 있는 샘물은 극히 참니다. 그리해서 사람이 마시기만 하면, 목에서부터 더운 기운이 없어지면서 온몸은 풀솜같이 연약하게 되면서 곧 죽어 버립니다. 이 샘물의 이름을 유천柔泉이라 합니다. 또 정남正南에 한 샘이 있습니다. 만약에 이 물이 사람의 몸이나 수족에 닿기만 하는 날은 새까맣게 빛이 변하면서 죽어 버립니다. 이 샘 이름을 흑천黑泉이라 합니다. 그리고 서남편에 또 샘물 하나가 있는데 끓는 물같이 뜨겁습니다. 사람이 만약 목욕만 하면 피부가 다 미란糜爛[7]되어 죽습니다. 샘물 이름을 멸천滅泉이라 합니다. 저희 곳의 이네 샘물은 독기가 함빡 어린 물이 되어서 약으로 치료할 수 없을 뿐 아니라, 또 이곳엔 장기瘴氣가 심합니다. 다만 미시未時, 신시申時, 유시酉時 세때만 사람이 마실 수 있고 남은 시간에는 장기가 퍼져서 사람이 마시기만 하면 모두들 죽습니다."

공명은 노인의 말을 듣자 한숨을 길게 지었다.

"그렇다면 만방蠻方을 평정하기는 틀렸구려. 만방이 평정되지 못한다면 어찌 오와 위를 병탄倂呑해서 한실漢室을 부흥시키고 선제先帝의 탁고託孤하신 중한 부탁을 수행하겠소. 살아도 죽느니만 못하구려."

공명의 탄식하는 말을 듣자 노인이 대답했다.

"승상께서는 과히 근심하지 마십시오. 노부가 한 가지 좋은 방법을 가르쳐 드리겠습니다."

"노장께서는 어떠한 고견高見이 계십니까? 가르쳐 주시기 바랍니다."

"여기서 정서正西편으로 두어 리쯤 가면 일좌 청산이 있고 산골 속으로 한 이십 리쯤 들어가면 한 굽이 맑은 시내가 흐릅니다. 부르기를 만안계萬安溪라 합니다. 그곳에 한 사람 높은 선비가 있는데 호를 만안은자萬安隱者

---

7) 미란 : 썩거나 헐어서 문드러짐.

라 하지요. 이 사람은 세상에 나와 본 지가 아마 수십 년은 되었을 것입니다. 이 사람의 초암草庵 뒤에 안락천安樂泉이라고 하는 샘물이 있는데 중독된 사람이 이 물을 한번 마시면 곧 나아 버립니다. 그리고 옴이나 문둥병에 걸린 사람들, 혹은 장기瘴氣를 마신 사람들도 이 계곡에서 목욕만 하면 자연히 병이 낫습니다. 또 암자 앞에 일등 가는 좋은 풀이 있는데 풀 이름을 해엽운향薤葉芸香이라 합니다. 사람이 이 풀을 따서 입에 물기만 하면 장기를 예방할 수 있습니다. 승상께서는 빨리 가시어 속히 구하십시오."

공명은 노인에게 절하여 사례하고 다시 물었다.

"어르신네께서 이같이 활명活命하시는 큰 덕을 제갈양이 감히 한시라도 잊을 수 없습니다. 원컨대 높으신 함자를 듣고자 합니다."

노인은 사당 안으로 들어가면서 말했다.

"나는 본시 이곳 산신山神으로서 복파伏波 장군將軍의 명을 받들어 특히 와서 지시하는 것이오."

공명은 깜짝 놀랐다. 사당을 향하여 두 번 절하고 길을 찾아 수레에 올랐다.

공명은 대채로 돌아가 향이며, 예물을 갖춘 후에 다음 날 왕평王平으로 벙어리 된 군사들을 거느리게 하고, 공명이 친히 앞을 서서 밤을 도와 산신이 지시한 만안계萬安溪로 향하여 나갔다.

산골로 들어가 20여 리쯤 나가니 낙락장송에 푸른 피나무며, 잣나무가 우거진 속에 기화요초琪花瑤草는 수간모옥數間茅屋을 둘러쌌는데 맑은 향기가 은은히 코에 스쳤다.

공명은 크게 기뻤다. 집 앞에 당도하여 문을 두드렸다.

한낱 청의동자가 나와서 문을 열었다.

공명이 막 성명을 통하려 할 때 한 사람 도사가 대관(竹冠) 쓰고, 짚신 신고, 백포白袍에 검은 띠를 띠고 죽장을 짚고 나오는데 눈은 푸르고 머리는 노랬다. 혼연히 입을 열어 말했다.

"노형은 한 승상 제갈양이 아니신가?"

공명도 미소를 지어 대답했다.

"고사高士께서는 어찌 나를 짐작하십니까?"

은자隱者가 대답했다.

"오랫동안 승상의 대명을 들어 알았소이다. 이번에 남정南征까지 하시는 일을 어찌 모르겠소."

선비는 곧 공명을 초당으로 맞아들였다.

인사가 끝난 후에 주인과 손은 마주 대해 앉았다.

공명이 말했다.

"양亮은 소열昭烈 황제皇帝의 탁고託孤하신 중임을 받들고, 이제 폐하의 영지를 이어서 대군을 거느려 만방에 왕화王化를 펴러 왔소이다. 그러나 뜻밖에 맹획은 골 속으로 들어가고 군사들은 잘못 아천啞泉을 마시어 벙어리가 되었소이다. 지난밤에 복파 장군께서 현성顯聖하시어 선생을 찾아가면 좋은 신수神水를 내리시어 병을 고쳐 주실 것이라 하기에 찾아온 길이올시다. 바라건대, 처사께서는 약물을 주시어 군사들의 잔생殘生을 구해 주십시오."

은자는 손을 어루만져 미소하며 대답했다.

"노부는 산야山野 폐인廢人이올시다. 승상께서 친히 수레를 굽히시어 이같이 찾으시니 광영 됨이 많소이다. 샘은 암자 뒤에 있으니 길어다가 먹이라 하십시오."

처사의 말이 채 떨어지기 전에 동자는 왕평이 인솔한 벙어리 군사들을 시냇가로 인도하여 물을 마시게 했다. 군사들은 다투어 물을 마신 후에

악한 침과 가래를 토하고 곧 말을 다시 했다. 모두들 희한한 일이라 생각했다. 동자는 다시 군사들을 데리고 만안계로 내려가서 한바탕 목욕을 시켰다.

은자는 초당에서 백자다柏子茶와 송화채松花菜를 내어 공명을 대접하며 말했다.

"이곳 만동蠻洞에는 독한 뱀과 흉악한 갈충이며, 버들꽃 등 독한 기운이 시내와 샘물 속으로 스며들어 가서 이같이 탈이 납니다. 땅을 파서 독한 기운을 걸러 낸 후에 물을 마시면 무사할 것입니다."

공명이 또 청했다.

"해엽운향薤葉芸香을 좀 주셨으면 합니다."

은자는 군사들한테 지시했다.

"여러분은 마음 놓고 저기 산비탈에 있는 풀을 한 잎씩 따서 입에 무시오. 그러면 자연히 장기瘴氣가 침로하지 못하리다."

공명은 감사했다.

"존성대명을 알려 주셨으면 합니다."

처사는 빙긋 웃으며 대답했다.

"나는 맹획孟獲의 형 맹절이란 사람이오."

공명은 악연히 놀랐다.

은자는 또다시 말을 꺼냈다.

"승상께서는 괴상하게 생각하시지 마시고 나의 말씀을 들어 보시오. 맹획은 나와 한 부모의 뼈와 배를 같이한 삼 형제 동생이올시다. 맏이 노부 맹절이고, 둘째가 맹획이고, 그 다음 셋째가 맹우孟優입니다. 부모 두 분은 다 돌아가셨고, 두 아우는 성정이 너무나 강악해서 왕화王化에 복종하지 아니합니다. 나는 여러 번 타일렀으나 듣지 아니하니 성명을 고치고 이곳에 숨어 있었습니다. 오늘날 욕된 아우가 반란을 일으켜서 승상께서 깊이 이 같은 불모지지不毛之地까지 들어와 수고를 하시게 했으니 오늘날 그의 형제 되는 맹절은 만 번 죽어 마땅합니다. 삼가 죄를 승상 전에 청합니다."

공명은 은자의 말을 듣고 탄식했다.

"바야흐로 옛날 도척盜跖과 유하혜柳下惠가 형제였다는 말이 거짓말이 아닌 것을 알 수 있구나."

다시 맹절한테 말했다.

"나는 천자께 상주上奏하여 공으로 이곳 왕을 봉하도록 하겠소."

맹절이 껄껄 웃으며 대답했다.

"부귀공명이 싫어서 이곳으로 피하여 도망쳐 왔는데, 다시 부귀를 탐할 뜻이 있겠습니까."

공명은 금과 비단을 보내니 맹절은 굳이 사양하고 받지 아니했다. 공명은 차탄하기를 마지아니하고 손 나누어 작별하고 돌아왔다.

뒤의 시인은 시를 지어 옛일을 감탄했다.

高士幽捷獨閉關
武候曾此破諸蠻
至今古木無人境
猶有寒烟鎖舊山

높은 선비 혼자서
문 닫고 들어앉았네.
제갈 무후

일찍이,

이곳에서

모든 만인

깨쳤네.

지금엔, 고목만 있고

사람 없는 곳.

찬 연기만

옛 산에

서렸네.

공명은 대채로 돌아온 후에 군사에게 영을 내렸다.

"땅을 파서 우물을 만들라."

군사들은 땅을 팠다. 20여 길을 파 들어갔으나, 한 방울 물도 비치지 아니했다. 10여 군데를 파헤쳤으나 매일반이었다. 군사들은 경황해서 어찌할지를 몰랐다.

공명은 야반夜半에 목욕재계하고 분향焚香 사배四拜하여 하늘에 고했다.

"신臣, 양亮은 재주 없는 몸으로 대한大漢의 복을 우러러 받들어, 남만을 평정하라는 명을 받았습니다. 그러나 이제 도중에 물이 결핍되어 군사와 말은 고갈枯渴의 지경에 빠졌습니다. 만약 상천上天께서 대한의 운수를 멸절시키지 아니하신다면 곧 단물을 주시옵소서. 만약 한실의 운수가 이미 다했다 하시면 신, 양의 무리는 이곳에서 죽겠습니다."

이날 밤에 제갈양은 간절히 빌어 축을 올렸다.

이튿날 평명平明 때 군사들이 우물을 돌아보니 우물마다 가득가득 단물이 괴어 철철 넘쳤다.

뒤의 시인은 신기하게 생각했다.

시를 지어 탄식했다.

爲國平蠻統大兵

心存正道合神明

耿恭拜井甘泉出

諸葛虔誠水夜生

나라 위해 대병을 거느리고,

남만을 평정하네.

마음을

바르게 두니,

신명의 뜻과도

합쳐지네.

경건하고 공손하게

우물에 절하니,

단 샘물

용솟음쳐 솟아나네.

아아, 제갈공명의 정성이여,

야반에 감로수가 흐르네.

공명의 군사들은 단물을 마시게 되니 모든 일이 평안했다. 작은 길을

지나 바로 독룡동 앞에 진을 쳤다.

만병들은 급히 맹획한테 고했다.

"촉병들은 장기瘴氣에도 병이 걸리지 아니하고 목마른 기색도 없이 독룡동 앞까지 들어와 진을 쳤습니다. 모든 샘물도, 촉병 앞에는 독한 효력을 내지 못하나 봅니다."

타사朶思 대왕大王은 깜짝 놀랐다. 곧 맹획과 함께 동구에 나가 높은 산에 올라 촉진을 바라보았다.

독룡동구 앞에 진 치고 있는 촉병들은 군사의 보고와 같이 안연 무사했다. 뿐만 아니라 군마들은 큰 통, 작은 통에 맑은 물을 가득가득 길어다가 말을 먹이고 밥을 지었다.

타사 대왕은 이 모양을 보자 머리털이 쭈뼛 올라갔다. 맹획을 돌아보며 말했다.

"제갈양의 군사는 신병神兵이로구려!"

맹획이 대답했다.

"우리 형제 두 사람은 촉병과 한번 결사전을 해서 진중에 죽겠소. 어찌차마 손을 묶여 결박을 받겠소."

타사 대왕은 부들부들 떨면서 대답했다.

"만약 대왕이 패하게 된다면 나의 처자식은 볼일 다 봤소. 소와 말을 잡아서 동내 장정들을 흠뻑 먹인 후에 물과 불을 피하지 말고 곧 촉병을 무찔러 봅시다. 이래야만 겨우 이기오리다."

타사 대왕은 말을 마치자 크게 만병을 호궤하고 군사를 점고하여 길을 떠나려 할 때, 홀연 군사가 보했다.

"동구 뒤, 서편에 있는 은야동銀冶洞 이십일 동주洞主 양봉楊鋒이 삼만 대병을 거느려 구원하러 오셨습니다."

맹획은 크게 기뻐했다.

"이웃 군마가 나를 도우러 왔으니 나는 이제, 반드시 이기고 말 것이다."

맹획은 곧 타사와 함께 동구 밖까지 나가서 양봉을 맞이해 들였다. 양봉이 자리에 좌정한 후에 말했다.

"나는 정병 삼만을 거느리고 왔소이다. 모두 다 철갑을 입은 정예 부대들이올시다. 나는 새, 달리는 짐승같이 태산준령을 잘 타고 다닙니다. 아무 염려 마십시오. 족히 촉병 백만을 대적할 수 있습니다. 그리고 나는 다섯 아들을 두었습니다. 모두 다 무예가 절륜하니 넉넉히 대왕을 도울 만합니다."

양봉은 말을 마치자 데리고 온 다섯 아들을 불러서 타사와 맹획한테 절하여 뵙게 했다. 모두 다 표범의 형체와 범의 체구를 가져서 위풍이 늠름했다.

맹획은 크게 기뻤다. 곧 주효를 장만하여 양봉의 부자를 대접했다.

술이 얼근하여 반감半酣이 되었을 때 양봉이 말을 꺼냈다.

"군중에는 낙이 적습니다. 우리 진에 군사를 따라다니는 만고蠻姑들이 있어 도패刀牌를 잘 씁니다. 한번 여흥을 돕도록 하겠소이다."

맹획은 흔연히 허락했다.

"좋소이다."

조금 있으려니 만고 수십 인이 머리 풀어 삭발하고 맨발로 춤을 추며 장 밖에서 들어왔다.

여러 만인들은 손뼉을 치며 노래 장단을 맞추었다.

양봉은 두 아들에게 맹획 형제한테 잔을 올리라 했다.

두 아들은 각각 맹획과 맹우 앞으로 나아가 잔을 올렸다.

맹획 형제가 잔을 받아 입에 막 대려 할 때 양봉은 별안간 대갈일성 호령을 내렸다.

"맹획 형제를 꽁꽁 묶어라."

두 아들은 눈 깜짝할 사이에 맹획 형제를 동아줄로 찬찬 묶어서 상 아래로 끌어내렸다.

이때 옆에 있던 타사는 혼비백산이 되어 달아나다가 양봉한테 잡히고 말았다.

만고蠻姑들은 미리 약속을 한 듯 장상帳上을 가로막고 있었다. 누구 한 사람 감히 가까이 가서 맹획을 구할 수 없었다.

맹획은 양봉을 향하여 애원했다.

"토끼가 죽으면 여우가 슬퍼하는 법이다. 이것은 유類가 같은 때문이다. 나와 너는 본시 같은 동주로서 지난날에 아무런 숙원이 없는데 어찌해서 나를 해치느냐?"

양봉이 대답했다.

"우리 형제 자질이 모두 다 제갈 승상의 활인活人하신 은혜를 생각했으나 갚을 길이 없었다. 이제 네가 또 반했으니 어찌 잡아 바치지 않겠느냐."

양봉은 맹획 형제와 타사 대왕을 잡아 공명의 진으로 향했다. 각 동의 만병들은 뿔뿔이 헤어져 고향으로 달아났다.

은갱동

공명은 양봉을 불러들였다.

양봉의 무리들은 장하帳下에 엎드려 절하여 아뢰었다.

"저희들의 자식과 조카들은 항상 승상의 활인하신 은덕에 감동되어 맹획 형제를 잡아 바칩니다."

공명은 양봉의 무리에게 중한 상금을 내린 후에 맹획을 잡아들이라 했다.

군사들은 결박 지은 맹획의 등을 밀어 들어왔다.

공명은 웃으며 맹획에게 물었다.

"이번에는 진심으로 항복하겠느냐?"

맹획은 여전히 뻣뻣하게 대답했다.

"이번에도 당신이 능해서 나를 잡은 것은 아닙니다. 우리 동중 사람들이 동족상잔同族相殘을 해서 이같이 되었으니, 죽일 테면 죽이시오. 나는 진심으로 불복不服하오."

공명이 말했다.

"너는 나를 물 없는 땅으로 몰아넣고 다시 아천, 흑천, 유천 등 독한 샘물로 우리 군사들을 해치려 했다. 그러나 우리 군사들은 까딱없이 무양無恙하니, 어찌 천의天意가 아니겠느냐. 너는 어찌 그리 미련하고 고집이 세단 말이냐?"

맹획이 대답했다.

"나는 조상 때부터 은갱산銀坑山 중中에 살았소이다. 이곳엔 삼강三江의 험한 요새가 있고 중관重關의 굳은 관문이 있소이다. 당신이 만약 이곳에서 나를 잡는다면 우리는 자자손손, 마음을 기울여 복종하겠소이다."

"나는 이번에도 너를 놓아줄 테니 너는 네 고장으로 돌아가서 다시 군사를 정돈하여 나와 함께 승부를 결단할 준비를 차려라. 만약 그때 가서 네가 잡혀도 항복하지 않으면 반드시 구족九族을 멸하리라."

공명은 좌우에 모시어 서 있는 무사에게 맹획의 결박을 풀라 했다.

맹획은 재배를 올리고 물러갔다.

공명은 또다시 무사들에게 맹획의 아우 맹우와 타사 대왕의 결박을 풀라 하고 술과 음식을 주어 놀란 가슴을 진정시켜 주었다.

두 사람은 황송하고 두려워서 감히 공명을 바로 바라보지 못했다.

공명은 그들에게 안장과 말을 주어 고향으로 돌아가게 했다.

맹획의 무리 20인은 밤을 도와 은갱동으로 돌아갔다.

저 은갱동 밖에는 세 줄기 강물이 띠같이 둘리었으니 노수瀘水와 감남수甘南水와 서성수西城水가 합쳐서 삼강三江이 되었다.

다시 은갱동 북편에는 평탄한 땅이 2백여 리에 뻗쳤는데 만 가지 물건이 생산되는 곳이요, 동서편에는 2백 리 평지가 있는데 염정鹽井이 있고, 서남 2백 리에 뻗은 길은 곧장 노감瀘甘으로 통하는 길이요, 정남으로 3백 리를 가면 양도동梁都洞이 있었다.

동중에 산이 있는데 둥글게 동중을 둘러싸 안았고 산에서는 은광銀鑛이 있어서 은이 많이 나는 까닭에 은갱산銀坑山이란 이름을 가졌다.

산중엔 호화찬란한 궁전과 누각이 있으니, 만왕이 거처하는 곳이요, 그중에 한 채 사당집 조묘祖廟를 지었는데 이름을 가귀家鬼라 불렀다.

만왕이 조상을 제사하는 가귀家鬼에는 사시제四時祭를 지내는데 소와 말을 잡아서 제향祭享을 지내고 제사 지내는 행사를 복귀卜鬼라 불렀다.

해마다 촉 땅 사람과 외향 사람들이 제사를 지내 주었다.

그들은 약을 먹을 줄 몰랐다. 사람이 병이 나면 약을 쓰지 아니하고 무당을 청하여 기도를 했다. 무당의 명칭을 약귀藥鬼라 했다.

이곳에는 형벌과 법이 없었다. 죄를 지으면 목을 베어 참斬할 뿐이었다.

딸이 있어 장성하게 되면 개울로 나가서 목욕을 했다. 남자와 여자는 한곳에서 혼욕混浴을 했다. 저희들끼리 마음에 드는 사람을 가려서 짝을 지었다. 부모는 자유스럽게 내버려 두고 금하지 아니했다. 이같이 혼욕하면서 배우자를 정하는 일을 학예學藝라 불렀다. 말하자면 배우자를 선택하는 학문과 예술이란 뜻인 것 같았다.

그들은 우순풍조雨順風調한 때는 농사를 짓기 위하여 씨를 뿌려 파종을 하고, 농사가 그르게 되면 뱀을 잡아서 죽을 끓이고 코끼리 고기를 밥 대신 먹었다.

동리의 상호上戶를 동주洞主라고 부르고 다음을 추장酋長이라 했다.

장은 한 달에 두 번씩 서는데 초하룻날과 보름날이었다. 모두 삼강성三江城 안에서 물건을 교환하여 사고팔았다. 남만 풍속은 대강 이러했다.

본 이야기로 돌아간다. 맹획은 다섯 번째 잡혔다가 놓여 돌아온 후에 동중에 종당宗黨 천여 명을 모아 놓고 울분을 일장 설파했다.

"나는 제갈양한테 다섯 번이나 욕을 당했다. 맹세코 원수를 갚아야 하겠다. 너희들한테 좋은 의견이 있거든 숨기지 말고 쾌게 말하라."

맹획의 말이 채 끝나기 전에 한 사람이 소리쳐 대답하며 일어섰다.

"내가 한 사람을 천거하겠소. 이 사람이면 족히 제갈양을 격파하리라."

여러 사람들이 바라보니 현재, 맹획의 처남인 팔번부장八番部長 대래帶來 동주洞主였다.

맹획은 기뻤다. 입이 떡 벌어졌다.

"어떤 사람인가?"

"이곳에서 동남편으로 가면 팔납동八納洞이란 곳이 있습니다. 동주洞主, 목록木鹿 대왕大王은 법술에 통달한 사람이올시다. 나갈 때는 코끼리를 타고 출입하는데 능히 호풍환우呼風喚雨를 합니다. 항상 범과 표범이며, 시랑豺狼과 독사며, 악갈惡蝎 등을 뒤에 따르게 합니다. 뿐만 아니라 그의 수하에는 삼만 신병神兵이 있는데 심히 영용英勇합니다. 대왕께서는 예를 갖추고 글월을 닦아서 저한테 주십시오. 친히 가서 구원을 청해 보겠습니다. 그가 만약 허락만 한다면, 제갈양도 족히 두려울 것이 없습니다."

맹획은 유연히 마음이 기뻤다. 곧 글월과 예물을 처남妻男한테 주어 목록 대왕을 찾게 하고, 일변 타사 대왕으로 삼강성을 파수케 하여 전면의 병장屏障을 삼았다.

일변, 공명은 대병을 인솔하고 곧 삼강성三江城 앞에 당도하여 멀리 지세地勢를 바라보았다.

성은 삼면이 강물인데, 한 면만이 육지로 통해 있었다.

공명은 곧 위연과 조자룡을 불렀다.

"너희 두 사람은 함께 일천 군마를 거느리고 육지로 나가서 성을 함락시키라."

상산 조자룡과 위연은 승상의 명을 받들어, 마병을 거느리고 육로로 향하여 삼강성을 공격했다. 조운과 위연이 삼강성에 당도하니 만인들은 성 위에서 일제히 활과 세뇌를 쏘아붙였다."

원래 동중의 만인들은 어릴 때부터 활과 쇠뇌를 잘 쏘았다.

쇠뇌 한 틀을 쏘면 열 대가 일제히 쏟아져 날게 마련이었다.

살촉마다 독한 약을 발랐다. 화살에 사람이 맞기만 하면 살이 썩어 문

드러져서 오장 육부까지 드러나 보였다.

독약을 바른 화살은 쇠뇌 한 방이 터질 때마다 열 대씩이나 쏟아져 나오니 천하 명장 위연과 조자룡이라 한들 이겨 낼 도리가 없었다. 두 장수는 쓴 입맛을 다시며 군사를 거두어 돌아와 공명한테 사실을 고했다.

"만인들은 화살에 독한 약을 발라서 군사들이 턱턱 쓰러져 죽습니다. 어찌해야 좋은지 감히 아룁니다."

공명은 두 장군의 보고를 받자 친히 수레에 올라, 허실을 살핀 후에 군령을 내렸다.

"군사들을 두어 마장 뒤로 물려 진을 치라."

촉병들은 공명의 지휘에 따라 수 리 밖에 진을 쳤다.

만병들은 촉병들이 군사를 철수하여 후퇴하는 것을 보자 모두들 손뼉을 쳐 크게 웃으며 치하했다.

"촉병들도 별 수 없다. 우리들 막막강병의 쇠뇌를 당해 낼 수가 있나. 하하하."

"놈들이 그렇게 뽐내더니 쫓겨 가는 꼴이 가관일세. 하하하."

만병들은 마음을 놓았다. 촉병이 겁을 집어먹고 달아난 줄만 알았다. 밤이 되니 안심하여 다리를 뻗고 자면서 탐보하는 군사 한 명도 벌여 세우지 아니했다.

한편 공명은 군사를 물린 후에 진문을 굳게 닫고 출전을 아니했다. 연거푸 닷새가 지났건만 아무런 명령도 내리지 아니했다.

하루는 황혼 때가 되었다. 홀연 미풍微風이 진문 앞에 슬슬 불어 일어났다.

공명은 별안간 엄숙한 영을 내렸다.

"군사마다 의금衣襟을 한 벌씩 준비하라. 이경 때 점고하리라. 만약에 아니 가진 자는 그 자리에서 참하리라!"

　모든 장병들은 공명의 뜻을 몰랐다. 그대로 군령을 지킬 뿐이었다.

　초경初更 때가 되었다.

　공명은 또다시 군령을 내렸다.

　"군사들은 아까 가지고 있던 의금衣襟에 가득히 흙을 싸서 들고 있으라.
아니 가진 자는 서서 목을 베리라."

　장병들은 여전히 공명의 뜻을 몰랐다. 명령대로 시행할 뿐이었다.

맹획의 아내 축융 부인

공명은 세 번째 전령을 내렸다.

"모든 군사들은 의금衣襟에 가득히 흙을 싸 가지고 삼강성 앞으로 달려오라. 선착하는 군사한테는 큰 상을 주리라."

모든 군사들은 공명의 영을 듣자 서로들 앞을 질러 정한 황토를 싸 가지고 나는 듯이 삼강성으로 달렸다.

공명은 또 영을 내렸다.

"흙을 성 앞에 쏟고 먼저 성에 오르는 군사한테 일등상을 주리라!"

공명의 영이 다시 떨어지니, 촉병 10만에 항복한 군사 만여 명은 일제히 흙을 성 앞에 쏟아 놓고 성 위로 기어올랐다.

삽시간에 흙은 태산 같은 조산造山을 이루었다.

삼강성과 조산은 눈 깜짝할 사이에 연이어졌다.

일성 포향이 터지면서 촉병들은 고함치고 일제히 성 위로 올랐다.

만병들은 자다가 황황망조 어찌할지 모르며 성 위로 올랐다. 급히 쇠뇌를 쏘려 했다. 그러나 성 위에는 벌써 촉병들이 가득히 올라 있었다.

만병들은 모두 다 촉군의 포로가 되어 버렸다.

촉병은 물밀듯 삼강성 중으로 들어갔다.

성안에 있던 만병들은 어마뜨거라 하고 뿔뿔이 머리를 싸안고 정신없이 달아났다.

이 통에 타사朶思 대왕大王이란 자는 난군 중에 죽어 버렸다.

촉장들은 세 길 네 길로 삼강성 대궐로 향하여 쳐들어갔다. 삼강성은 완전히 촉병의 수중으로 들어갔다.

촉장들은 삼강성에 가득히 쌓여 있는 금은보화를 삼군에게 상 주어 크게 호궤했다.

패전한 만병들은 급히 대궐 안에 있는 맹획한테 돌아가 삼강성 뺏긴 일과 타사 대왕의 전사한 일을 전했다. 맹획은 크게 놀라 어찌할지 모르고 있을 때, 졸개 한 명이 숨이 턱에 차서 급히 뛰어와 고했다.

"촉병들은 벌써 강을 건너서 본동本洞에 진을 쳤습니다."

맹획은 황황망망했다.

수족을 가누지 못하고 있을 때 홀연 병풍 뒤에서 한 여자가 깔깔 웃으며 나왔다.

"남자로 태어나서 머리가 그렇게 둔하단 말씀이오. 제가 비록 한개 여자올시다마는 당신을 모시고 한번 나가 싸우겠습니다."

맹획이 보니 아내 축융祝融 부인夫人이었다.

부인은 대대로 남만에 살아온 여인으로서 축융祝融[8] 씨氏의 후예였다.

비도飛刀를 잘 썼다. 백발백중하는 솜씨였다.

맹획은 자리에서 일어나 부인의 손을 잡고 감사했다.

"고맙소……."

부인은 흔연히 종당宗堂 맹장猛將 수백 명과 힘센 동병 5만 명을 거느리고 마상에 높이 앉아 은갱銀坑 궁궐宮闕에서 나왔다.

5만 만병과 수백 만장은 동구에서 나와 촉병과 대결하려 할 때, 홀연 한

---

8) 축융 : 화신火神.

떼 군마가 소리치며 달려와 길을 막았다.

만병들이 멀리 바라보니 촉병의 일부대였다. 위수爲首 대장大將은 장의
張嶷였다.

만병들은 길을 열어 양편으로 쫙 갈라섰다.

축융祝融 부인夫人은 등에 오구비도五口飛刀를 꽂고 손에는 장팔장표丈八
長標를 들고 곱수털 적토마赤兎馬 위에 높이 앉아 씩씩하고 단정한 모습으
로 나왔다.

장의는 축융 부인의 씩씩한 모습을 보자 마음속으로 몇 번인지 가만히
칭찬했다.

'여자의 몸으로 저렇듯 씩씩할 수가 있는가!'

장의는 말을 놓아 달렸다. 축융 부인도 장의를 취하러 말을 놓았다.

축융 부인의 말과 장의의 탄 말은 어훙 소리를 치며 말굽 소리 드높게
어우러졌다.

칼과 창은 마주치면서 교봉交鋒한 지 두어 번이 못되어 홀연 부인은 말
을 놓아 패해 달아났다.

장의는 힘을 다하여 달아나는 축융 부인을 쫓았다.

홀연 부인은 마상에서 몸을 돌렸다. 서릿빛 섬광閃光이 햇빛에 반사되어
번쩍하면서 한 자루 날아오는 비도飛刀는 쏜살같이 장의한테로 떨어졌다.

장의는 얼른 몸을 피하면서 손을 들어 막으려 할 때, 비도飛刀는 장의의
왼편 팔에 콱 박혀 버렸다.

장의는 아픔을 이기지 못했다. 한소리 비명을 지르면서 말 아래 가로
떨어졌다.

만병들은 일제히 고함치면서 달려들었다.

밧줄을 던져 꽁꽁 결박 지어 만영蠻營으로 끌고 갔다.

한편 마충馬忠은 장의가 말에서 떨어졌다는 소식을 듣고 급히 말을 달려 구하러 나갔다. 그러나 장의는 벌써 만병한테 결박 지어 끌려가고 있었다. 앞에는 맹획의 아내 축융 부인이 창을 꼬나들고 마상에 높이 앉아 비웃고 있었다.

마충은 분기가 탱중했다. 급히 말을 놓아 축융 부인을 취하려 할 때, 홀연 부인이 던지는 한줄기 밧줄은 마충의 말굽을 얽어 땅에 쓰러뜨렸다.

만병들은 일제히 함성을 지르며 또다시 마충을 사로잡았다.

촉병의 일진은 대패해 달아났다.

축융 부인은 장의와 마충을 결박 지어 맹획한테 바쳤다.

맹획은 크게 기뻤다.

잔치를 베풀어 장수와 군사를 위로했다.

부인은 맹획과 자리를 같이하여 만장들의 치하를 받으면서 도부수한테 영을 내렸다.

"사로잡은 두 촉장을 행형장으로 끌어내어 목을 베어라!"

무사들은 일제히 장의와 마충을 끌어내려 했다.

맹획이 급히 손을 저어 막았다.

"제갈양은 나를 다섯 번이나 놓아주었다. 이제 내가 만약 저 장수들을 죽인다면 이것은 불의不義스러운 짓이다. 옥에 가두어 두었다가 제갈양을 마저 잡은 후에 처치하는 것이 좋겠다."

부인은 웃으며 응낙했다.

두 장수를 옥에 가두라 한 후에 즐겁게 연회를 계속했다.

한편 촉병들은 패해 달아나면서 급히 공명한테 아뢰었다.

"장의, 마충 두 장군이 사로잡혔습니다. 맹획의 아내 축융 부인이란 여인은 과연 효용이 절륜한 여자올시다. 다섯 자루 비도飛刀를 신출귀몰하게 쑵니다."

공명은 곧 마대, 조운, 위연 세 장수를 불러 비밀한 계책을 주어 각기 군사를 거느려 나가게 했다.

다음 날이 되었다. 만병들은 동중으로 들어가 축융 부인한테 고했다.

"촉장 중에 제일이라는 상산 조자룡이 말 타고 달려와서 싸움을 돋웁니다."

축융 부인은 곧 말에 올라 채질 쳐 나갔다.

조자룡과 축융 부인은 어우러져 싸운 지 불과 수합에 자룡은 말 머리를 돌려 급히 달아났다.

축융 부인은 혹시 매복한 군사가 있을까 두려웠다. 쫓지 아니하고 쟁을 쳐서 군사를 거두었다.

조금 있으려니 위연이 군사를 거느리고 와서 싸움을 돋우었다.

부인은 다시 말 타고 나와 위연과 어우러져 싸웠다. 좋은 적수였다. 창과 칼은 맞부딪치면서 한창 고조되었을 때 위연이 또 거짓 패해 달아났다.

부인은 영리했다. 이번에도 쫓지 아니했다.

다음 날이 되었다. 상산 조자룡이 또다시 군사를 거느리고 와서 싸움을 돋우었다.

부인은 사양치 아니하고 동병을 거느리고 나와서 조자룡을 대항했다.

교봉한 지 수합이 채 못되어 조자룡이 또 거짓 패해 달아났다.

부인은 말 타고 창을 잡은 채, 조자룡이 달아나는 뒤를 쫓지 아니했다.

쟁을 쳐 군사를 거두어 회전하려 할 때, 위연이 또 군사를 거느리고 와서 욕지거리를 했다.

부인은 분했다. 급히 말을 달려 창을 꼬나들고 위연의 몸을 찌르려 했다.

위연은 또다시 말을 몰아 달아났다. 부인은 분을 참을 수 없었다. 전신에 피가 올랐다. 채를 들어 말을 갈기며 위연의 뒤를 쫓았다.

위연은 계속해서 말을 달려 산간벽지로 들어갔다. 부인은 여전히 뒤를 따랐다.

중중첩첩한 산모퉁이를 돌았을 때, 홀연 등 뒤에서 "에구머니" 하는 소리가 일어났다.

위연이 머리를 돌려 돌아보니 축융 부인이 안장을 안고 말 아래 떨어져 있었다.

원래 이곳에는 마대가 복병하고 있다가, 밧줄을 던져서 말 다리를 얽어서 축융 부인을 낙마시킨 것이었다.

마대의 군사는 축융 부인을 결박 지어 공명의 큰 진으로 끌어갔다.

만병들은 기가 막혔다. 급히 쫓아 구하려 할 때, 조자룡이 군사를 거느리고 만병들을 시살했다. 만병들은 일진이 대패해서 돌아갔다.

일변 마대는 축융 부인을 결박 지어 큰 진으로 들어가 공명한테 뵈었다.

공명은 단정히 장대 위에 앉아서 마대가 잡아 온 축융 부인을 굽어보았다.

마대가 공명한테 아뢰었다.

"맹획의 아내를 잡아 대령하였소."

공명은 마대한테 영을 내렸다.

"결박을 끌러서 별방別房에 있게 하고 술과 음식을 대접하여 놀란 가슴을 가라앉게 하라."

분별한 후에, 다시 사신을 맹획한테 보내서 전갈을 했다.

"나는 포로가 되어 잡혀 온 그대의 부인을 돌려보낼 테다. 그대는 나의 장수 장의와 마충을 돌려보내라."

맹획은 쾌하게 응낙하고 곧 장의와 마충을 공명한테 돌려보냈다. 공명도 지체하지 아니하고 곧 축융 부인을 은갱동으로 돌려보냈다.

맹획은 아내를 맞이하니 일변 기쁘고 한편으로 상심이 되었다. 어찌하면 제갈공명에게 설욕을 하나 하고 번뇌하기를 마지아니했다.

홀연 군사가 보했다.

"팔납八納 동주洞主께서 오셨습니다."

맹획은 급히 동구 밖까지 나가 영접했다.

맹획은 팔납 동주를 바라보니 몸에는 황금, 주옥으로 꾸민 영락纓絡을 달고 허리에는 두 개의 큰 칼을 차고 흰 코끼리를 탔는데 제법 위풍이 늠름했다. 뿐만이 아니었다. 군사들은 호랑이와 표범이며, 시랑豺狼이를 거느리고 뒤를 따랐다.

맹획은 동주를 궁궐로 인도하여 당상에 오르게 했다. 재배하여 인사하고 공명에게 번번이 패해서 사로잡힌 일을 일장 설파한 후에 구원해 주기를 간청했다.

"염려 마시오. 내가 도와주리다. 대왕은 근심 마십시오."

쾌한 허락을 내렸다.

맹획은 크게 기뻤다.

잔치를 베풀어 대접했다.

다음 날 날이 밝았다. 목록 대왕은 부하 군사와 장수들을 거느리고 동구 밖으로 나갔다.

조운, 위연은 만병이 왔다는 소문을 듣자, 곧 군사를 이끌어 진을 치고 말고삐를 나란히 하여 적진을 바라보았다.

만병들은 옷을 입지 아니했다. 새빨간 알몸으로 칼을 춤추어 나오는데 얼굴은 추하고 더러워서 차마 볼 수가 없었다.

그들의 진중에는 북을 울리지 아니하고 제금만 쳐서 군호를 삼았다.

목록 대왕은 큰 기 아래 거드름을 피우고 흰 코끼리를 타고 나왔다. 허리에는 두 자루 보도寶刀를 차고 손에는 꼭지 달린 종을 들었다.

조자룡이 위연에게 말했다.

"나는 전쟁을 많이 치렀으나 이런 흉맹한 오물은 처음 보았소."

"과연 대단한 인물이오."

위연도 차탄했다.

두 사람이 무엇을 생각하고 있을 때, 목록 대왕은 입으로 주문을 외면서 손으로 꼭지 달린 종을 흔들었다.

홀연 광풍이 크게 일어나면서 모래가 날고 돌이 움직였다. 마치 소나기가 쏟아지듯 했다.

목록 대왕

한소리 호각성에 호랑이와 표범이며 시랑豺狼과 독사 떼, 기막힌 맹수猛獸들은 일제히 아가리를 벌리고 발톱을 흔들며 쫓아 들었다.

촉병蜀兵들은 어마뜨거라, 혼비백산이 되었다. 막아서 저당할 길이 없었다. 썰물 빠지듯 뒤로 물러갔다.

만병蠻兵들은 기세 좋게 고함치면서 촉병의 뒤를 쫓아 삼강계로三江界路까지 쫓아갔다가 되돌아왔다.

조운과 위연은 패잔병을 거느리고 공명의 장전帳前에 나가 죄를 청했다.

"생전 처음 패했습니다. 군령을 내려 참하소서."

공명은 미소하여 두 장수를 위로했다.

"이번 일은 그대들 두 사람의 허물이 아니다. 내가 일찍 남양초당南陽草堂에 있어 출려出廬하지 아니하고 있을 때 남만 사람들이 호표虎豹를 몰아서 싸운다는 말을 들었다. 그 후에 나는 서촉에서 호표를 몰고 싸우러 오는 군사들을 격파시킬 기구를 발명했던 것이다. 이번에 나는 이십 량輛의 기구를 가지고 왔다. 아직 봉인한 채 그대로 두었다. 한번 시험해 볼 좋은 기회다. 오늘은 반만 쓰고, 반은 두었다가 추후에 별도로 쓰게 하리라."

공명은 말을 마치자, 시자를 불러 분부를 내렸다.

"후진後陣 군기고軍器庫에 붉은빛으로 기름칠한 수레 열 대와 검은빛으로 기름칠한 수레 열 대 도합 이십 대가 있다. 그중에서 붉은빛으로 기름칠한 열 대를 장하帳下로 가져오고, 검은빛으로 기름칠한 열 대는 그대로 후진에 잘 보관해 두어라."

시자들은 공명의 영대로 붉은빛으로 기름칠한 수레 열 대를 끌고 왔다.

모든 사람들은 무엇에 쓸 물건인지 까닭을 알지 못했다.

공명은 시자에게 봉함을 떼게 하고 궤를 열었다.

궤 속에는 큰 짐승을 나무로 조각해 만든 물건이 나타났다. 몸뚱이에는 오색 융絨으로 옷을 만들어 입혔는데, 완연히 털이 난 사나운 짐승의 형국이었다. 아가리와 발에는 강철로 어금니와 발톱을 만들어 붙여서 더한층 사납게 보였다. 짐승 하나에 군사 열 사람이 탈 만했다.

공명은 정에 부대 1천 명을 뽑아서 짐승 백 마리를 거느리게 하고, 짐승의 입 안에는 화약을 가득하게 장비했다.

다음 날, 공명은 대군을 몰아 동구 앞으로 나갔다.

남만 군사들은 급히 굴속으로 들어가 목록 대왕한테 고했다. 만왕은 껄껄 웃으며 큰소리쳤다.

"그깟 놈들 족히 두려울 것이 없다. 천하무적인 내가 제갈양쯤을 못 당하겠느냐."

목록 대왕은 맹획과 함께 만병들을 거느리고 기세 좋게 나왔다.

한편 공명은 윤건綸巾 우선羽扇에 도포를 입고 단정하게 수레 타고 나왔다.

맹획孟獲은 공명을 바라보자 멀리 손을 들어 가리키며 목록 대왕한테 말했다.

"윤건 쓰고 백우선白羽扇 들고 단정하게 수레 위에 앉아 오는 사람이 바로 제갈양이외다. 만약 이 사람을 사로잡는다면 큰일이 정해지는 것입니다."

목록 대왕은 맹획의 말을 듣자 입으로 주문을 염誦하면서 손으로 종을 흔들었다.

경각간이었다. 광풍이 크게 일어나면서 수백 마리 맹수 떼는 소리치며 내달았다.

이때 공명은 단정한 자세로 수레를 타고 나오다가 백우선을 한 번 흔들었다.

맹수를 몰고 오던 미친바람은 돌연 풍세가 바뀌면서 목록 대왕의 진중으로 모래를 뿜고 돌을 날렸다.

이때 촉진 중에서는 가수假獸가 입으로 불을 뿜으며 쏟아져 나왔다.

남만의 진짜 짐승들은 촉진의 가짜 맹수가 입으로 붉은 화염火焰을 토하고 코로는 검은 연기를 뿜고 목에는 방울을 흔들며 손톱, 발톱으로 할퀼 듯 덤벼드는 것을 보자 기절초풍이 되어 달아났다.

이 통에 만병들은 저희 편 맹수들한테 걷어채고 짓밟히고 물어뜯겨서 죽은 자가 부지기수였다.

공명이 군사를 몰아 기세 좋게 나가니, 북소리 호각 소리 고함 소리는 동천洞天을 진동시켰다.

촉병들은 주문 외던 목록 대왕을 말 아래 끌어내려 죽여 버렸다.

목록 대왕은 수없이 주문을 외었으나 공명의 흔드는 백우선 한 자루는 목록 대왕의 주문을 거꾸로 역효과를 내게 했던 것이었다.

전세는 일초마다 일각마다 급박하게 되었다. 동구 안에 있던 맹획의 종당宗黨붙이는 황망히 은갱동 궁궐을 버리고 산으로 기어올라, 재를 넘어 달아났다.

공명의 대군은 마침내 은갱동을 점령했다.

다음 날, 날이 밝았다. 공명은 엄한 군령을 내렸다.

"목록 대왕이란 자는 이미 전사했거니와 맹획의 종적이 아직 묘연하다. 장수들은 군사를 나누어 맹획을 잡으라."

공명이 군령을 막 내렸을 때 홀연 보고가 들어왔다.

"맹획의 처제 대래 동주가 맹획에게 항복을 권했으나 맹획이 듣지 아니하므로 대래 동주는 맹획의 내외와 종족 수백 명을 사로잡아 승상께 바친다 합니다."

공명은 곧 장의와 마충을 불러 여차여차하게 하라고 비밀한 계교를 내렸다.

두 장수는 공명의 분부를 받들어 2천 정병을 거느리고 자문 앞 두 편 낭하廊下에 매복하고 있었다.

공명은 다시 수문장을 불러 전령을 내렸다.

"대래 동주가 데리고 온 맹획의 무리를 불러들이라."

도부수들은 맹획의 무리 수백 명을 장 아래 꿇려 공명께 절하여 뵙게 했다.

일곱 번 맹획을 사로잡다

공명은 큰소리로 복병을 불렀다.

"양랑兩廊의 장병들은 빨리 나와 맹획의 일당을 묶어라."

매복해 있던 장의와 마충의 복병들은 일제히 쏟아져 나왔다. 두 사람이 한 사람씩 꽉꽉 결박을 지었다.

공명은 맹획을 바라보며 껄껄 웃었다.

"네 이놈 맹획아, 쥐새끼 같은 작은 꾀로 나를 속이려 하느냐. 여섯 번째 잡힌 중에 두 번은 너희들 본동 사람이 동족상잔을 해서 잡혀 왔다 하므로 용서했거니와 네 이놈, 이번에도 거짓 항복해서 나를 죽일 마음을 먹었으니 괘씸하기 짝이 없다."

공명은 꾸짖은 후에 좌우 무사에게 영을 내렸다.

"맹획 일당의 몸을 수색하라."

무사들은 일제히 맹획 이하 만장蠻將과 만병들의 몸을 수색했다. 과연 비수와 이도利刀를 제각기 몸에 지니고 있었다.

공명은 맹획한테 물었다.

"네, 전에 말하기를 내가 네 집 은갱동에 가서 너를 잡는다면 마음으로 항복하겠다 했는데, 네 오늘은 항복하겠느냐?"

맹획은 고개를 가로흔들고 대답했다.

"오늘날, 우리들이 온 것은 스스로 죽음을 당하러 찾아온 것이다. 그대들이 우리를 잡은 것이 아니다. 마음대로 항복할 수 없노라."

공명은 다시 큰소리로 꾸짖었다.

"나는 너를 여섯 번째 사로잡았다. 그러나 너는 아직도 불복하니, 어느 때를 기다려 항복하겠느냐?"

맹획이 아뢰었다.

"당신이 나를 일곱 번째 사로잡는다면 그때 가서는 진심으로 항복하고 다시는 배반하지 아니하리라."

"소굴까지 없어졌는데 무엇을 염려하느냐."

공명은 무사한테 분부를 내렸다.

"맹획 무리의 결박을 풀라."

무사들은 공명의 분부를 받들어 맹획 이하 모든 무리들의 결박을 풀었다.

공명은 맹획을 또 한 번 꾸짖었다.

"이번에도 놓아준다. 어디, 네 행동을 두고 보기로 하자. 다시 잡히는 날은 단연 용서치 아니하리라."

맹획의 무리는 머리를 싸안고 달아났다.

이때, 남만 패잔병들은 태반 상병傷兵이 되었다. 달아나다가 길에서 맹획을 만났다.

맹획은 패잔병이라도 만나고 보니 마음이 적이 기뻤다. 함께 가던 대래 동주를 보고 상의했다.

"은갱동까지 촉병이 점령했으니, 우리들은 어느 곳으로 가서 안신을 한단 말인가."

"한 군데로 가면 가히 촉병을 파하겠소."

맹획은 기뻤다.

"어떠한 곳인가?"

대래 동주가 대답했다.

"여기서 동남편으로 향하여 칠백 리쯤 가면 한 나라가 있는데 이름을 오과국烏戈國이라 합니다. 나라 임금은 올돌골兀突骨이라 하는데 신장이 이장二丈이나 됩니다. 평생에 오곡五穀을 먹지 아니하고 항상 뱀과 맹수로 밥을 대신합니다. 몸에는 비늘이 돋아서 칼과 살도 능히 뚫지 못합니다. 그의 수하 군사들은 모두 다 등藤으로 갑옷을 만들어 입었소이다. 등이란 나무는 산간山澗가에 나서 석벽石壁에 휘감기는 식물이올시다. 오과국 사람들은 등나무 껍질을 기름에 담갔다가 반년 만에 꺼내서 바람에 쐬었다가 마른 후에 또다시 기름에 담가 두고 또다시 말립니다. 이러기를 무릇 십여 차를 되풀이해서 비로소 갑옷을 만듭니다. 입으면 강물을 건널 때 물에 젖지 아니하고 칼과 살에 맞아도 뚫어지지 아니합니다. 이로 인하여 그들의 군대 이름을 등갑군藤甲軍이라 부릅니다. 만약 대왕께서 가시어 구원을 청하시면, 저 사람은 응할 듯합니다. 그리된다면 제갈양을 잡기는 칼로 대를 쪼개 내듯 할 것입니다."

맹획은 크게 기뻤다. 말을 달려 오과국으로 향했다. 일행은 올돌골을 찾았다.

이 나라 풍속은 집이 없고 모두 다 토굴 안에서 살고 있었다.

맹획은 토굴로 들어가 올돌골을 향하여 두 번 절하고 애걸했다.

"대왕께서는 어떻게 구해 주셔야 하겠습니다."

올돌골은 쾌하게 허락했다.

"본동 군사를 일으켜 그대의 원수를 갚아 주리라."

맹획은 기뻤다. 자리에 벌떡 일어나 감사한 절을 올렸다. 올돌골은 곧 두 사람 부장俘長을 불렀다.

한 사람은 토안土安이요, 한 사람은 애니愛泥라 했다.

"본동 군사 삼만 명을 줄 테니 시각을 지체치 말고 삼강으로 향하여 맹대왕孟大王을 도와 드리라."

오과국 군사 3만 명은 모두 다 등 갑옷으로 바꾸어 입고 오과국에서 떠나 동북으로 향하여 나갔다.

가는 도중에 강 하나가 있으니, 이름은 도화수桃花水였다.

강상 두 언덕엔 복사나무가 무성했다. 몇백 년을 두고 낙엽은 강물 속으로 떨어져서 물속에는 독기가 강하게 서려 있었다.

타곳 사람이 먹기만 하면 죽어 버리는데, 단지 오과국 사람이 마시면 정신이 배나 더했다.

올돌골은 군사가 도화수 나루터에 당도하자 강물가에 진을 치고 촉병이 오기를 기다리고 있었다.

한편 공명은 항복한 만인을 시켜서 맹획의 동정을 알아 오라 했다.

"맹획은 오과국으로 가서 삼만 등갑군을 얻어서 도화진桃花津 어귀에 진을 치고 있습니다. 뿐만 아니라 맹획은 패잔병도 소집해서 사전死戰할 것을 맹세했다 합니다."

공명은 자세한 보고를 받자, 곧 군사를 이끌어 도화진 어귀로 나갔다.

멀리 강을 격하여 바라보니 만병들은 사람 같지 아니하고 모두 다 추악한 얼굴들이었다.

토인한테 물어서, 도화진 나루 물을 마시면 아니 된다는 말도 들었다.

공명은 5리 밖으로 진을 물린 후에 위연으로 지키라 했다.

다음 날이 되었다. 오과국주는 한 떼 등갑군을 거느리고 북을 울리며 강을 건너왔다. 소란한 납함 소리는 천지를 진동했다.

위연이 군사를 거느리고 나가니 만병들은 대거해 몰려들었다.

촉병은 쇠뇌와 화살로 만병을 향하여 쏘아붙였다.

그러나 등나무 갑옷을 뚫을 수 없었다. 창과 칼로 찔렀으나 역시 들어가지 아니했다.

만병들은 여유가 작작했다. 강철 도채를 들고 쫓아 들었다.

촉병들은 저당할 도리가 없었다. 뿔뿔이 헤어져 달아났다.

위연은 급히 대채로 들어가 공명께 자세한 말씀을 품했다.

공명은 곧 여개呂凱와 토인을 불러서 상의하였다.

"어떠한 방법으로 흉악한 만인들을 막아 내겠소?"

"제가 전에 들으니 오과국은 인륜人倫과 도덕道德이 없는 곳이라 합니다. 그리고 그들은 등나무 갑옷을 입어서 몸을 보호하고 강에는 복사 잎이 떨어진 악수가 흘러서, 바깥 사람들이 마시면 즉사하고 그곳 사람이 마시면 정신이 갑절이나 난다 합니다. 이러한 야만의 고장을 비록 이긴다 한들 무슨 유익함이 있겠습니까? 군사를 거두어 서쪽으로 돌아가시는 것이 상책일까 합니다."

공명은 웃으며 말했다.

"이곳에, 용이하게 다시 올 수가 있겠소. 이왕 온 바에야 어찌 그대로 돌아가겠소. 내일 날이 밝으면 자연 만병을 평정할 대책이 생길 것이오."

공명은 말을 마친 후에 상산 조자룡과 위연을 불러서 진중 책임을 맡으라 분부를 내렸다.

다음 날 공명은 수레 타고 도화진 나루터 북편 언덕으로 올라 두루 지세를 살폈다.

산은 험하고 고개가 높으니 수레도 나갈 수 없었다.

공명은 수레에서 내려 천천히 걸어서 올랐다.

홀연 한곳 산을 바라보니 골짜기 형국이 마치 뱀같이 생겼다. 위태한

석벽은 강파른데 나무 한 그루 없고 가운데는 한줄기 초토가 있었다.

공명이 토인한테 물었다.

"이 골짜기 이름이 무엇이냐?"

"반사곡盤蛇谷이라 합니다. 이 골짜기로 빠져나가면 바로 삼강성三江城 대로가 되고 그 앞의 부락 이름을 탑랑전塔郎甸이라 합니다."

공명은 토인의 말을 듣자 크게 기뻤다.

"이것은 하늘이 나에게 이곳에서 성공하라고 하시는 것이다."

말을 마치자 곧 수레에 올라 영채로 돌아가 마대한테 분부하였다.

"너한테 검은 기름칠한 궤짝 열 수레를 줄 테니 대장대(竹竿) 일천 개를 준비했다가 여차여차하게 쓰는데, 본부 군사를 거느리고 반사곡盤蛇谷 두 머리(兩頭)에 진을 쳐서 의법依法 시행施行하라. 너에게 반달 기한을 줄 것이다. 모든 일이 일체 완비되거든 여차여차하게 시행하라. 만약에 누설하는 일이 있다면 군법 시행을 하리라."

마대는 공명의 분부를 받들어 물러갔다.

공명은 다시 조운을 불렀다.

"너는 반사곡 뒤 삼강三江 대로구大路口에 진을 치고 여차여차하게 지키라. 그리고 소용되는 물건은 당일로 완비케 하라."

조운이 계책을 받들어 물러갔다.

공명은 다시 위연을 불러 분부를 내렸다.

"너는 본부 군사를 이끌고 도화진 나룻가에 진을 치고 있으라. 만약 만병들이 물을 건너오거든, 너는 진을 버리고 백기白旗 꽂혀 있는 곳을 보고 달아나라. 그리고 반달 동안에 내리 열다섯 진을 패하고 일곱 개 영문을 버리고 달아나라. 열다섯 진이 아니라 열네 진만 패하더라도 일은 되는 것이니 나를 찾지 말라."

위연은 공명의 명을 받들고 나왔으나 마음이 즐겁지 아니했다. 좋지 못한 얼굴로 물러 나갔다.

공명은 또 장익張翼을 불러 분부를 내렸다.

"너는 별도로 일지 군마를 거느리고, 이러이러한 곳으로 가서 채책寨柵을 세우라."

공명은 다시 장의와 마충을 불렀다.

"너는 은갱동에서 항복한 군사 일천 명을 이끌고 여차여차하게 하라."

두 장수는 영을 받들어 나갔다.

한편, 만왕 맹획은 오과국왕烏戈國王 올돌골兀突骨과 의논하였다.

"제갈양은 교묘한 계책을 많이 쓰는 사람이라 매복하는 전법을 자주 쓸 것이니, 다음에 교전할 때는 삼군에 영을 내려 산골 속, 숲 많은 곳엔 가볍게 행군하지 말도록 합시다."

올돌골도 고개를 끄덕여 대답했다.

"대왕의 말씀이 맞소. 나 역시 중국 사람들이 속임수를 잘 쓰는 것은 알고 있소. 이후부터는 당신의 말씀대로 시행합시다. 그리고 나는 전면에서 적을 시살할 테니 당신은 후면에서 지도해 주시오."

두 사람의 의견이 정해졌을 때 홀연 보발군이 달려와 고했다.

"촉병들이 도하진 나루 북쪽 언덕에 영문을 짓고 있습니다."

올돌골은 급히 영을 내렸다.

"등갑 부대는 곧 강을 건너 촉병과 교전하라."

올돌골의 등갑군들은 강을 건너 위연과 싸웠다. 그러나 교전 불과 수합에 위연이 패해 달아났다.

만병들은 복병이 있을까 겁을 냈다. 위연의 뒤를 쫓지 아니했다.

다음 날이 되었다. 위연은 또다시 강 언덕에 영채를 지었다.

만병의 보초가 급히 맹획한테 고했다. 만병들은 또다시 강을 건너 싸웠다. 위연은 맞이하여 싸운 지 수합이 채 못되어 또 패해 달아났다.

만병들은 이번엔 쫓아가 본다고 위연의 뒤를 따랐다.

10리 길을 쫓아 시살했다. 그러나 사면팔방엔 전혀 매복한 군사들의 동정이 없었다.

다음 날이 되었다. 등갑군을 거느린 두 사람의 패장은 맹획과 올돌골한테 품하였다.

"위연이 오늘도 패해 달아나므로 일부러 십여 리를 쫓아가 보았습니다. 그러나 개 한 마리 없고 위연이 다시 지어 놓은 영채 밖에 없습니다."

올돌골은 패장들의 보고를 받자, 곧 대병을 이끌고 앞으로 나갔다.

위연은 이번에도 기세 좋게 맞이해 싸웠으나, 당해 내지 못했다. 촉병들은 창과 칼이며 방패를 버리고, 고함치며 달아났다.

올돌골은 대군을 몰아 북 치며 추격했다.

위연은 패잔병을 거느리고 백기가 바람에 펄럭이는 곳으로 쫓겼다. 올돌골이 자세히 바라보니 백기 꽂은 곳에는 미리 지어 놓은 영채가 있었다.

위연은 영채 속으로 들어갔다.

올돌골은 으쓱 힘이 솟구쳤다. 군사를 몰아 영문을 향하여 돌격했다.

위연은 또다시 영채를 버리고 군사와 함께 달아났다. 만병들은 촉채를 점령했다.

다음 날이 되었다. 만병들은 앞으로 전진해 나가면서 촉병을 시살했다. 위연은 군사를 돌려 싸웠으나 교전한 지 3합이 못되어서 또 패해 달아났다.

만병들이 앞을 바라보니 백기가 바람에 펄펄 휘날리는 곳에 또 한 채 영채가 이룩되어 있었다. 위연의 패잔병들은 백기 날리는 영문 속으로 뛰어들었다.

다음 날 만병들은 올돌골의 명을 받아 촉진을 습격했다.

위연은 또다시 패해 달아났다. 만병들은 촉병의 진터를 또 한 채 점령했다.

위연은 이같이 해서 싸우면 패했다. 내리 열다섯 진을 패하고 일곱 개 영채를 빼앗겼다.

만병들은 전군이 출동하여 올돌골의 지휘를 받았다.

산을 무찔러 들어가니 전면에는 숲이 울울창창하게 무성했다. 올돌골은 더 나가지 못하고 척후병을 놓아 앞길을 탐색했다.

울창한 숲 속에는 은은히 깃발이 바람에 펄럭였다.

올돌골은 맹획한테 말했다.

"과연 대왕이 생각하신 바와 같소이다."

맹획은 크게 소리 높여 웃었다.

"제갈양의 교묘한 계교가 이번엔 소용없게 되었소이다. 내가 먼저 다 안 것을……, 하하하. 대왕, 연전연승해서 적의 열다섯 진과 일곱 영채를 빼앗아서 촉병들은 바람같이 달아났으니 얼마나 쾌하오. 이제 제갈양도 계궁역진計窮力盡이 되었소. 한번 나가 봅시다. 이제는 대사를 정하게 되었소."

터지는 지뢰포

맹획의 호언장담을 들은 올돌골은 크게 기뻤다.

촉병을 아무것도 아니라 생각했다.

열엿새째 되는 날이었다. 위연은 패잔병을 거느리고 나와 등갑군과 대결하려 들었다.

올돌골도 나왔다. 코끼리를 타고 선두에 나섰다. 머리에는 일월日月을 수놓아 꾸민 낭수모狼鬚帽 쓰고 몸에는 금 구슬로 영락瓔珞 꾸민 옷을 입고, 두 겨드랑이 밑에는 제 몸에서 솟은 은빛 비늘을 노출시켰다. 천연의 생갑옷(生甲衣)을 입었다. 눈에는 미미하게 광망光芒이 번쩍였다.

손으로 위연을 가리키며 소리쳐 꾸짖으며 말을 놓아 달렸다. 뒤에는 만병들이 밀물같이 밀려들었다.

위연은 올돌골을 바라보자, 겁이 난 듯 군사를 반사곡盤蛇谷으로 돌리면서 백기를 바라보고 달아났다.

올돌골은 대군을 휘동하여 위연을 기세 좋게 추격했다.

올돌골이 문득 위연의 달아나는 산중을 바라보니, 나무도 없고 숲도 보이지 아니했다. 더구나 촉병의 매복한 흔적은 추호도 없었다. 마음을 탁 놓고 고함치며 쫓았다.

한동안 짓쳐 들어갔을 때, 골짜기 속에는 검은 칠한 수레 수십 량이 길을 가로막고 있었다.

올돌골은 큰소리로 군사한테 물었다.

"저것이 무엇이냐?"

한 군사가 대답했다.

"이곳은 촉병들의 양식 운반하는 길이올시다. 대왕께서 오시니 촉병들은 기급초풍이 되어 양식 실은 수레를 버리고 뿔뿔이 흩어져 달아난 듯합니다."

올돌골은 군사의 대답을 듣자 크게 기뻤다. 대군을 몰아 깊숙하게 산골 속으로 들어갔다.

어느덧 골은 다하고 내리막길이 되었다.

그러나 촉병들은 보이지 아니했다. 쓰러진 큰 나무와 크고 작은 돌무더기가 이곳저곳에 낭자하게 골 어귀를 가로막았다.

올돌골은 군사들을 시켜서 돌과 나무를 치우고 계속해서 행진하려 할 때, 홀연 전면에 있던 크고 작은 검은 수레에서 불이 활활 일어났다.

삽시간이었다. 화광은 충천했다. 올돌골은 급히 전령을 내려 군사를 뒤로 물리라 했다.

홀연, 후면에서 고함 소리 소란하게 일어나면서 보발 군사가 급히 뛰어와 고했다.

"뒤 골짜기에도 불이 일어났습니다. 그대로 보통 불이 아니라 화약 터지는 불입니다."

올돌골은 산중에 초목이 없는 것을 보고는 다소 마음을 놓았다. 호령을 내렸다.

"산에는 초목이 없으니 불은 곧 꺼질 것이다. 길을 찾아 달아나라!"

올돌골의 호령이 떨어지니 만병들은 벌벌 떨면서 앞으로 나갔다.

그러나 화광은 더욱 충천했다.

홀연 바라보니 양편 산마루에서 횃불이 비 오듯 쏟아지면서 땅으로 떨어지자 천지를 진동하는 큰소리와 함께 화약선에 불이 붙었다. 땅속에서는 철포鐵砲가 터졌다. 까맣게 하늘로 치솟았다.

지뢰포화였다! 하늘땅은 금방 천지개벽이 되는 듯했다.

산천이 거꾸로 박히는 듯 이곳저곳에서는 화약 터지는 폭음과 함께 초연硝煙은 하늘을 까맣게 덮고, 불길은 대지大地 위에 핏빛으로 붉었다. 연달아 일어나는 맹렬한 폭음 소리와 함께 불길은 등갑 입은 군사를 휩싸안고 포탄 깨지는 조각은 등갑군의 목과 다리를 끊었다.

만왕 올돌골을 위시하여 3만 등갑군은 서로 껴안고 반사곡 골짜기 속에서 죽었다. 껴안고 죽는 아비규환의 임종 소리는 차마 귀로 들을 수 없었다.

이때, 공명은 산상에서 아래를 굽어보니 만병들은 불에 타서 손발이 오그라져 죽고, 포탄에 맞아서 허벅지와 목이 끊어져 죽고, 턱이 떨어져 죽는 놈, 두개골이 뻐개져 죽는 놈 참혹한 정상은 끔찍끔찍해서 이루 다 말할 수 없었다. 뿐만이 아니었다. 더운 곳이라 시체에서 나는 피비린내와 살 썩는 냄새는 차마 코로 맡을 수 없었다.

공명의 눈에 눈물이 가득 넘쳐흘렀다.

"내가 국가國家 사직社稷엔 비록 공이 있다 하나 반드시 손수損壽를 하겠구나!"

좌우에 모시었던 장수들은 모두 감탄하지 않는 이가 없었다.

한편 맹획은 영채에 머물러 있으면서 전세의 하회를 기다리고 있었다.

홀연 천여 명의 만인들이 웃는 낯으로 영채 앞에 나타나 일제히 절하며 고했다.

"오과국烏戈國 군사들이 촉병과 크게 싸워서 제갈양은 지금 반사곡 속에 포위되어 있습니다. 대왕께서는 특별히 나가시어 접응接應하시옵소서. 저희들은 모두 다 본동本洞 사람들이올시다. 부득이해서 촉병한테 항복했으나 형세가 바뀌었으므로 대왕을 찾아뵙고 싸움을 도우러 왔습니다.”

맹획은 크게 기뻤다.

곧 종당宗黨의 꼭두들과 번인番人을 소집하여 천여 명의 만병들과 함께 반사곡으로 향하여 말을 달렸다.

맹획의 일행이 반사곡에 당도해 보니 화광은 하늘을 찌를 듯한데 송장 썩는 추기9)는 코를 찔러 숨이 막혔다.

맹획은 비로소 계교 속에 떨어진 것을 짐작했다.

급히 군사를 뒤로 물리려 할 때, 홀연 산길 우편에서는 마충馬忠이 말을 달려 소리치며 나오고 좌편 산줄기에서는 장의張嶷가 군사를 거느려 호통치며 나왔다.

맹획은 정신을 수습하여 한번 싸우려 할 때 자기편 군사였던 만병들은 일제히 종당과 반도들을 낚아채 묶어 버렸다.

천여 명의 군사들은 반 이상이 모두 다 촉장蜀將이요, 촉병蜀兵들이었다.

맹획은 급했다. 황황히 말을 채쳐 장검을 휘두르며 겹겹이 에워싼 천여 명의 군사를 헤치고 산중 소로를 찾아 달아났다.

---

9) 추기 : 추깃물. 송장이 썩어서 흐르는 물.

맹획 귀복

맹획이 죽을힘을 다하여 필마단기로 산길을 취해 달아날 때, 홀연 산골 삼태 같은 깊은 속에서, 한 떼 인마가 작은 수레를 옹위하여 나왔다. 맹획이 눈을 들어 보니 수레 위에 한 사람이 단정히 앉아 있는데, 머리에 윤건 쓰고 몸에도 도포를 입었고, 손에는 백우선을 들었다. 제갈공명이 분명했다.

맹획은 당황했다. 어찌할지 모르고 있을 때, 공명은 맹획을 향하여 대갈일성 꾸짖었다.

"반적 맹획은 들으라. 이번에도 너는 항복하지 아니할 테냐?"

맹획은 급히 말 머리를 돌려 오던 길로 달려갔다.

산모퉁이에서 퍼뜩 한 장수가 나타났다. 호통 치며 가는 길을 막았다.

"이놈, 맹획아, 네 어디로 달아나려 하느냐."

맹획이 보니 촉병 맹장 마대였다.

맹획은 달아날 길이 막혔다. 미처 손을 놀리지 못해서 마대의 요구창에 말은 쓰러지고 맹획은 말 아래 떨어지면서 산 채로 잡혔다.

이때 왕평王平, 장익張翼은 일군을 거느리고 만채蠻寨로 달려가서 맹획의 아내 축융 부인 이하, 일가붙이 늙고 젊은 사람들을 모조리 산 채로 잡아서 데려왔다.

공명은 본채로 돌아가 장대에 올라 모든 장수를 향하여 술회述懷하였다.

"금번에 내가 쓴 계교는 만부득이해서 쓴 것인데 크게 음덕陰德을 덮었다고 생각한다. 적은 숲이 무성한 곳에 우리가 군사를 매복하리라 생각했을 것이다. 그러나 나는 숲이 없는 곳에 기를 세워서 적으로 하여금 병마가 없는 듯이 현혹시켜 놓고, 위연으로 일부러 십오 진陣을 패하라 했으니, 이것은 적의 마음을 안심시키게 한 것이다. 내가 당초에 산에 올라 보니 반사곡은 다만 한줄기 길이 있을 뿐 양편 산이 모두 다 석산이요, 나무가 없는 데다가 땅은 모두 사토砂土다. 그러므로 마대로 흑유차黑油車를 골 안에 배치시켜 놓았던 것이다. 흑유차 안에는 화포火砲를 만들어 두었으니 그 이름은 지뢰地雷라 하는 것이다. 한 포 속에 구 포砲가 감추어져 있고 이것을 삼십 보步 간격으로 땅속에 묻어 두었다. 땅속에는 죽간竹竿으로 약선을 연통連通시켰으므로 한 곳에 불만 붙이면 지뢰는 연달아 폭발이 되어 산을 뭉기고 돌을 뻐개게 할 수 있는 것이다. 그리고 나는 조자룡에게 마량초 실은 수레를 골 어귀에 배치해 놓고 산 위에는 큰 나무와 돌무더기를 어지럽게 쌓아서 뒷길을 끊은 후에 위연으로 거짓 십오 진을 패해서 적을 유인하여 화공법으로 소탕한 것이다. 대저 물에서 잘 싸우는 군사는 불로써 치는 법이다. 등갑이란 것은 비록 칼과 화살이 뚫지 못한다 하나 기름에 담근 물건이다. 더욱 불에 붙기 용이하다. 만병이 완강한데 화공이 아니었던들 어찌 승리를 거두었으랴. 그러나 오과국烏戈國 사람들의 씨를 남기지 아니했으니 나의 죄가 크구나!"

모든 장수들은 엎드려 절하며 아뢰었다.

"승상의 천기天機는 귀신도 측량할 수 없을 겁니다."

공명은 모든 장수들에게 만병을 격파한 비책秘策을 일러 준 후에 무사에게 영을 내렸다.

"맹획을 잡아들이라."

무사들은 맹획을 잡아들여 장하에 꿇렸다.

공명은 계속해서 영을 내렸다.

"맹획의 결박을 끄르라."

무사들은 맹획의 결박을 풀어 주었다.

공명은 다시 영을 내렸다.

"별방에 데려다가 술과 밥을 먹여서 놀란 가슴을 풀게 하라."

죽을 줄 알았던 맹획은 공명이 이같이 별은전別恩典을 내리니, 감복하지 않을 수 없었다. 눈물이 글썽거렸다.

무사한테 영거되어 별방으로 나갔다.

공명은 영문 안의 주식酒食을 관리하는 관원을 불렀다.

"이리 가까이 오너라."

관원은 공명의 탑전榻前으로 가까이 갔다.

"여차여차하라."

주식 맡은 관원이 분부를 받고 물러갔다.

한편 맹획은 아내 축융 부인이며, 동생 맹우와 대래 동주와 떨어져서 별방에서 술을 마시고 있었다. 홀연 한 사람이 들어와서 맹획한테 말했다.

"승상께서 낯이 부끄럽다 하시어 상공과 만나지 아니하시고 특히 나를 보내시어 상공을 돌려보내라 하셨습니다. 공은 빨리 돌아가 군사를 정돈하여 다시 한 번 승부를 결단하는 것이 어떻소. 빨리 돌아가도록 하시오."

맹획은 눈물을 흘리며 답했다.

"칠종칠금七縱七擒이란 옛 『사기』에도 일찍 없던 일입니다. 내가 비록 왕화王化 바깥에 사는 사람이라 하나 그래도 예와 의는 짐작하는 사람이올시다. 내가 이번에 또 승상을 배반한다면, 사람으로 수치스러운 일입니다."

맹획은 말을 마치자 곧 형제, 처자, 종당들을 불러 가지고 승상 장전에 들어가 팔을 벗어 육단肉袒10)한 후에 사죄해 아뢰었다.

"하늘 같으신 승상의 위엄 앞에 아뢰오. 남인南人 맹획孟獲은 다시는 배반하지 아니하오리다."

공명은 웃으며 대답했다.

"그대는 이제 나한테 복종하겠는가?"

맹획의 눈에서는 눈물이 비 오듯 쏟아졌다.

"맹획의 자자손손이 모두 다 재생지은에 감복할 것입니다. 어찌 복종하지 않겠습니까."

공명은 맹획을 당상에 오르게 하여 경하하는 잔치를 베풀고 은갱동 등 점령한 땅을 모두 다 돌려보내 주었다. 맹획의 일가붙이를 위시하여 수천 만병들은 끝 모르게 감탄하여 춤을 추며 돌아갔다.

뒷사람은 시를 지어 공명을 찬양했다.

羽扇綸巾　擁碧幢
七擒妙策　制蠻王
至今溪洞　傳威德
爲選高原　立廟堂

푸른 기에 옹위된 윤건 우선이여
칠종칠금으로 만왕을 제어하다.
지금도 계동에는
위덕이 전해져서
높은 언덕에
사당을 모시었네.

---

10) 육단 : 복종·항복·사죄의 표시로 윗옷의 한쪽을 벗어 상체의 일부를 드러내는 일.

노수 대제

맹획이 돌아간 후에 장사長史 비위費褘가 공명께 간하였다.

"이제 승상께서 친히 사졸들을 거느리시고 깊이 불모지지不毛之地까지 들어오시어 만방蠻方을 평정하셨습니다. 지금 만왕蠻王이 이미 귀복했는데 어찌해서 우리 관리官吏를 배치하시어 맹획과 함께 지키도록 하지 아니하십니까?"

공명은 비위의 말을 듣자 미소하며 대답했다.

"나도 한인漢人 관리를 둘 생각을 가졌소마는 이같이 한다면 세 가지 어려운 일이 있소. 한인을 머물러 둔다면 반드시 군대를 머물러 두어야 하고, 군대를 머물러 둔다면 먹을 것을 준비해 놓아야 할 테니 첫째 어려운 일이고, 만인은 그들의 부형이 많이 상하고 죽었으니 한인을 머물러 두고 군대를 주둔시키지 아니하면 반드시 환난이 일어날 테니 둘째로 어려운 일입니다. 그리고 만인은 항상 폐살廢殺하는 일이 많으니 서로 의심하여 믿지 못한다면 셋째로 어려운 일입니다. 내가 한인으로 관리를 두지 아니하고 군대를 머물러 두지 않는 것은 서로 간섭하지 아니해서 무사하도록 하자는 것이오."

모든 사람들은 공명의 말을 듣고 비로소 황연히 깨달았다. 모두 다 공명의 깊은 생각에 감탄하지 않는 이 없었다.

남방 사람들은 깊이 공명의 은덕에 감동되었다. 제갈공명의 생사당生祠

堂을 지어서 춘하추동春夏秋冬 사시절四時節에 제향祭享을 지내고 모두 자부 慈父라 하면서 제각기 금金, 은銀, 주珠, 보寶, 단丹, 칠漆, 약재藥材며, 경우耕 牛, 전마戰馬를 바쳐서 군용에 쓰도록 하고 두 번 다시는 배반하지 아니할 것을 맹세하니, 남방은 이제 완전히 평정이 되었다.

공명은 크게 잔치하여 호군犒軍한 후에 군사를 정돈하여 회군할 채비를 차렸다.

위연을 불러 영을 내렸다.

"그대는 본부병을 거느리고 선봉이 되어 승전고를 울리며 노수瀘水로 향하라."

위연은 공명의 분부를 받고 선봉대가 되어 노수로 향해 나갔다.

위연의 본부 병마가 강변에 도착했을 때, 홀연 음산한 구름이 사면에서 모여들면서 별안간 일진광풍一陣狂風이 캄캄한 천지 속에 모래와 돌을 날렸다.

위연의 군대는 나가려 하나 나갈 수 없었다. 위연은 급히 군대를 후면 으로 물리고 공명께 보했다.

"일이 맹랑합니다. 어찌해야 좋을지 모르겠습니다."

공명은 맹획을 불렀다.

이때 맹획은 반사회국班師回國하는 제갈공명을 전송하기 위하여 대소大小 동주洞主와 추장酋長에게 모든 부락 사람들을 거느리고 강변에 나와 나배羅 排하고 있었다. 홀연 음산한 구름은 사면팔방에서 모여들고 미친바람은 하 늘과 땅을 휩싸 안아 모래는 날고 돌은 뛰어 천지를 분간할 수 없었다.

맹획은 공명의 부름을 받아 장대로 나갔다.

"이것이 무슨 징조인가?"

맹획이 대답했다.

"물속에 있는 창신猖神의 장난이올시다."

공명이 물었다.

"창신이란 무엇인가?"

맹획이 대답했다.

"원귀가 된 미친 귀신이올시다. 배를 타고 왕래하자면 반드시 제를 지내야 합니다."

"무엇으로 제사를 지내는가."

"옛날 이곳 풍속에 창신이 장난을 하면, 칠칠七七 사십구四十九 마흔아홉 개 사람의 머리와 검은 소(黑牛), 흰 양(白羊)으로 제사를 지내면, 자연 풍정랑식風定浪息이 되고 해마다 풍년이 듭니다."

맹획의 말을 들은 공명은 고개를 가로흔들며 말했다.

"이제 전쟁이 겨우 평정되었는데, 어찌 다시 함부로 사람을 죽인단 말인가?"

공명은 말을 마치자 친히 노수 강변으로 나가 형세를 살펴보니 과연 음풍은 크게 일고 파도는 흉용洶湧해서 군사와 말들은 정신을 차리지 못하고 어찌할 바를 모르고 있었다. 공명은 의아하게 생각했다.

곧 토인 한 사람을 불렀다.

"너는 항상 이곳에 살고 있으니 자세한 일을 알 것이다. 전에도 이런 일이 가끔 있었느냐?"

토인이 대답했다.

"승상의 대군이 이곳을 지나가신 후에 강변 물가에서는 밤마다 소름이 끼치는 귀곡성鬼哭聲이 처절悽絶하게 들렸습니다. 황혼 때부터 나기 시작하면 새벽녘까지 곡성이 끊어지지 아니합니다. 그리고 안개와 장기 속에는 무수한 귀신들이 엉키어 있는 듯합니다. 모두 다 이것들의 장난인가 합니다. 이 까닭에 이 사이는 강을 건너는 사람이 없어서 무인지경이 되다시피 했습니다."

공명은 토인의 말을 듣자 고개를 숙여 탄식했다.

"이것은 모두 다 나의 죄다! 지난번 이 강을 건널 때 나의 장수 마대는 우리 군대 천여 명을 거느리고 모두 다 물속에 빠져 죽었다. 그뿐인가, 나는 또 남만南蠻 사람을 죽여서 모두 이 물속에 던졌으니 원통한 귀신과 미친 혼이 맺히고 풀리지 못해서 이 같은 음귀陰鬼가 된 것이다. 오늘 밤에 내가 친히 제를 지내리라."

공명의 탄식을 듣자 토인이 아뢰었다.

"사람의 머리 마흔아홉 개를 강물에 던져서 제사 지내는 것이 전례올시다. 이리하면 원귀들이 자연히 흩어집니다."

공명이 대답했다.

"본시 사람이 죽어서 원귀가 되었는데 또다시 생사람을 죽인단 말이냐. 내가 따로 주견이 있다."

공명은 말을 마치자 행주行廚[11]에서 소와 말을 도살하는 사람을 불렀다.

"소와 말을 잡아서 면麵으로 고기를 반죽해서 사람의 머리같이 만들어라. 이것을 만두饅頭라 하는 것이다."

행주는 공명의 분부를 받들고 물러났다.

이날 밤에 공명은 노수 강변에 향탁香卓과 향안香案을 놓고 제물을 진열한 후에 옥 등잔 마흔아홉 개에 불을 켰다. 기를 둘러 초혼招魂한 후에 만두를 땅에 진설陳設하고 삼경三更 때가 되자 제갈공명은 금관金冠을 머리에 쓰고 학창의鶴氅衣를 몸에 입은 후에 친히 제사를 지냈다.

---

11) 행주 : 행군하는 진중에서 음식을 맡은 직무.

영령들이여, 흠향하라

공명은 동궐董厥을 시켜서 제문을 낭랑히 읽게 했다.

대한大漢 건흥建興 3년, 추 9월 1일 무향후武鄕侯 영령領 익주목益州牧 승상丞相 제갈양諸葛亮은 삼가 제물을 갖추어 나라에 순국殉國한 장병들과 남인南人으로 전몰戰沒한 음혼들에게 흠향하기를 권하면서 제문을 지어 고하노라. 대한大漢황제皇帝의 위엄은 오패五霸를 능가하시고 밝으신 덕은 삼왕三王을 승계하셨다. 지난번 남만은 군사를 일으켜 국경을 침범하여 요망스런 태도로 방자한 행동을 취하고 시랑의 마음으로 어지럽게 장난을 쳤다. 나는 왕명을 받들어 먼 곳에 출진하니, 웅군雄軍은 구름 모이듯 하고 광구狂寇는 얼음 녹듯 했다. 나라의 젊은 사병들은 모두 다 구주九州의 호걸들이요, 관료官僚 장교將校들은 사해四海의 영웅들이다. 무예를 닦아서 종군하니, 국가를 위하고 왕명에 충실했던 것이다. 내가 일곱 번 적을 사로잡을 때, 그대들은 마음을 합쳐서 성심으로 싸웠고 충군하는 굳은 뜻을 표명했던 것이다.

그러나 어찌 뜻했으라. 그대들은 우연히 병기兵機를 잃어 간계奸計에 떨어져서 화살과 칼에 맞아, 넋이 황천黃泉으로 돌아갔다. 살아서는 용맹스런 기상이요, 죽어서는 천추千秋에 이름을 빛내게 되었다.

이제 개선가를 높이 불러 돌아가려 하니, 어찌 차마 그대들을 잊겠는가. 부로俘虜의 머리를 바쳐서 그대들 영령英靈을 위로한다.

아아, 그대들 영靈이 있는가? 있다면 개선 군대의 휘날리는 깃발을 따라서 함께 본국으로 돌아가, 고향을 찾은 후에 가족들의 제사를 받고 만리타향의 원귀가 되지 말라.

나는 고국으로 돌아가 천자께 아뢰어 그대들 집안에 연급年給과 의량衣糧을 내리고 다달이 녹祿을 보내서 그대들의 큰 공에 보답하여 그대들의 영혼을 위로하리라.

또한, 본토의 토지지신土地之神과 남방망귀南方亡鬼들한테 고하노라. 혈식血食은 유상有常한 것이다. 멀지 아니해서 그대들 혼이 의지할 곳이 없을 것이다. 살아 있는 자는 천자의 두호를 받게 되었으니, 죽은 그대들도 또한 왕화王化를 입을 것이다. 영혼들은 안심하고 울부짖지 말라.

단성丹誠을 다하여 제사 지내노라. 아아, 슬프다. 엎드려 바라노니, 영령英靈들이여 흠향하라.

제문 읽기를 다한 후에 공명은 소리를 높여 통곡했다. 굽이굽이 슬프게 우는 공명의 흐느끼는 울음소리는 삼군三軍을 경동驚動시켰다. 군사들도 다 함께 울어 눈물을 강물에 뿌렸다.

맹획 등 남만의 동주洞主와 추장酋長들도 모두 다 통곡을 했다.

이때 하늘 한복판에는 수운愁雲과 원하冤霞 속에서 은은히 수천 수백의 귀신들이 바람을 따라 흩어졌다.

공명은 장졸將卒을 시켜서 제사 지낸 음식을 함빡 노수강 물속에 버리게 했다.

다음 날 공명은 대군을 인솔하고 노수 남안에 당도하니, 구름은 걷히고 안개는 흩어졌다. 바람은 잔잔하고 물결은 평온했다. 촉병들은 아무 탈 없이 모두 다 노수강을 건넜다.

진중의 시인은 소리 높게 시를 읊었다.

鞭敲金鐙響
人唱凱歌還

채찍으로 금등자를 치면서
개선가를 높이 불러 돌아가네.

개선군이 영창永昌에 당도하자 공명은 왕항王伉, 여개呂凱로 사군을 지키라 하고 맹획에게 밝은 정사로 백성을 잘 다스려서 농사를 잃지 말라 당부하니 맹획은 눈물을 머금고 하직을 고해 돌아갔다.

조비 장서

공명의 개선 대군이 성도成都로 돌아오니, 후주後主는 난가鑾駕[12]를 타고 성 밖 30리까지 나가 연에서 내려 길가에 서서 공명을 기다리고 있었다.

공명은 대군을 거느려 당도하자 황망히 수레에서 내려 부복해 아뢰었다.

"신이 속히 남방을 평정치 못하여 폐하께 근심을 끼쳐 드렸으니 죄송 만만하옵니다."

후주는 공명을 붙들어 일으켜 수레에 오르게 한 후에 고삐를 함께하여 성안으로 돌아왔다.

곧 태평太平 연회筵會를 열어 크게 잔치한 후에 삼군三軍에 중한 상을 내리니, 이로부터 원방에서 조공朝貢을 바쳐 조회 오는 나라가 2백여 곳이나 되었다.

공명은 후주께 아뢰고, 전몰한 장병들의 집을 일일이 찾아 넉넉한 생활을 하도록 위무해 주니 인심은 기뻐하고, 조정과 백성들은 태평세월을 노래하게 되었다.

이때 위주魏主 조비曹丕는 재위在位한 지 7년이요, 촉한蜀漢 건흥建興 4년이었다.

조비의 먼저 부인 견甄 씨氏는 곧 원소袁紹의 둘째 아들 원희袁熙의 아내

---

12) 난가 : 황제가 타는 수레.

였다. 조비는 업성鄴城을 파했을 때 빼앗아 아내를 삼았다.

뒤에 한 아들을 낳으니, 이름은 예叡요, 자字는 원중元仲이었다. 어려서부터 총명 영리하니 조비는 항상 애지중지했다.

조비는 또 안평安平 광종廣宗 사람 곽영郭永의 딸로 귀비貴妃를 삼으니, 용모가 예쁘고 고왔다.

곽영은 항상 그의 딸을 향하여,

"우리 딸은 여중왕女中王이다."

하고 칭찬하니 이것이 별호가 되어 곽 씨는 여왕女王으로 불렸다.

조비가 맞아들여 귀비를 삼으니, 견 씨는 곽 씨한테 조비의 사랑을 뺏기게 되었다.

곽 귀비는 왕후가 되고 싶었다. 조비의 신임을 받는 신하 장도張韜와 함께 음모陰謀를 꾸미기 시작했다.

때마침 조비는 병이 났다.

장도는 견 씨 궁중 땅속에서 파냈다 하고 오동나무로 깎아 만든 목우인木偶人을 조비한테 바쳤다. 허수아비 사람의 몸에는 조비의 생년월일生年月日이 적혀 있었다. 조비를 죽으라고 한 것이라 모함했다.

조비는 크게 노했다. 견 왕후한테 죽음을 내리고 곽 귀비로 왕후를 삼았다.

그러나 곽 귀비는 아들을 낳지 못했다. 곽 씨는 조예를 길러서 아들이라 했다. 극히 사랑했으나 아직 사자嗣子로 봉하지 아니했다.

조예의 나이 15세가 되니 활쏘기와 말 달리는 데도 익숙했다.

당년 봄 2월에 조비는 아들, 예와 함께 사냥을 나갔다.

마침 어미 사슴과 새끼 사슴이 들판으로 달렸다.

조비는 급히 활을 당겨 어미 사슴을 쏘았다.

새끼 사슴이 어미의 죽는 것을 보자 놀라서 조예의 말 옆으로 뛰어들었다.

조비는 이 모양을 보자 큰소리로 외쳤다.

"예叡야, 쏘아라. 새끼 사슴을 빨리 쏘아라."

예는 마상에서 울며 고했다.

"폐하께서는 이미 그 어미를 쏘셨습니다. 다시 그 새끼를 쏜다면 너무나 잔인합니다."

조비는 아들의 말을 듣자 크게 감동되었다. 손에 들었던 활을 땅에 던지며 말했다.

"내 아이는 참 어진 덕이 있구나!"

조비는 궐 안으로 들어가 예에게 평원왕平原王의 칭호를 내렸다.

이해 5월에 조비는 상한傷寒 병에 걸렸다. 백 가지 약을 썼으나 효험이 없었다.

조비는 중군 대장군 조진曹眞과 진군 대장군 진군陳群과 무군 대장군 사마의司馬懿를 불렀다.

세 사람이 침궁寢宮에 들어 뵈니, 조비는 조예를 불러 세운 후에 세 사람에게 당부했다.

"짐朕의 병이 침중해서 다시 일어나기 어렵다. 예의 나이 어리니 경卿들은 잘 도와서 짐의 뜻을 저버리지 말라."

세 사람은 일제히 부복해 아뢰었다.

"폐하께서는 어찌해서 이런 말씀을 내리십니까. 신의 무리는 천추만세千秋萬歲까지 폐하를 모시려 합니다."

조비는 고개를 가로흔들며 대답했다.

"금년에 허창許昌 성문이 까닭 없이 저절로 무너졌으니, 이것은 상서롭지 못한 징조다. 나는 내가 죽을 것을 알고 있다."

조비가 말하는 중에 내시가 들어와 고했다.

"정동 대장군 조휴曹休 문안드리오."

"들라 해라."

조비는 다시 네 사람에게 부탁하였다.

"경들은 모두 국가의 주석지신柱石之臣이다. 마음을 합하여 나의 자식을 도와준다면, 나는 죽어도 눈을 감으리라."

조비는 말을 마치자 눈물을 머금고 죽으니, 이때 그의 나이 40세요, 왕위에 나간 지 7년이었다.

네 신하는 일변 발상 거애하고, 일변 조예를 대위大魏 황제皇帝로 옹립한 후에 조비에게 시호諡號를 올려 문文 황제皇帝라 하고, 생모 견 씨한테는 문소文昭 황후皇后의 시호를 바쳤다.

다시 신하들에게 벼슬을 봉하니 종유鍾繇는 태부太傅요, 조진으로 대장군을 봉하고, 조휴로 대사마大司馬를 삼고, 화흠으로 태위太尉를 봉하고, 왕랑으로 사도司徒를 삼고, 진군으로 사공司空을 봉하고, 사마의로 표기驃騎 대장군大將軍을 봉한 후에 나머지 문무백관에게 각각 벼슬을 봉증封贈한 후에 천하에 대사령大赦令을 내려 모든 죄수들을 놓아주었다.

반간 사마의

이때, 옹주雍主와 양주凉州 두 골에 자사刺史가 결원되었다.

사마의는 상서를 올려 서량西凉 태수太守 되기를 자원했다.

조예는 그의 말을 좇아, 사마의로 옹주와 양주의 병마를 제독提督하라 했다.

사마의는 조서를 받들어 임소로 부임했다.

서촉의 정보원은 나는 듯이 서천으로 달려가 보했다.

공명은 크게 놀랐다.

"조비가 죽은 후에 그의 어린 아들 조예가 즉위하여 그들의 신하들은 족히 염려할 바가 없으나, 오직 사마의만은 제법 모략이 있는 사람이다. 이제 옹주, 양주의 병마를 제독하게 되었으니, 훈련이 되는 날은 반드시 대환大患이 될 것이다. 먼저 군사를 일으켜 치는 것이 상책이다."

공명의 말을 듣고 참군參軍 마속馬謖이 아뢰었다.

"승상께서 남방을 평정하시고 회군하신 지 불과 얼마 아니 됩니다. 지금 군마가 다 함께 피곤한데, 또다시 원정을 하시는 것은 불가합니다. 저한테 한 계교가 있습니다. 조예가 사마의를 의심하여 쓰지 않도록 한다면 어떠하겠습니까. 승상의 균의鈞意가 어떠하신지 윤允 부否를 내려 주시기 바랍니다."

공명이 물었다.

"어떠한 계교가 그대한테 있는가?"

마속이 대답했다.

"사마의는 위국의 대신이라 하나, 조예는 전부터 그를 의심하고 꺼려합니다. 사람을 업군鄴郡과 낙양洛陽으로 보내시어 사마의가 반기叛旗를 든다고 유언비어를 퍼뜨리고, 일변 천하에 방을 붙여서 조예의 마음을 흔들어 놓는다면, 사마의는 죽게 되는 사람이올시다. 이 계교를 써 보시는 것이 어떠합니까?"

공명은 마속의 말을 좇았다.

곧 사람을 업군과 낙양으로 보내서 마속의 계책을 쓰게 했다.

며칠 후에 업성鄴城에 방이 붙었다.

수문장은 급히 방을 떼어 조예한테 바쳤다.

조예가 받아 보니 방문은 아래와 같았다.

표기驃騎 대장군大將軍 총영옹량등처總領雍凉等處 병마사兵馬事 사마의司馬懿는 삼가 신信과 의義로 천하에 포고하노라.

옛적에 태조太祖[13] 무武 황제皇帝께서 기업을 창립하시고 진사왕陳思王[14] 자건子建으로 사직의 주인을 삼으려 하셨으나 불행하게 간악한 참소가 교접하여 해가 오래도록 잠룡潛龍이 되었다. 황손皇孫 조예曹叡는 본시 덕이 없으면서 망령되이 높은 자리에 있어 태조의 뜻을 저버리고 있다. 나는 하늘 뜻을 순하게 하고 사람의 마음을 받들어 군사를 일으켜 만 사람의 바라는 마음을 만족시키려 한다. 방이 붙는 날, 모두 다 새 임금한테로 돌아오라. 불

---

13) 태조 무 황제 : 조조.
14) 진사왕 자건 : 조조의 둘째 아들. 「칠보시七步詩」를 지은 조식.

순하는 자는 구족九族을 멸하리라. 먼저 통문을 놓는다. 모두 다 알라.

조예曹叡는 방榜을 보자 대경실색大驚失色했다.

급히 군신들을 모아 대책을 의논하였다.

태위太尉 화흠華歆이 아뢰었다.

"사마의가 상소를 올려서 옹주와 양주를 지키겠다고 한 것은 본시 반역할 뜻이 있기 때문입니다. 전에 태조 무 황제께서 일찍이 신에게 하신 말씀이 있습니다. '사마의의 눈은 매(鷹)의 눈 같고 이리(狼)처럼 돌아보니 그에게 병권兵權을 주어서는 아니 된다. 오래가면 반드시 국가의 큰 화근이 될 것이다.' 이런 말씀을 하신 일이 있습니다. 오늘날 반정反情이 이미 드러났으니 속히 처단하시는 것이 가한 줄 아뢰오."

사도 왕랑王朗이 아뢰었다.

"사마의는 육도삼략六韜三略에 조예가 깊고 병기兵機에 밝은 사람입니다. 본시 큰 뜻을 품고 있는 자올시다. 일찍 제거치 않는다면 반드시 화근이 될 것입니다."

조예는 곧 칙령勅令을 내려 군사를 일으켜 친정하려 할 때, 홀연 반열 속에서 한 사람의 대장군이 나와 아뢰었다. 모두 보니 조진曹眞이었다.

"불가합니다. 문文 황제皇帝께서 저희들 두어 사람한테 외로운 폐하를 부탁하셨습니다. 이 중에 사마중달도 고명顧命을 받은 사람 중에 한 사람이올시다. 이것은 그에게 다른 뜻이 없다는 것을 잘 아신 것입니다. 지금 일의 진가眞假도 확실히 모르면서 급작스럽게 병마를 움직여 친다는 것은 경솔한 일인가 합니다. 혹시 촉이나 오에서 우리들 군신의 사이를 반간시키기 위하여 이 같은 악랄한 모략을 했는지도 모릅니다. 폐하께서는 깊이 살피시옵소서."

조예가 조진한테 물었다.

"촉이나 오의 짓이 아니고, 사마의가 진정 반했다면 어찌하겠소?"

"근심하실 것이 없습니다. 폐하께서 의심이 아니 풀리신다면, 친히 안읍安邑까지 거동하십시오. 이리되면, 사마의는 반드시 마중을 나오지 아니하고는 못 배길 것입니다. 그때 동정을 보시어 딴 뜻을 가졌다면, 잡아도 좋습니다."

조예는 조진의 말대로 했다.

조진을 머물러 감국監國[15]하게 하고, 친히 어림군御林軍 1만 명을 거느려 안읍으로 나갔다.

사마의는 조예가 안읍까지 오는 까닭을 몰랐다.

군대의 훈련된 씩씩한 모습을 천자께 뵈기 위하여 병마를 정돈한 후에 갑사甲士 수만을 거느리고 맞이하러 나왔다.

근신이 아뢰었다.

"사마의가 십여만 대병을 거느리고 앞으로 나와, 천자께 항거합니다. 확실히 반심을 먹었습니다."

조예는 황겁했다. 조휴한테 명을 내렸다.

"먼저 군사를 거느리고 나가서 사마의와 대결하라."

조휴曹休는 군사를 거느려 사마의 군대 앞으로 나갔다.

사마의는 병마가 떼를 지어 앞으로 달려오는 것을 보자 조예의 행차가 오는 줄 알았다.

길가에 부복하여 어가御駕를 맞이하고 있었다. 그러나 오는 사람은 조예가 아니라 조휴曹休였다.

---

15) **감국** : 임금을 대신하여 국정을 살피는 것.

조휴는 말을 달려 나오며 사마의를 향하여 큰소리로 꾸짖었다.

"사마중달은 듣거라. 선제先帝께서 그대에게 어린 임금을 도와주라 하셨는데 그대는 이제 반란을 일으켰으니 어찌한 연고냐?"

사마의는 조휴의 꾸짖는 말을 듣자 대경실색했다.

온몸에 땀이 쫙 흘렀다.

사마의는 조휴의 앞으로 나가 사정을 물었다.

"반하다니, 내 어찌 반하겠소. 어떤 간언이 들어갔나 보오. 자세히 좀 말씀해 주시오."

조휴는 방이 붙고 통문이 돈 이야기를 자세히 일러 주었다. 사마의는 탄식했다.

"이것은 오吳나 촉蜀에서 우리 군신君臣을 이간시켜 가지고, 나라 형세가 허하게 되는 틈을 타서 쳐들어오려는 반간지계라 생각하오. 나는 천자를 친히 뵙고 변명하겠소."

사마의는 곧 군사를 물린 후에 조예의 수레 앞에 나가 울면서 부복해 아뢰었다.

"신은 선제께서 탁고托孤하신 중임을 받은 자의 한 사람이올시다. 어찌 감히 두 마음을 두었으리까. 이것은 반드시 오와 촉의 간계에서 나온 일이올시다. 청컨대 신은 일려一旅의 군대를 이끌고 먼저 촉을 파한 후에 오를 공격하여 선제와 폐하의 은혜를 갚고, 한편 신의 두 마음 없는 것을 밝히겠습니다."

조예는 사마의의 변명하는 말을 들었으나, 의심이 풀리지 아니했다. 이내 결정을 내리지 못했다.

화흠이 아뢰었다.

"사마의에게 병권을 맡기시면 아니 됩니다. 그의 벼슬을 파해서 시골로 가 있도록 하십시오."

조예는 화흠의 말을 들어 사마의의 벼슬을 삭직削職시키고 향리鄕里로 돌아가라 한 후에 조휴로 옹주와 양주의 군마를 총독하라 하고 낙양洛陽으로 돌아갔다.

한편 서촉의 염탐꾼은 이 사실을 서천西川에 보고했다.

공명은 이 소식을 듣고 크게 기뻐했다.

"내가 위국을 공격하려 한 지 오래였으나, 사마의가 옹량주雍凉州 군대를 총독하고 있으므로 곧 엄두를 내지 못했더니, 이제 조예가 내 계교에 떨어져서 사마의를 귀양 보냈으니 다시는 근심이 없다."

다음 날이 되었다. 후주後主는 이른 아침에 만조백관의 조회를 받기 시작했다.

공명은 윤건綸巾 도복道服을 벗고, 금관金冠 홍포紅袍로 바꾸어 입은 후에 손에 백옥홀白玉笏을 잡고 조회 참례했다.

어전御前에 추창해 나가 두 번 절한 후에 소매 속에서 표를 꺼내어 공손히 후주後主 앞에 올렸다.

출사표

독관讀官이 표表를 받들어 낭랑히 읽었다.

선제先帝께오서 창업하신 지 반이 못되시어 중도에 붕조崩殂하시고, 이제 천하는 삼분이 되었다 하나 익주益州가 피폐疲弊하니, 이 진실로 위급존망危急存亡한 때올시다.

연하오나, 시위侍衛하는 신하가 안에서 해이하지 아니하고, 충성스런 선비들이 밖에서 제 몸을 돌보지 아니하는 것은 모두 다 선제先帝의 유달리 대우하신 큰 은혜를 생각해서 폐하께 갚으려는 것입니다.

폐하께서는 성심으로 성청聖聽하시어 선제의 끼치신 덕을 빛나게 하시며, 지사志士의 기상을 넓고 크게 하시어 망령되이 스스로 박하게 의義를 잃어서 충성스럽게 간하는 길을 막지 마십시오. 궁중부중宮中府中은 다 함께 일체一體가 되어야 합니다. 벼슬을 올리는 일이나 벌을 주는 일이나 착한 것, 그른 것을 판단하는데 이동異同이 있어서는 아니 됩니다. 만약 작간作奸 범과犯科하는 자의 충선忠善하는 자가 있다면, 마땅히 유사에게 맡기시어 형과 상을 의논하여 폐하의 평명하신 정치를 밝히시고 편벽되게 사私를 두어 안과 밖이 법을 달리하지 않도록 하옵소서.

시중시랑侍中侍郎 곽유지郭攸之, 비위費褘, 동윤董允 들은 모두 다 어질고, 착실하고, 생각이 깊고, 충성하고 순박한 사람들이올시다. 이러므로 선제께서

발락하시어 폐하께 끼치신 사람들입니다. 어리석은 생각엔 궁중 일은 대소사를 막론하고 모두 다 그들에게 물어 보신 연후에 시행하옵소서. 반드시 뭘하고, 빠진 것을 비보裨補해서 넓고 유익함이 없도록 할 것입니다.

장군將軍 향총向寵은 성품과 행실이 맑고 고르고 군사軍事에 밝은 사람입니다. 전일에 선제께서 시험해 보시고 능能하다 하셨습니다. 그러므로 중의衆議는 그를 천거하여 도독都督을 삼았던 것입니다. 어리석은 생각엔 영문 일은 크고 작은 것을 막론하고 모두 다 그에게 물어 처리하신다면 반드시 행진하는데 화목하여 우優와 열劣은 가려서 곳을 얻어 잘 부릴 것입니다. 어진 신하를 가까이 하고, 소인을 멀리한 까닭에 선한先漢은 흥륭興隆했고, 어진 신하를 멀리하고 소인을 가깝게 한 까닭에 후한後漢은 기울어지고 뭉그러졌습니다. 선제께서 이 일을 의논하시어 환제桓帝와 영제靈帝 때 일을 아프게 탄식하셨던 것입니다. 시중 상서 진진陳震과 장사 장예張裔와 참군 장완蔣琬은 모두 다, 곧 밝고 절개를 지켜서 죽을 땅에 죽을 신하들이올시다. 원컨대 폐하께서는 그들을 친히 하시고 믿으신다면 한실漢室의 융성할 것을 날을 꼽아 기다릴 수 있습니다.

先帝, 創業未半 而中道崩殂, 今天下三分, 益州疲敝, 此誠 危急存亡之秋也. 然 侍衛之臣 不懈於內, 忠志之士忘身 於外者, 蓋追先帝之殊遇, 欲報之於陛下 也. 誠宜開張聖德 以光先帝遺德, 恢弘志士之氣, 不宜妄自菲薄, 引喩失義, 以 塞忠諫之路也. 宮中 府中俱爲一體, 陟罰臧否, 不宜異同, 若有 作奸犯科及爲 忠善者, 宜付有司, 論其刑賞, 以昭陛下, 平明之治, 不宜偏私, 使內外異法也. 侍中侍郎, 郭攸之, 費褘, 董允等 此皆良實志慮忠純, 是以先帝簡拔以遺陛下, 愚以爲, 宮中之事, 事無大小, 悉以咨之, 然後施行, 必得裨補闕漏, 有所廣益. 將軍 向寵, 性行淑均, 曉暢軍事, 試用干昔日, 先帝稱之曰能, 是以衆議 擧寵以

爲督愚以爲 營中之事, 事無大小, 悉而咨之, 必能 使行陳和睦, 優劣得所也. 親賢臣 遠小人, 此 先漢所以興隆也. 親小人遠賢臣, 此 後漢所以傾頹也. 先帝在時, 每與臣 論此事, 未嘗不, 嘆息痛恨干 桓靈也. 侍中尙書陳震 長史張裔 參軍蔣琬 此 悉 貞亮死節之臣也. 願陛下, 親之信之, 則漢室之隆, 可計日而待也.

신은 본시 포의로 몸소 남양에 밭 갈아 성명을 난세에 보전하고 제후에 문달하기를 원하지 아니했더니, 선제께오서 신을 비천하다 아니하시고 황송하게도 수레를 친히 굽히시어 신을 세 번 초려에 찾으시고 당세의 일을 물으시니, 신은 이에 감격하여 선제를 위하여 구치驅馳할 것을 허락했던 것입니다. 뒤에 형세가 기울어져서 패군한 즈음, 큰 소임을 맡고 위관한 중에 명을 받든 이래 20여 년이 되었습니다.

선제께서는 신의 근신하는 것을 아시므로 붕어하실 때 신에게 큰일을 부탁하셨습니다.

명을 받자온 이래 이르나 늦으나 항상 근심하고 염려하여 부탁이 혹여나 효험을 얻지 못하여 선제의 총명을 상할까 두려워했습니다. 이러한 까닭에 5월에 노수를 건너 깊이 불모지까지 들어갔던 것입니다. 이제 남방이 이미 평정되었고 갑옷 입은 군사는 충족합니다. 삼군을 거느려 북으로 중원을 평정하여 노둔한 재주를 다하고 간흉을 물리쳐 재하고 한실을 부흥시켜서 옛 도읍으로 돌아가려 하는 것이 신이 선제께 은혜를 갚고 폐하께 충성을 다하는 직분인가 합니다. 손과 익을 짐작해서 충성스런 말씀을 올리는 일은 유지攸之와 위褘와 윤允의 임무입니다.

원컨대, 폐하께서는 신에게 적을 쳐서 중흥 광복하는 일을 부탁하시옵소서. 만약에 효험이 없다면 신의 죄를 선제의 영 앞에 다스려 고하시고 유지와 위와 윤 등의 허물을 책망하여 그 태만한 것을 드러내시고 폐하께서도 또한 착한 일을 하실 길을 물어서 취하시어 아름다운 말씀을 살펴 받으시어 선제의 유조를 좇으시옵소서. 신은 은혜를 받자온 감격을 이기지 못하여 이에 멀리 떠남을 당하여 표를 쓰면서 눈물을 머금어 우웁니다. 더 아뢸 말씀이 많습니다마는 아뢰지 못합니다.

臣 木布衣, 躬耕南陽, 苟全性命於亂世, 不聞聞達於諸候, 先帝, 不以臣卑鄙, 猥自枉屈, 三顧臣於草盧之中, 咨臣以當世之事, 由是感激, 遂許先帝以驅馳, 後値傾覆, 受任於敗軍之際, 奉命於危難之間, 爾來二十有一年矣. 先帝知臣謹愼, 故, 臨崩, 寄臣以大事也. 受命以來, 夙夜憂歡, 恐付託不效, 以傷先帝之明, 故, 五月渡瀘, 深入不毛, 今, 南方已定, 兵甲已足, 當獎率三軍, 北定中原, 庶竭駑鈍, 攘除姦凶, 興復漢室, 還于舊都, 此, 臣所以, 報先帝而忠陛下之職分也. 至於斟酌損益, 進盡忠言, 則 攸之, 褘, 允之任也. 願陛下, 託臣以討賊興復之效, 不效, 則治臣之罪以告先帝之靈, 責 攸之, 褘, 允等之咎, 以彰其慢, 陛下亦宜自謀, 以諮諏善道, 察納雅言, 深追先帝遺詔, 臣不勝受恩感激, 今當遠離, 臨表涕泣, 不知所云.

독관이 낭랑히 읽기를 마치니 후주는 다시 한 번 표를 받아 어루만진 후에 공명을 향하여 말했다.

"상부尙父께서 멀리 남정南征을 하시어 갖은 고난을 다 겪으시고 이제야 바야흐로 돌아오셨는데 자리도 편안키 전에 또 어찌 북정北征을 하시겠습니까? 신기神氣, 너무나 피로하실까 두렵습니다."

공명이 대답했다.

"신이 선제 폐하의 탁고託孤하신 중한 책임을 받자와 이르나 늦으나 일찍 태만하지 아니했습니다. 이제 남방이 이미 평정됐고 안으로 돌아다볼 근심이 없습니다. 이때 나가서 적을 무찔러 중원을 회복하지 않는다면 다시 어느 때를 기다리겠습니까?"

공명의 말이 채 끝나지 아니해서 홀연 반부班部 중에서 태사太史 초주譙周가 나와 아뢰었다.

"신이 밤에 천상天象을 보니 북방에 왕기가 정히 성했습니다. 별빛이 어느 때보다 배나 밝아서 찬란하니 북으로 중원을 정벌하여도 득하기 어려울까 합니다."

초주는 계속해서 공명을 향하여 말했다.

"승상께서는 깊이 천문에 밝으신 터인데 무슨 연유로 강행하려 하십니까?"

공명이 대답했다.

"천도天道가 변하고 바뀌는 것은 상도常道가 아니니 어찌 이것을 가지고 고집하겠소. 그리고 나는 한중漢中에 군마를 주둔시켰다가 동정을 보아서 행할 터이니 과히 염려 마시오."

"아니 됩니다."

초주는 여러 번 간했다. 그러나 공명은 듣지 아니했다.

공명은 곽유지郭攸之, 동윤董允, 비위費褘 등을 머물게 하여 시정 벼슬을 주어 궁중 일을 총섭總攝하게 하고 향총向寵으로 대장군을 삼아 황제를 호위하는 어림군御林軍을 총독總督케 하고 진진陳震으로 시중侍中을 삼고 장완蔣琬에게 참군參軍 벼슬을 제수하고 장예張裔로 장사長史를 삼아 승상부사丞相府事를 장악하게 하고 두경杜瓊으로 간의 대부를 삼고 두경杜瓊, 양홍楊洪에게 상서尙書를 제수하고 맹광孟光, 내민來敏으로 제주祭酒를 삼고 윤묵尹默, 이선李譔으로 박사博士를 삼고 극정郤正, 비시費詩한테 비서秘書의 임무를 맡기고 초주譙周로 태사太史를 삼은 후에 내외 문무 관료 1백여 원으로 촉중에서 일을 다스리라 했다.

공명은 조칙을 받들어 승상부로 돌아온 후에 모든 장수들을 불러 청령聽令하라는 분부를 내렸다. 공명은 부서를 정했다.

전독부前督部는 진북鎭北 장군將軍, 영승상領丞相 사마司馬, 양주凉州 자사刺使, 도정후都亭侯 위연魏延이 맡고

전도독前都督은 영부풍領扶風 태수太守 장익張翼, 아문장牙門將 비장裨將 왕평王平이 맡고

후군後軍은 영병사領兵使 안한安漢 장군將軍, 영건녕領建寧 태수太守 이회李恢가 지휘하고

부장副將에는 정원定遠 장군將軍, 영한중領漢中 태수太守 여의呂義를 맡기고

겸운兼運 양좌군粮左軍은 영병사領兵使, 평북平北 장군將軍, 진창후陳倉侯 마대馬岱가 되고

부장副將은 비위飛衛 장군將軍 요화廖化를 임명하고

우군右軍은 영병사領兵使 분위奮威 장군將軍, 박양博陽 정후亭侯 마충馬忠과 진무鎭武 장군將軍 관내후關內侯 장의張嶷가 되고

행중行中 군사軍師는 거기車騎 장군將軍 도향후都鄕侯 유염劉琰이요,

중감군中監軍은 양무揚武 장군將軍 등지鄧芝요,

중참군中參軍은 안원安遠 장군將軍 마속馬謖을 시키고

전장군前將軍은 도정후都亭侯 원림袁琳이요,

좌장군左將軍은 고양후高陽侯 오의吳懿를 시키고

우장군右將軍은 현도후玄都侯 고상高翔을 임명하고

후장군後將軍은 안락후安樂侯 오반吳班이요,

영장사領長史는 유군綏軍 장군將軍 양의揚儀에게 제수하고

전장군前將軍은 남정南征 장군將軍 유파劉巴로 임명하고

전호군前護軍은 편장군偏將軍, 한성漢成 정후亭侯 허윤許允이요,

좌호군左護軍은 독신篤信 중랑장中郎將 정함丁咸이었다.

우호군右護軍은 편장군偏將軍 유민劉敏이요,

후호군後護軍은 전군典軍 중랑장中郎將 관옹官雝에게 제수하고

행참군行參軍에는 소무昭武 약랑장略郎將 호제胡濟와 간의諫議 장군將軍 염안閻晏과 편장군偏將軍 찬습爨習과 비장군裨將軍 두의杜義와 무략武略 중랑장中郎將 두기杜祺와 유군綏軍 도위都尉 성돈盛敦을 임명하고

종사從事는 무략武略 중랑장中郎將 번기樊岐에게 맡기고

전군典軍 서기書記는 번건樊建이요,

승상丞相 영사令史는 동궐董厥이요,

장전帳前 좌호위사左護衛使는 용양龍驤 장군將軍 관흥關興에게 맡기고 우호위사右護衛使는 호익虎翼 장군將軍 장포張苞에게 맡겼다.

이상 관원들은 평북平北 대도독大都督, 승상丞相, 무향후武鄕侯 영익주목領益州牧, 지내외사知內外事, 제갈양諸葛亮을 따라 북정하는 부서를 정했다.

조자룡은 70에 참오장하다

분발分撥[16]이 이에 정해진 후에, 공명은 다시 이엄李嚴에게 격문을 보내고 천구川口를 엄하게 지켜서 동오東吳를 막으라 했다.

날을 가려 삼군이 출사出師하니 건흥建興 5년 춘 3월 병인일丙寅日이었다.

공명은 대군이 북을 쳐 출동하려 할 때, 홀연 장하에서 한 사람 노장老將이 소리치며 나와 공명께 고했다.

"내 비록 나이 높다 하나 아직 염파廉頗의 용맹과 마원馬援의 웅풍雄風이 있소이다. 어찌해서 나를 쓰지 아니하시오."

모두 보니 상산 조자룡이었다. 이때 조운의 나이는 70이 되었다.

공명은 미소를 지어 대답했다.

"내가 지난번, 남만을 평정하고 돌아와 보니 아깝게도 오호 대장의 한 사람이었던 마초 장군이 늙고 병들어 세상을 떠났구려. 내 마음이 어떠했겠소. 마치 한 팔을 잃은 듯했소이다. 이제 장군께서는 연치가 높으신 중 혹여나 실수가 계시다면 일세를 흔들었던 영웅의 이름이 무색할 뿐 아니라 촉중 사졸들의 예기가 꺾일까 해서 가만히 계시도록 한 것입니다."

공명의 말이 채 떨어지기도 전에 조자룡은 소리를 가다듬어 대답했다.

"나는 한평생을 선제 폐하를 모시고 전쟁판에 따라다닌 사람이외다. 그

---

16) 분발 : 임무를 분배하여 맡기는 일.

러나 진에 임하면 물러나 본 적이 없고 적을 만나면 어느 때나 앞장을 섰던 것입니다. 대장부 세상에 한번 나서, 전쟁에서 죽는다면 그런 다행한 일이 어디 또 있겠소. 나는 죽어도 한이 없겠소이다. 선봉장을 시켜 주시오."

"내래하셨으니 편히 계시는 것이 좋을 성싶습니다."

공명은 두세 번 권하였다.

조운은 버럭 소리를 질렀다.

"만약 나에게 선봉의 임무를 아니 맡긴다면 계하階下에 머리를 부딪쳐 죽겠소이다."

공명은 하는 수 없었다.

"장군께서 기어이 선봉이 되시고 싶다면 부장을 한 사람 껴서 드리겠습니다."

공명의 말이 끝나기 전에 한 사람이 나와 말했다.

"제가 비록 재주 없다 하나, 노 장군을 도와서 일지 군마를 거느리고 적병을 격파하겠습니다."

공명이 보니 등지鄧芝였다.

공명은 크게 기뻤다.

곧 정병 5천여 명, 부장副將 10원十員을 주어 조운을 도와 따라가라 했다.

공명의 대군이 출동하니 후주後主는 만조백관을 거느리고 북문 밖 10리까지 나가 공명을 전송했다.

바람에 펄럭이는 정기는 하늘과 들에 가득하고, 군사들의 창과 칼은 서리 속에 빛을 뿜는 수풀 같았다.

대군은 한결같이 한중漢中을 바라보며 나갔다.

한편 서촉 소식은 재빠르게 낙양洛陽으로 퍼졌다.

제갈양이 30만 대병을 거느리고 호호탕탕 쳐들어온다.

상산 조자룡이 선봉대장이 되어 쳐들어온다.

낙양 천지가 불끈 뒤집혔다.

위왕 조예曹叡는 제갈공명이 30만 대군을 거느려 조운趙雲으로 선봉대장을 삼아 호호탕탕 쳐들어온다는 소식을 듣자 대경실색했다.

급히 군신을 모아 의논하였다.

"누가 대장이 되어 촉군을 격퇴하겠는가?"

홀연 반열 속에서 한 사람이 소리치며 나왔다.

"신의 아비가 한중漢中에서 황충한테 죽었습니다. 이를 갈아 원수를 갚으려 했으나 아직 한을 풀지 못했습니다. 지금 촉병이 범경犯境한다 하오니 신은 원컨대 본부 군사를 거느려 한번 싸우겠습니다. 다행히 폐하께서 관서關西의 군사를 주신다면 앞질러 선봉이 되어 촉병을 격파하여 위로 국가의 위엄을 세우고 아래로 아비의 원수를 갚겠습니다."

모두 보니 하후연의 아들 하후무夏侯楙였다.

무의 자는 자휴子休라 하는데 성미가 급하고 인색했다. 어릴 때 하후연의 양자가 되었다가 하후연이 황충한테 죽으니 조조가 가엾게 생각해서 딸 청하清河 공주公主를 무한테 내려서 부마駙馬를 삼았다. 이로 인하여 조정 대관들은 그를 높이 보고 공경하였다.

하후무는 병권兵權을 잡았으나, 일찍 임진대적臨陣對敵해 본 일이 없었다.

하후무가 자원 출전하니, 위왕 조예는 곧 하후무로 대도독을 제수하고 관서 모든 길의 군마를 조발하여 적을 막으라 했다.

사도司徒 왕랑王朗이 조예한테 간하였다.

"불가합니다. 하후 부마는 전장에 나가서 싸워 본 경험이 없습니다. 폐하의 대임大任을 맡길 수 없을 뿐더러, 서촉의 제갈양은 지혜가 많고 꾀가 많은 중 육도삼략 병서에 정통한 인물이올시다. 가볍게 적을 대할 수 없습니다."

하후무는 옆에 있다가 분했다. 왕랑을 꾸짖었다.

"왕 사도는 제갈양과 연결해서 내응이 된 듯하오. 나는 어려서부터 우리 아버지한테 육도삼략을 배워서 병법에 정통하오. 어째 나를 중상하오. 내 나이 비록 젊다 하나 제갈양을 사로잡아 오겠소. 만약 잡지 못한다면 맹세코 돌아와 천자를 뵙지 아니하리다."

왕랑은 다시는 더 말을 못했다.

하후무는 위왕 조예한테 하직을 고한 후에 관서 제로의 30만 대병을 거느리고 밤을 도와 장안으로 대적하러 나갔다.

한편 공명은 대군을 휘동하여 면양沔陽 땅에 당도하니 이곳에는 마초의 무덤이 있었다. 공명은 그의 아우 마대에게 상복을 입힌 후에 친히 제문을 지어 제를 지냈다.

제사를 마치고 공명은 영문으로 돌아와 모든 장수와 적병 공격할 일을 의논하고 있을 때 홀연 보발 군사가 뛰어와 아뢰었다.

"위국 조예가 부마 하후무로 관서 제로諸路의 군마를 거느려 우리 군사를 대항하러 옵니다."

장하帳下에 있던 위연이 공명 앞으로 나와 계책을 드렸다.

"하후무는 귀동자로 자란 아이입니다. 이런 중에 또다시 나약하고 무모합니다. 저에게 정병 오천 명만 주신다면 포중褒中에서 진령秦嶺 고개를 넘어서 동편으로 자오곡子午谷으로 돌다가 북으로 향하여 쳐들어간다면 불과 십 일에 장안長安에 당도할 것입니다. 이때 가서 하후무는 위연이 쳐들어간다는 소문을 들으면 필연코 성을 버리고 달아날 것입니다. 그때 가서 나는 동편에서 쳐들어가겠습니다. 승상께서는 사곡斜谷에서 대군을 몰아 나오십시오. 이같이 한다면 함양咸陽 이서以西는 한번 싸워서 정해질 것입니다.”

공명은 껄껄 웃으며 대답했다.

“그것은 만전萬全의 계책이 못되오. 조예한테는 아주 인물이 없는 줄 아시오? 오천 군사가 산골에 있다는 소리만 들으면 적은 반드시 길을 끊고 시살할 테니 오천 군마만 해를 입는 것이 아니라, 전군의 예기가 크게 꺾일 테니 불가하오. 결코 이 계책을 쓸 수 없소.”

위연은 다시 말했다.

“허허, 그렇지 아니합니다. 승상의 대군이 큰길로만 나간다면, 적은 반드시 관중關中 군사를 다 일으켜서 우리와 대결할 것입니다. 이렇게 된다면 날짜를 허비할 테니 어느 때 가서 중원中原을 차지하겠습니까?”

공명이 대답했다.

“나는 농서隴西에서 평탄한 큰길을 취하여 의법 지병하겠소. 이리한다면 백전백승할 테니 아무 염려 마오.”

공명은 위연의 계책을 쓰지 아니했다.

위연은 자기 말을 듣지 않는 것이 불쾌했다. 좋지 않은 얼굴로 공명 앞에서 물러났다.

공명은 곧 사람을 선봉대장 조운한테 보내서 앞으로 나가게 했다.

한편 위국 대장 하후무는 장안에서 제로諸路 군마를 소집하고 있을 때 서량西凉 대장 한덕韓德이 8만 병사를 이끌고 하후무를 찾았다.

한덕은 개산대부開山大斧라는 큰 도끼를 잘 쓸 뿐 아니라, 만 사람이 당하지 못하는 용맹이 있는 소문 높은 장수였다.

하후무는 크게 기뻐했다. 한덕에게 중한 상금을 내리고 선봉대장의 임무를 맡겼다. 한덕은 네 아들을 두었는데 모두 다 무예에 정통했다. 장자의 이름은 한영韓瑛이요, 차자의 이름은 한요韓瑤요, 셋째는 한경韓瓊이요, 넷째는 한기韓琪였다.

한덕은 네 아들과 함께 서강병西羌兵 8만을 거느리고 봉명산鳳鳴山에서 나오다가 조자룡이 거느린 촉병과 마주쳤다.

양편 군사는 둥글게 진을 쳤다.

한덕이 진문으로 나오니, 네 아들은 양편으로 갈라서서 한덕을 옹위했다.

노장 조운은 창을 비껴들고 진문 앞으로 나왔다.

한덕韓德은 창 잡고, 말 달려 나오는 노장 조운을 보자 큰소리로 꾸짖었다.

"반국 역적아, 어찌 감히 우리 국경을 범하느냐?"

조운은 한덕의 욕하는 말을 듣자 분기가 탱중했다.

장창을 잡고, 말을 달려 한덕을 취하려 했다.

한덕의 큰아들 한영이 아비를 돕기 위하여 말을 달려 조운한테로 덤벼들었다.

조운은 말 머리를 돌려 한영을 맞이했다. 싸운 지 3합이 못되어 조자룡이 비껴든 창은 한영을 찔러 말 아래로 떨어뜨렸다.

둘째 아들 한요가 이 모양을 보고 칼을 휘두르며 말을 달려 쫓아 들었다.

조자룡은 정신을 버쩍 차렸다. 옛적에 창 쓰던 솜씨를 한번 뽐내어 보았다. 젊은 한요는 마침내 노장 조운을 당해 낼 수 없었다.

셋째 아들 한경이 급히 방천극方天戟을 꼬나들고 말을 달려 조자룡을 협공했다.

조운은 두렵지 아니했다. 창법은 일사불란一絲不亂, 어지럽지 아니했다.

넷째 아들 한기가 형들의 무예가 떨어지는 것을 보자 두 자루 일월도日
月刀를 둥글게 춤추면서 말을 달려 쫓아 들었다.

조운은 어느덧 삼 형제의 포위 속에 떨어지게 되었다.

그러나 조운은 용감했다. 일 대 삼으로 막아 댔다.

조자룡의 창이 번뜩했다. 넷째 한기는 멱에 찔려 말 아래 떨어졌다.

한 진중에서 아장들이 급히 나와 한기를 구해 갔다.

조운은 창을 마상에 꽂고 말 머리를 돌려 방향을 바꾸어 달아났다.

셋째 아들, 한경이 급히 창을 내리고 활을 당겨 조운을 쏘았다. 살은 연
달아 세 대가 날았다.

그러나 조운은 말을 달리면서 번번이 화살을 창으로 받아넘겨 떨어뜨
렸다.

한경은 분기가 탱중했다. 방천극을 꼬나들고 조자룡을 쫓아 찌르려 하
다가 마침내 조자룡이 쏘는 화살은 달려드는 한경의 인중을 쏘아 한경은
외마디소리를 치며 마하에 떨어져 죽었다.

둘째 아들 한요는 기가 막혔다.

화끈 눈이 뒤집혔다.

급히 말을 달려 조운을 쫓으면서 보검을 높이 들어 조운을 찌르려 했다.

조운은 손에 잡았던 창을 땅에 던지고 손을 번쩍 들었다. 번개보다도
빨랐다.

한 손으로 보검을 뺏고 한 손으로 한요의 목줄띠를 잡았다.

한요는 마침내 늙은 범 같은 조운의 팔뚝 안으로 목이 기어들었다.

"요놈의 새끼."

한요의 목은 졸라졌다.

마침내 한요는 사로잡힌 포로의 몸이 되었다.

조운은 한요를 잡아 진으로 돌아가 영창 속에 던진 후에 다시 말을 달려 좌충우돌 창을 썼다.

한덕韓德은 네 아들이 다 함께 조운의 손에 상하는 것을 보니 간담이 찢어지는 듯했다. 맥이 풀려서 진 속으로 들어가 버렸다.

서량병들은 전부터 상산 조자룡의 범 같은 이름을 익히 들어 알았다.

늙었지만 전과 변함없는 영용한 풍채를 바라보자, 감히 교봉交鋒할 생각을 먹지 못했다.

조자룡의 말이 뛰는 곳마다 군사들은 골패짝 쓰러지듯 뭉그러졌다.

조자룡은 필마단창匹馬單槍으로 무인지경을 달리듯 했다.

후의 시인은 『삼국지』를 읽고 신명이 났다. 시를 지어 조운을 칭찬했다.

憶昔常山趙子龍

年登七十建奇功

獨誅四將來冲陣

猶似當陽救主雄

억석 당년의 상산 조자룡

나이 70에 기이한 큰 공을 세우다.

단신으로 네 장수 목을 베어서

좌충우돌, 오가며 진을 뚫었다.

마치 당양 장판교 위에

후주를 구해 내듯 하였네.

후면에 있던 등지鄧芝는 조운이 크게 이기는 것을 보자 촉병을 몰아 엄습하니 서량 군사들은 대패해 달아났다.

한덕은 몇 번인지 조운의 손에 잡힐 듯했다가 갑옷을 버리고 변장해 도 망쳤다.

조운은 등지와 함께 군사를 거두어 채로 돌아왔다. 등지가 조운한테 하 례했다.

"장군께서는 춘추가 칠십이건만 영용이 전과 같습니다. 오늘 진 앞에 서 네 장수의 목을 베신 일은 세상에 드문 일이올시다."

조운이 대답했다.

"승상께서 내 나이 많다 하시어 즐겨 쓰지 아니하시니 스스로 내 힘을 다해 본 것뿐입니다."

조운은 말을 마치자 사로잡은 한요를 안동하여 승리한 첩보를 공명한 테 품했다.

한편, 한덕은 패군을 거느리고 돌아가 하후무한테 네 자식 죽인 것을 울면서 고했다. 하후무는 스스로 대군을 거느리고 싸우러 나왔다. 탐마는 살같이 달려와 하후무의 대군이 움직인 일을 보했다.

조운은 말에 올라 창을 잡고 천여 군을 거느려 봉명산鳳鳴山 앞에 진을 치고 있었다.

하후무는 황금 투구 쓰고 백마 타고, 손에 큰 칼 잡고, 문기門旗 아래서 촉진을 바라보았다.

이때 조운은 백전노장이었다. 일부러 위엄을 과시했다.

백수를 펄펄 휘날리면서 마상에서 창을 두르며 말을 놓아 내달았다. 먼 지가 자욱하게 일어나는 속에 조운의 말은 용마 뛰듯 천리마의 기상을 자 랑했다.

철부지 하후무는 말을 놓아 나가려 했다.

한덕이 만류했다.

"장군은 잠깐 기다리십시오. 나는 내 자식의 원수를 갚아야 하겠습니다."

말을 마치자 한덕은 말을 달려 뛰어나갔다. 손에는 개산대부開山大斧를 두르며 곧 조운을 취했다.

조운도 가만히 있지 아니했다. 방천화극을 높이 들고 한덕을 취하려 했다.

조운의 패기는 점점 높았다. 교봉 불수합에 방천화극 서리 같은 빛이 햇빛에 번쩍, 섬광을 뿜으면서 한덕의 엄심갑掩心甲을 찔러 마하에 떨어뜨렸다.

하후무는 깜짝 놀랐다. 간담이 서늘했다. 황망히 본진으로 뛰어 달아났다.

등지는 뒤를 이어 시살했다. 위병은 또 한 번 일전을 크게 꺾인 후에 10리 밖으로 퇴군하여 진을 쳤다.

하후무는 수각이 황란했다. 밤을 도와 모든 장수와 상의하였다.

"나는 상산 조자룡의 이름만 듣고 얼굴을 대해 보지 못했더니 이제 보니 과연 노 영웅이다. 당년의 당양 장판교에서 아두를 구했다는 말이 허언이 아닌 것을 알겠다. 이 사람을 대적할 사람이 없으니 장차 어찌하면 좋겠소."

참군參軍 정무程武가 나와 말했다. 정무는 저 유명했던 조조의 모사 정욱程昱의 아들이었다.

"저의 소견에는 이러합니다. 조자룡은 담은 크나, 꾀가 없는 사람이올시다. 족히 근심할 것이 없습니다. 내일 도독께서는 다시 군사를 이끌고 나가시는데 먼저 좌우편에 복병을 둔 후에 도독께서는 거짓 패하시는 체 하시면서 조운을 유인하십시오. 이러한 후에 복병은 조운을 포위하고 도독께서는 산에 올라 전군을 지휘하여 조운을 중중첩첩 둘러싼다면, 꼼짝없이 사로잡을 것입니다.”

하후무는 정무의 꾀를 쓰기로 했다.

다음 날 하후무는 다시 금고金鼓와 기번旗旛을 정리한 후에 군사를 거느려 촉진으로 향했다.

조운과 등지도 하후무를 맞이하러 진 앞으로 나왔다.

등지는 마상에서 조운한테 말했다.

“어젯밤에 위병이 대패해 갔는데 오늘 다시 오니, 반드시 협사가 있는 듯합니다. 장군께서는 미리 생각해 두시옵소서.”

“저 같은 젖먹이 어린것이 무엇이 두렵겠소. 오늘은 꼭 내가 하후무를 잡겠소.”

조운은 말을 마치자 말을 달려 나갔다.

위장 반수가 싸우러 나왔다. 교봉 3합이 채 못되어 문득 말을 놓아 달아났다.

조운이 뒤를 쫓았다. 위 진중에서 여덟 장수가 일제히 나와서 싸웠다.

이 틈에 하후무는 힘이 부치는 듯 말을 달려 달아났다.

여덟 장수도 뒤를 이어 달아났다.

조운은 소리치며 뒤를 쫓았다.

등지도 군사를 거느리고 뒤를 쫓았다.

조운은 마침내 위험한 속으로 들어갔다. 사면에서 함성이 천지를 진동했다.

제갈양은 지혜로 3성을 취하다

등지鄧芝는 급히 군사를 후퇴시켰다.

그러나 왼편에는 위장 동희董禧가 있고, 오른편에는 위장 설칙薛則이 대기하고 있었다.

두 길로 위병이 짓쳐 나오니 등지의 군사는 수가 적었다. 조운을 구해낼 수 없었다.

조운은 포위된 속에 파묻혀 동충서돌東衝西突했으나 워낙 위병의 수는 많고 조운의 수하 군사는 천여 명밖에 없으니 곤란하기 짝이 없었다.

조운의 군사는 산 밑으로 몰렸다.

위장 하후무는 산상에서 기를 흔들어 삼군을 지휘하고 있었다.

조운이 동으로 달리면 동편을 가리키고 서편으로 달아나면 서편을 가리켰다.

조운은 진을 뚫고 돌격해 나가려 했으나, 나갈 도리가 없었다. 죽을힘을 다하여 산상으로 기어올랐다.

반 넘어 올랐을 때, 포석砲石과 뇌목擂木에서 쏟아지는 돌이 비 오듯 나니, 조운의 군사는 산으로 올라갈 수도 없었다.

조운은 아침 진시辰時 때부터 저녁 유시酉時 때까지 포위망을 뚫고 싸웠으나 나갈 도리가 없었다.

말에서 내려 달 밝기를 기다려 다시 싸울 것을 생각하면서 갑옷 끈을 풀고 잠깐 쉬고 있었다.

달이 환하게 동천에 뜨기 시작했다.

조운은 정신을 수습하여 달빛을 타서 다시 싸우려 할 때, 홀연 사방에 화광이 충천하고 북소리 천지를 진동하면서 살과 돌이 비 오듯 날았다.

위병들의 고함치는 소리는 더한층 극성스러웠다.

"조자룡아, 빨리 항복하라."

"당양 장판교에서 아두阿斗를 몸에 품고 싸웠다는 상산 조자룡아, 너도 인제 늙었구나. 별 수 없다. 어서 빨리 항복해라."

조운은 급히 말을 타고 적을 맞이해 싸우려 했으나 사면팔방에서 적병들은 홍수같이 몰려들면서 쇠뇌와 화살이 비 오듯 했다. 사람과 말은, 감히 앞으로 향해 나가지 못했다.

조운은 하늘을 우러러 탄식했다.

"내가 늙었다고 할 수는 없다. 그러나 이곳에서 죽을 줄은 몰랐구나!"

조운의 탄식이 채 끝나기 전에 홀연 동북편에서 함성이 크게 일어나면서 위병들이 낙엽처럼 흩어졌다.

조운이 정신을 수습하여 앞을 바라보니 한 떼 군마가 소리치며 밀물같이 나오는데, 한 사람의 청년 대장이 장팔점강창丈八點鋼槍을 비껴들고 말목에 한 덩이 사람 머리를 달고 위풍당당 달려들었다. 다른 사람이 아니라 오호 대장 중의 한 사람이었던 장비張飛의 아들 장포張苞였다.

조운은 반가움을 이길 수 없었다.

장포는 마상에서 절하며 말했다.

"승상께서는 노 장군이 혹여나 실수가 계실까 해서 저에게 오천 병마를 주시어 접응하라 하셨습니다. 와서 보니 노 장군께서는 포위를 당하시어 곤란 중에 계셨습니다. 진을 뚫고 싸우다가 위장 설칙薛則이 길을 막기에 목을 베어 죽였습니다."

조운은 크게 기뻤다. 곧 장포와 함께 위병의 서북편을 뚫고 달아나려 할 때 앞을 보니 위병들은 창과 칼을 버리고 분분히 달아나는데 뒤에서는 한 떼 군마가 고함치며 시살했다.

앞에는 청년 대장이 또 한 사람 나타났다.

바른편 손에는 언월청룡도偃月靑龍刀를 잡고 왼손에는 사람의 머리를 베어 들었다. 호기롭게 달려드는 위수 대장은 관운장의 아들 관흥關興이었다.

관흥은 마상에서 조자룡을 향하여 군례를 드리며 말했다.

"승상의 명령을 받들어 왔습니다. 혹여 노 장군께서 실수가 계실까 해서 오천 병마를 이끌고 왔습니다. 진상陣上에서 위장 동희董禧를 만나서 한칼에 목을 베어 가지고 왔습니다. 승상께서는 뒤에 오신다 합니다."

조자룡은 기뻤다. 얼굴에 가득 웃음을 띠고 대답했다.

"두 장군은 과연 훌륭하오. 오늘 큰 공을 세웠소마는 해 안으로 하후무를 사로잡아서 대사를 정하도록 하시오."

"그렇지 아니해도 장군을 구했으니 하후무를 생포生捕하러 가겠습니다."

관흥은 말을 마치자 조운한테 예하고 말을 달려 뛰어갔다.

"저도 공을 세우러 가겠습니다."

장포도 5천 병마를 거느리고 달려갔다.

조자룡은 좌우에 모시어 섰던 장병들을 돌아보며 탄식했다.

"저 두 사람은 나의 자질子姪과 다름없는 사람이다. 국가를 위하여 공을 다투는데 나는 나라의 상장上將이요, 조정의 구신舊臣으로서 이들 젊은 사람들만 못해서야 말이 되느냐. 나는 단연코 늙은 목숨을 내걸고 선제의 은혜를 갚으리라."

조운은 말을 마치자 군사를 거느려 하후무를 잡으러 나갔다.

이날 밤에 장포, 관흥, 조자룡의 3로 군마는 힘을 합하여 위진으로 짓쳐 나가니 위병은 대패했다.

촉장 등지鄧芝가 또 군사를 거느려 뒤를 받쳤다.

위병들은 땅에 발을 붙이지 못하고 혼비백산이 되어 달아났다. 촉병들은 더한층 하늘도 뭉그러뜨릴 기세였다. 위병의 시체는 들에 즐비했고, 피는 흘러 내를 이루었다.

하후무는 무모無謀한 데다가 나이 어리고 전장에 경험이 없었다. 군세軍勢가 크게 어지러운 것을 보고 장하에 있는 날쌘 장수 백여 명을 뽑아서 남안군南安軍을 바라보며 달아났다.

위병들은 무주지졸無主之卒이 되었다.

모두 다 뿔뿔이 흩어져 달아났다.

관흥, 장포 두 장수는 하후무가 남안으로 달아났다는 소문을 듣고 밤을 도와 뒤를 쫓았다.

하후무는 성안으로 들어가자 굳게 문을 닫고 싸우지 아니했다. 조운도 쫓아 들고 등지도 군사를 이끌고 뒤를 받쳤다. 촉군은 4로군四路軍이 되었다.

관흥, 장포, 조운, 등지 등 4로四路 군마는 연일 남안성南安城을 에워싸고 공격했으나, 열흘이 지나도 함락하지 못했다.

홀연 탐마探馬가 보했다.

"승상께서는 유후군留後軍을 면양沔陽에 주둔시키시고 좌군左軍은 석성石城에 주둔하라 하신 후에 친히 중군을 거느리고 오십니다."

조운, 등지, 관흥, 장포는 일제히 공명을 맞이했다.

모두 다 절하여 문후한 후에 품하였다.

"사로 군마가 연일연야 적을 공격했으나 효과를 보지 못했습니다. 군법에 처해 주십시오."

공명은 네 장군의 품하는 말을 듣고 곧 작은 수레에 올랐다.

"내가 한번 진세를 살펴보리라."

공명은 성 주위를 한번 둘러본 후에 본진으로 돌아갔다. 모든 장수들이 원을 지어 시립해 섰다. 공명이 의견을 말했다.

"이곳은 호濠가 깊고, 성城이 높아서 함락하기 용이치 아니하다. 나는 남안성을 함락하는 것으로 목적을 삼지 아니한다. 오래 끄는 동안에 만일 위병의 대부대가 사방으로 쳐들어와서 한중漢中을 취한다면 큰일이다. 아군이 위태로울 것이다."

등지가 출반하여 고했다.

"하후무는 위국의 부마올시다. 이 자를 사로잡는다면 백 명의 장수를 잡는 것보다 낫습니다. 지금 하후무는 세궁역진勢窮力盡해 있습니다. 공격하던 일을 중지하고 갈 수는 없습니다."

공명은 모든 사람을 향하여 물었다.

"나한테 계책이 있으니 과히들 염려하지 말라. 이 고을은 서편으로 천수군天水郡에 연해 있고, 북으로 안정군安定郡에 접해 있다. 두 곳 태수는 어떠한 사람들인가?"

탐마장探馬將이 아뢰었다.

"천수 태수는 마준馬遵이란 사람이요, 안정 태수는 최량崔諒이란 사람이올시다."

공명은 얼굴에 기쁜 빛이 넘쳐흘렀다.

곧 위연을 불러 계교를 주었다.

"그대는 여차여차하게 행군하여 여차여차하게 처리하라."

위연이 청령하고 물러났다.

공명은 또 관흥, 장포를 불렀다.

"너희들은 이러이러하게 행군하여 이리이리 처리하라."

관흥, 장포가 청령하고 물러갔다.

공명은 또 심복 군사 두 사람도 불렀다.

"너희들은 약차약차하게 처리하라."

모든 사람들은 공명의 영을 듣고 제각기 군마들을 거느려 나갔다.

장수들을 내보낸 후에 공명은 남안성 밖에 진을 치고 군사들을 시켜서 나무와 풀을 베어 성 아래에 쌓게 하고 이름을 소성燒城이라 했다.

위병들은 코웃음을 치고 깔깔 웃었다.

이때 안정安定 태수太守 최량崔諒은 안정성 중에 있었다. 촉병이 남안南安을 포위하여 하후무가 십분 위태로운 것을 알자, 군마를 점고하여 성을 수비하니, 그 수는 4천 명이었다.

하루는 한 사람이 정남正南편에서 와서 내밀한 기밀을 고할 일이 있다 하며 찾았다.

최량은 곧 불러들였다.

"무슨 할 말이 있는가?"

"소인은 하후 도독의 장하에 있는 심복장 배서裵緖올시다. 하후 도독의 명을 받들어 특별히 구원을 안정과 천수 두 곳에 청하러 왔습니다. 지금 남안성이 심히 위급합니다. 태수께서는 빨리 군사를 일으켜 구원해 주시기 바랍니다. 남안성에서는 날마다 봉화를 들어 군호를 삼습니다. 우리 도독은 두 곳 군사가 오기만 하면 얼른 성문을 열어 드릴 것입니다."

최량은 배서란 자에게 물었다.

"하후 도독의 친서親書를 가지고 왔는가?"

"네, 있습니다."

배서는 젖가슴을 헤치고 편지를 꺼냈다.

편지는 땀에 함빡 젖어서 글자가 알아볼 수 없었다.

얼른 뵈고 다시 품속에 넣었다.

"이 편지를 가지고 다시 천수로 가야 하겠습니다."

배서는 인사를 한 후에 곧 말을 갈아타고, 천수로 향해 달렸다. 이틀 후의 일이었다. 탐마가 와서 고했다.

"천수 태수는 벌써 구원병을 일으켜서 남안을 구하러 갔습니다. 안정에서도 어서 구원병 보내 주기를 눈이 빠지도록 기다리고 있습니다."

최량은 관원들을 모아 놓고 상의하였다.

"어찌하면 좋겠나."

여러 관원들이 일제히 말했다.

"만약 우리가 구원병을 내지 아니해서 남안을 잃고 하후 부마가 촉병한테 잡혀간다면 우리의 허물이라 할 것입니다. 가서 구원하는 일이 옳습니다."

최량은 곧 군사를 이끌고 남안을 바라보며 대로를 취하여 나갔다.

멀리 바라보니 남안 편엔 화광이 충천했다.

최량은 군사를 재촉하여 밤을 도와 앞으로 향해 나갔다. 남안성은 아직도 50리나 남아 있었다.

홀연 앞뒤에서 고함 소리가 천지를 진동했다.

보초병이 급히 돌아와 고했다.

"전면에는 촉장 관흥이 길을 끊고, 후면에는 장포가 시살해 쫓아옵니다."

놀라운 일이었다. 안정 군사들은 혼비백산이 되었다. 사면팔방으로 흩어져 달아났다.

최량은 어찌할지 몰랐다. 수하 정병 백여 명을 거느리고 죽을힘을 다하여 싸우면서 겨우 목숨을 구하여 안정으로 돌아왔다.

성문 밖, 성호城壕에 당도했을 때, 문루에서는 화살이 비 오듯 쏟아졌다.

최량은 또 한 번 놀라지 아니할 수 없었다.

성상城上을 바라보니 촉장 위연이 갑주 투구를 하고 성을 굽어보며 큰 소리로 최량을 꾸짖었다.

"나는 촉국의 맹장 위연이다. 벌써 너희 성을 점령하고 있다. 빨리 항복하라."

원래 위연은 공명의 분부를 받고 군대를 함빡 안정安定 군인軍人의 복장으로 가장시킨 후에 캄캄한 밤중에 수문장에게 문을 열라 하고 성안으로 들어갔던 것이었다.

최량은 기가 막혔다. 황망히 군사를 거느리고 천수군으로 향하여 달아났다.

한 마장쯤 나갔을 때 군사가 길을 막아 나왔다.

큰 기가 바람에 펄럭이는 아래 한 사람이 윤건 쓰고 학창의 입고 단정히 수레에 앉아 백우선을 흔들며 나왔다.

최량이 보니 제갈공명이 분명했다.

급히 말 머리를 돌려 달아났다. 한편 관흥과 장포의 양로군이 급히 뒤를 따르며 소리쳤다.

"최량아, 어서 빨리 항복하라."

사면팔방이 모두 다 촉병이었다.

최량은 하는 수가 없었다. 그대로 말에 내려 항복했다.

관흥, 장포 두 장수는 최량을 공명한테 뵙게 했다.

공명은 상빈上賓의 예로 대접한 후에 최량한테 물었다.

"그대는 남안南安 태수太守와 교분이 있는가?"

최량이 대답한다.

"그 사람은 양부楊阜의 족제族弟 양릉楊陵이올시다. 저와 이웃에 살아서 교분이 매우 두텁습니다."

공명은 만면에 미소를 띠고 물었다.

"태수의 수고를 좀 빌어야 하겠소이다. 양릉을 달래서 하후무를 사로잡아 오라 하겠소?"

"승상께서 만약 저를 보내신다면 사면에 있는 군사들을 물리쳐 주십시오. 그러면 성에 들어가 달래 보겠소이다."

공명은 곧 영을 내려 군대를 20리 밖으로 물려 하채下寨하게 했다.

최량은 필마단기匹馬單騎로 성안으로 들어가 양봉과 만났다.

인사를 마친 후에 전후 일을 상세하게 말하니 양봉은 얼굴빛이 변하며 말을 했다.

"우리는 위왕의 후한 은혜를 받은 사람들인데, 어찌 차마 배반하겠소."

"장계취계將計就計로 일을 처리합시다."

말을 마치자 최량과 함께 하후무가 있는 곳으로 들어갔다.

두 사람은 하후무한테 자세한 전말을 말하니 하후무는 두 사람한테 계책을 물었다.

"그렇다면 우리는 어떤 계교를 쓰겠소."

양릉이 말했다.

"우리가 성을 바친다고 한 후에 촉병을 맞아들여서 일시에 엄습하여 죽인다면 만사는 해결이 될 것입니다."

하후무는 좋다 하고 최량도 찬성했다.

최량崔諒은 돌아와 공명을 향하여 말했다.

"양릉은 나의 말을 듣고 성문을 열어 촉군을 맞이해 들어오라 허락했습니다. 그리하여 하후무를 사로잡기로 했습니다. 원래 양릉이 친히 하후무를 잡았으면 좋겠으나 수하에 용사가 많지 아니하므로 가볍게 움직이지 못한 것이라 합니다."

공명이 빙긋 웃으며 대답했다.

"그것 좋은 생각이로구려. 당신의 항복한 군병이 백여 명이 있으니, 이속에 촉병들을 섞어서 안정 군사라 한 후에 조수 물같이 몰아 들어가면 문제는 가장 쉬울 듯하오."

최량은 항복한 안정군을 데리고 들어가라는 공명의 말을 듣자 가슴이 뜨끔했다.

그러나 어찌할 도리가 없었다. 만약 촉병을 아니 데리고 들어가겠다 하면 공명이 의심할 것 같았다.

한동안 망설이다가 성안에 들어오는 촉병은 안정군을 시켜서 죽일 셈잡고 쾌하게 허락했다.

"그리하겠습니다."

공명은 다시 부탁했다.

"나의 심복 장수 관흥과 장포를 따라 보낼 테니 당신은 하후무의 마음을 안정시키시오. 그리고 불을 들어 군호를 한다면 내가 친히 성안으로 들어가 하후무를 사로잡으리라."

"좋습니다."

최량은 겉으로 좋다고 대답하고 물러갔다.

때마침 황혼이라 관흥과 장포는 공명의 비밀한 명을 받고 말에 올라 안정군 틈에 끼여 최량을 따라 남안성南安城 아래 당도했다.

양릉이 성 위에서 공판空板을 달아 일으켜 세우고 호심난護心欄에 의지하여 아래를 굽어보며 물었다.

"거기 오는 군사는 어떠한 군대인가?"

최량이 대답했다.

"안정安定에서 오는 구원병이오."

말을 마치자 최량은 활을 들어 성 위로 쏘아붙였다.

화살에는 밀서를 잡아매었다.

양릉은 얼른 화살에 맨 밀서를 풀어 읽었다.

오늘 밤에 제갈양이 먼저 두 장수를 성안으로 변장시켜 보내서 내응內應이
되게 하니, 놀라지 말고 처치하라.

양릉은 최량의 밀서를 받고 하후무한테 들어가 밀서를 보였다.

하후무는 계책을 세웠다.

"그렇다면 도부수 백여 인을 부중府中에 숨겨 두었다가 두 장수가 최량
을 따라 들어오거든 문을 닫고 죽여 버리라. 그리고 성 위에서 불을 들어
군호를 하여 제갈양이 입성한 후에, 매복한 군사가 일제히 나가서 제갈양
을 생금하라."

의논을 정한 후에 양릉은 성 위로 돌아와 선포했다.

"과연 안정 군마라 하면 문을 열어 줄 테니 들어오라."

성문은 활짝 열렸다.

일행은 성안으로 들어가기 시작했다. 관흥은 최량을 따라 먼저 들어가
고 장포張苞는 뒤에 처졌다.

이때 양릉은 성 위에서 내려와, 문 옆에서 일행을 공손히 맞이하고 있
었다. 말할 것도 없이 촉국 장병들을 유인하자는 계책이었다.

아무러한 방비도 없이 양릉이 일행을 맞이하고 있을 때, 돌연 벼락같은 호통 소리가 떨어지면서 청년 장군 관흥은 청룡도를 번쩍 들어 양릉의 머리를 후려쳤다.

"이놈들, 누구를 속이려 하느냐?"

삽시간의 일이었다. 양릉의 목은 말 아래 떨어져 굴렀다.

앞섰던 최량은 깜짝 놀라 급히 말 머리를 돌려 적교弔橋 옆으로 달아났다.

뒤처졌던 또 하나의 청년 장군 장포가 대갈일성, 소리치며 뛰어나왔다.

"역적 놈은 달아나지 마라. 네까짓 놈들의 얕은꾀로 어찌 감히 우리 승상님을 속이겠느냐?"

장포는 장팔사모창을 번쩍 들어 최량의 멱줄을 찔렀다. 최량은 변명할 사이도 없었다. 윽, 소리를 지르며 마하에 떨어져 죽었다.

한편 관흥은 재빨리 성 위로 올랐다. 군사를 지휘하여 불붙는 것을 군호로 하여 사면팔방에서 촉병들이 물밀듯 쏟아져 들어왔다.

하후무는 조수족할 틈이 없었다. 촉병을 맞아 싸울 사이가 없었다.

패한 군사를 거느리고 급히 남문을 열고 달아났다.

그러나 허사였다. 남문 밖에는 한 떼 군마가 짓쳐들어오며 길을 막았다. 하후무가 바라보니 위수 대장은 왕평王平이었다.

어울려져 싸운 지 몇 합이 못되어 하후무를 산 채로 사로잡았다.

공명은 남안성으로 들어가 군대와 백성을 안돈시키고, 추호도 민폐를 끼치지 아니하니, 백성들의 환호하는 소리는 성중에 가득했다.

공명은 모든 장수들에게 후한 상을 내리고 하후무를 함거檻車 속에 가두었다.

등지鄧之가 공명께 물었다.

"승상께서는 과연 용하십니다. 어떻게 최량이 협사할 것을 아셨습니까?"

공명은 미소를 지어 대답했다.

"나는 벌써 최량이 항복할 마음이 없는 것을 알았소. 그런 까닭에 일부러 그를 성중으로 보내서 그의 본심을 하후무한테 고해서 계교를 꾸미게 했고, 이것을 이용하여 나는 장계취계를 썼던 것이오. 그리고 배서裵緖는 가장 인물이오. 관흥, 장포 두 장수에게 따로 계교를 주어서 출기불의出其不意로 양릉과 최량을 죽이게 하고 왕평으로 하후무를 사로잡게 한 것이오."

모든 장수들은 공명이 등지한테 일러 주는 말을 듣고 감탄하지 않는 이가 없었다. 공명은 오의吳懿로 남안南安을 지키게 하고, 유염劉琰으로 안정安定을 지키라 한 후에 위연으로 천수天水를 취하라 했다.

복룡, 봉추에 버금가는 강유

한편 천수군 태수 마준馬遵은 하후무가 남안성 중에 포위되었다는 소식을 듣고 문무 관원을 모아 상의하였다.

"어찌하면 좋겠나?"

공조功曹 양서梁緒와 주부 윤상尹賞과 주기主記 양건梁虔 등이 의견을 말했다.

"하후 부마는 금지옥엽이올시다. 만약 소루한 일이 생긴다면 그대로 앉아 보았다는 죄명을 면치 못할 것입니다. 태수께서는 본부 병마를 일으켜 구원해 주시는 것이 상책일까 합니다."

마준이 망설이고 있을 때, 홀연 하후 부마가 심복장 배서를 보내서 구원을 청하러 왔다 했다.

마준은 곧 불러들였다.

배서는 마준께 공문公文을 내 뵌 후에,

"하후 도독께서는 천수와 안정 두 곳 군사가 밤을 도와 빨리 구해 주기를 간절히 바라고 계십니다."

말을 마친 후에 배서는 총총히 가 버렸다.

다음 날 일이었다. 안정에서 왔다는 보발 명색이 달려왔다.

안정安定 군사들은 먼저 떠납니다. 태수께서는 화급火急하에 나와서 전선에서 회합하시도록 합시다.

글월을 바치고 사라졌다.

천수 태수 마준이 구원하는 군사를 일으키려 할 때, 홀연 한 사람이 밖에서 들어오면서 큰소리로 외쳤다.

"태수께서는 제갈양의 꾀에 넘어가십니다."

모두 보니 천수군 사람, 성은 강姜이요, 이름은 유維요, 자는 백약伯約이라 하는 사람이었다.

그의 아버지의 이름은 경冏이라 했다. 전에 천수군 공조가 되었다가 오랑캐 난리에 나랏일로 죽은 사람이었다.

강유는 어려서부터 많은 글을 널리 읽어서 병법과 무예에 통하지 않는 것이 없었다.

일찍부터 어머니 모시기를 효성스럽게 하니, 고을 사람들은 모두들 그에게 효자의 칭호를 주어 공경하여 대우했다. 뒤에 중랑장中郎將으로 임명되어 본부 군사軍事에 참예하게 되었다.

마준은 강유한테 물었다.

"어찌하여 제갈양의 꾀에 내가 속는다 하는가?"

"요사이 소문 들으니 제갈양은 하후무를 대패시켜서 남안성 중에 포위해 있다 합니다. 물샐틈없는 경비 속에 하후무가 어떻게 사람을 보낼 수 있습니까? 뿐만 아니라 배서란 인물은 듣도 보도 못한 이름 없는 사람입니다. 그리하고 안정에서 왔다 하는 보마報馬도, 한 장의 공문公文도 가지고 오지 아니했습니다. 이로 미루어 본다면 이것은 순전히 제갈양의 계교입니다. 태수께서 군사를 거느려 나가신다 하면 그들은 성중에 방비 없는 틈을 타서 일지 군마를 매복시켰다가 허한 틈을 타서 천수를 취할 것이 분명합니다."

천수 태수 마준은 비로소 크게 깨달았다. 무릎을 치며 말했다.

"하마터면 제갈양의 간계에 빠질 뻔했구려."

강유는 껄껄 웃으며 말했다.

"태수께서는 마음을 놓으십시오. 저한테 한 계교가 있습니다. 한번 제갈양을 사로잡아서 남안南安의 위기를 모면하겠습니다."

천수 태수 마준이 물었다.

"어떠한 계교인가?"

"제갈양은 반드시 고을 후면에 복병을 했다가, 아군이 출성出城만 하게 되면 허한 것을 타서 고을을 습격할 것입니다. 태수께서 저에게 정병 삼천만 주신다면 요로要路에 매복해 있겠습니다. 이때 태수께서 출병하시어 멀리 가지 마시고 삼십 리쯤 갔다가 횃불 드는 것을 군호로 하여 다시 돌아와 협공挾攻하신다면 크게 승리를 거둘 것입니다. 이같이 한다면 제갈양은 저의 손으로 사로잡게 됩니다."

마준은 크게 기뻐했다.

강유에게 3천 병마를 주어 보낸 후에 양경梁慶과 함께 군사를 이끌어 성밖으로 나가고 양서梁緖와 윤상尹賞은 성을 지키라 했다.

원래 공명은 조운을 보내서 한 떼 군마를 거느리고 산골 속에 매복해 있다가, 천수 군마가 성을 떠나게 되면 천수를 습격하라 했던 것이었다.

당일 염탐은 조운한테 보했다.

"천수 태수 마준이 군사를 거느려 나오는데 성중엔 다만 문관을 머물러 두어 성을 지키라 했다 합니다."

조운은 크게 기뻐했다. 곧 사람을 장익張翼과 고상高翔한테 보내서 요로에 군사를 매복해 두었다가 마준의 가는 길을 끊으라 했다.

두 곳 군사도 제갈공명이 지시하여 미리 매복해 있었다.

조운은 5천 정병을 거느리고 바로 천수군 성 아래 당도했다. 큰소리로 외쳤다.

"나는 상산 땅의 조자룡이다. 너희들은 계교에 속아 떨어졌다. 빨리 성을 빠져나와 죽음을 면하라!"

양서는 성 위에서 소리쳐 웃으며 대답했다.

"누가 속았단 말이냐. 너는 우리 강유의 계교에 빠진 줄 아직도 모르느냐?"

조운은 불끈 성이 났다. 군사를 몰아 공격하려 할 때, 홀연 함성이 천지를 진동하면서 사면엔 화광이 하늘을 찌를 듯했다.

화광 속에서 한 사람 소년 장군이 창을 꼬나들고 말을 달려 뛰어나오며 큰소리로 외쳤다.

"네가 천수 땅의 강유란 사람을 아느냐?"

노장 조운이 강유를 보니 젖먹이 어린애 같았다.

곧 창을 들어 강유를 취하려 들었다.

싸운 지 1합에 강유의 정신은 점점 밝아지면서, 칼 쓰는 수단은 갑절이나 더 씩씩해졌다.

조자룡은 마음속으로 크게 놀랐다.

'누가 이곳에 이런 인물이 있을 줄 마음이나 먹었으랴.'

한참 어우러져 싸울 때 두 편에서 천수 군마가 협공해 들어왔다. 마준과 양건이 군사를 거느리고 되돌아와서 싸우는 것이었다.

조운은 정신이 산란했다. 에워싼 군사를 뚫고 길을 찾아 달아났다.

강유는 비호처럼 조자룡의 뒤를 쫓았다.

조운이 정히 위급해서 당황할 무렵, 다행히 장익과 고상 양로군이 나타나서 시살하니 조운은 비로소 숨을 돌려 회진回陣하게 되었다.

조운은 공명을 뵙고 적의 계교에 빠진 것을 일장 설파하니 공명은 깜짝 놀라 물었다.

"어떤 사람이 적진 속에 있어 나의 현묘한 기밀을 미리 알고 계교를 뒤집어썼더란 말이냐?"

좌석에 마침 남안 사람이 있었다. 자리에 나가 아뢰었다.

"그의 성은 강이요, 이름은 유요, 자는 백약이라 하는 천수 사람이올시다. 어머님을 효성스럽게 섬기는 효자로서 문무쌍전文武雙全하고 지용智勇이 족비足備한 당세의 영걸英傑이올시다."

"싸워 보니 과연 창 쓰는 법이 보통 사람이 아니올시다."

조운이 옆에서 강유의 무예를 칭찬했다.

"천수에 이런 사람이 있을 줄은 꿈에도 생각하지 못했던 것이다."

공명은 말을 마치자 곧 대군을 일으켜 앞으로 나갔다.

한편 강유는 돌아가 마준馬遵한테 말했다.

"조운이 패해 갔으니 반드시 공명이 친히 올 것입니다. 우리는 본부 군마를 네 길로 나누어 공명을 막는 것이 좋겠습니다. 일지 군마는 제가 거느리고 나가서 성문 동편에 매복해 있다가 적군을 끊겠소이다. 태수께서는 양건梁虔, 윤상尹翔과 함께 각각 일지 군마를 거느려 성 밖에 매복해 계시고, 양서는 백성들을 거느리고 성 위에서 지키도록 하십시오."

천수 태수 마준은 강유의 계교에 따라 모든 분발을 정했다.

한편 공명은 강유가 비범하다는 말을 듣자 스스로 전부前部가 되어 천수를 바라보고 행군했다.

성 앞에 당도하자 공명은 전령을 내렸다.

"첫날, 첫 번째 성을 공격할 때 와짝 기세를 올려라. 북 치고 고함치면

서 기운차게 성으로 올라가라. 만약 저조하게 공세를 취한다면 날짜를 끌
뿐 아니라, 예기가 떨어져서 얼른 성공하기 어려울 것이다.”

공명의 분부가 한번 떨어지니 삼군三軍은 일제히 천수성으로 향하여 고
함치며 돌진했다.

그러나 성 위에는 기치가 정제하고 군용軍容이 엄숙했다. 얼른 성을 함
락할 수 없었다.

반밤이 넘었을 때, 돌연 사면에 화광이 충천하면서 고함 소리 산천을
진동했다.

어디서 군사가 움직이는지 알 수가 없었다.

성 위에서도 북소리, 꽹과리 소리, 고함 소리가 요란했다.

촉병들은 황황히 달아나기 시작했다.

공명도 급했다. 말에 올라 관흥, 장포의 보호를 받으며 활로를 취해 달
아났다.

공명이 머리를 돌려 바라보니 정동正東편에서 말 탄 군사가 움직이는데
휘황한 불빛은 흡사 장사진長蛇陣을 친 듯했다.

공명은 관흥과 장포에게 영을 내렸다.

“어떤 장수의 군사인가 알아보라.”

두 장수는 급히 말을 달려 나갔다가 돌아와 보고했다.

“강유의 군사라 합니다.”

공명이 탄식하며 말했다.

“군사란 많다고 훌륭한 것이 아니로구나. 사람이 지휘하기에 달린 것
이다. 강유는 과연 장재將材로구나!”

공명은 급히 군사를 거두어 채로 돌아갔다.

한동안 무엇인지 생각하다가 안정安定 사람을 불러 물었다.

"강유의 모친은 지금 어디 있느냐?"

"지금 기현冀縣에 계십니다."

공명은 위연을 불러 분부했다.

"그대는 일지 군마를 거느리고 허장성세로 기현을 취하라. 만약 강유가 당도하거든 성으로 들어오게 하라."

공명은 다시 안정 사람에게 물었다.

"이 근처에 어디가 긴요처緊要處가 되느냐?"

"천수天水의 전량錢糧은 모두 다 상규上邽에 있습니다. 상규를 격파한다면 천수의 양곡은 끊어지고 맙니다."

공명은 크게 기뻤다. 곧 조운에게 분부를 내렸다.

"그대는 일지 군마를 거느리고 상규를 공격하라."

공명은 분발을 정한 후에 천수성 30리 밖에 진을 쳤다.

적의 보발 군사가 급히 정보를 전했다.

"촉병이 세 길로 나누어 행동을 개시했습니다. 일군은 이곳에 있고, 일군은 상규를 취하러 가고, 일군은 기성을 공격한다 합니다."

강유는 이 소식을 듣자, 슬픈 얼굴로 마준한테 청했다.

"저의 어머니께서는 지금 기성에 계십니다. 촉병이 기현으로 향했다 하니 염려가 크게 됩니다. 저에게 일지 병마를 주신다면 기성을 구할 뿐 아니라 겸해서 노모老母를 보존하겠습니다."

마준은 쾌하게 허락했다. 곧 강유에게 3천 병마를 주어 기성을 보존하고 양건에게 3천 병마를 주어 상규를 지키라 했다.

강유는 군사를 거느려 기성에 당도하니, 전면에서 한 떼 군마가 먼지를 자욱하게 일으키며 짓쳐 나왔다. 위수 대장은 촉중 명장 위연이었다.

강유와 위연 두 장수는 말을 놓아 어울려서 싸운 지 불과 수합에 위연은 거짓 패해 달아났다. 강유는 뒤를 쫓지 아니하고 성으로 들어가 군사를 배치한 후에 어머님을 찾아뵙고 나와서 싸우지 아니했다.

한편 조운도 양건을 놓아주어 상규성 안으로 들어가게 내버려 두었다.

한편 공명은 남안으로 사람을 보내서 하후무를 데려오라 했다.

이윽고 하후무는 장하에 엎드렸다.

공명은 하후무를 꾸짖었다.

"너는 죽음이 두려우냐?"

하후무가 애걸했다.

"그저 살려 주옵소서."

"지금 강유는 기성을 지키고 있다. 그가 편지를 보내서 말하기를 하후무만 살려 준다면 항복하겠다 했다. 네가 생명을 내걸고 강유를 항복하게 할 테냐?"

"분부대로 거행하겠습니다."

하후무가 대답했다.

공명은 의복과 안마鞍馬를 하후무에게 내린 후에 혼자 갔다 오라 했다.

하후무는 공명의 채를 벗어나 길을 찾아가는데 경로를 알지 못했다. 앞만 바라보고 나갈 때 두어 사람 나무 속에서 분주하게 왕래했다.

하후무는 그중 한 사람을 붙잡고 물었다.

"당신네들은 어디 가는 분들이오?"

"우리들은 기현 백성들이올시다. 기막힌 일을 당했습니다. 강유는 촉병한테 성을 바쳐 항복했습니다. 그리하옵고 촉장 위연은 불을 놓고 재물을 겁탈하니 배겨 나는 수가 없었습니다. 그래서 우리들은 남부여대하여 집을 버리고 상규로 가는 길입니다."

하후무가 다시 물었다.

"지금 천수성은 누가 지키고 있소!"

"천수성은 마馬 태수太守가 지키고 있다 합니다."

하후무는 백성들을 작별하고 천수성을 향하여 말을 달렸다.

한동안 달렸을 때, 또 한 떼 백성들이 어린 자식들을 앞뒤로 안고 지고 하후무한테 피난 온 사정을 이야기했다.

하후무는 천수성까지 나가서 문을 열라 재촉했다.

성상에 있는 수문장들은 하후무의 얼굴을 알아보았다. 황망히 문을 열어 영접했다.

마준도 나왔다가 깜짝 놀랐다. 하후무한테 물었다.

"어찌 된 셈입니까?"

하후무는 제갈양한테 잡혔던 일이며, 백성들을 만난 전말을 자세히 설파했다.

마준이 탄식하며 말했다.

"강유가 촉병한테 항복할 줄은 꿈에도 생각하지 못했던 것이다."

옆에 있던 양서가 말했다.

"강유는 하후 부마를 구하기 위하여 거짓 항복한 것이 분명하오."

"당치 않은 말 작작하게. 제갈양한테 항복한 것은 사실인데 어찌 거짓 항복한 것이라 하는가."

서로들 의논이 분분한 채 주저하고 있을 때, 초경이 이미 지났다. 촉병들은 또 와서 성을 공격했다.

저편에서도 싸움에 응전하기로 결정했다.

화광이 충천한 속에 강유는 창 잡고 말을 달려 하후무를 큰소리로 꾸짖었다.

"하후 도독都督은 빨리 나와 나의 묻는 말에 대답하라."

하후무는 마준과 함께 성 위에서 굽어보았다.

강유는 하후무를 바라보자 칼을 들어 위엄을 보이며 큰소리로 외쳤다.

"나는 도독을 위하여 항복하는데, 도독은 어찌 약속을 배반하느냐!"

하후무가 대답했다.

"너는 위국의 은총을 많이 받은 몸으로 어찌해서 배반했느냐?"

강유는 큰소리로 대답했다.

"너는 나한테 편지를 보내서 촉에 항복하라 해 놓고 무슨 면목으로 딴소리를 하느냐. 네가 몸을 빼치기 위하여 남을 모함한단 말이냐. 나는 지금 촉에 항복하여 상장군上將軍이 되었다. 어찌 위국으로 돌아가겠느냐."

강유는 말을 마치자 군사를 몰아 밤새도록 성을 공격하다가 새벽녘에 물러갔다.

원래 여기 밤에 나타난 강유는 가짜 강유였다.

공명이 군사 중에 강유와 얼굴이 비슷한 자를 한 사람 골라서 진짜 강유로 가장시킨 후에 어두운 밤 화광 속에 진가를 분별치 못하게 했던 것이었다.

공명은 군사를 휘동하여 기성冀城으로 짓쳐 들어갔다.

기성에는 양식이 적어서 군사들의 밥이 넉넉지 못했다.

강유가 성상에 올라 바라보니 촉병들이 크고 작은 수레에 가득히 양초糧草를 싣고 위연의 진으로 나르고 있었다.

강유는 3천 병마를 거느리고 성 밖으로 나갔다. 촉병의 운반하는 양식을 뺏었다. 촉병들은 곡식 실은 수레를 함빡 버리고 길을 찾아 달아났다.

강유는 양곡을 뺏은 후에 성안으로 되돌아가려 할 때, 홀연 한 떼 군마가 길을 막았다.

강유가 바라보니 위수 대장은 장익이었다.

강유는 장익을 맞이하여 어우러져 교전할 때 한 떼 군마가 또 나타났다. 왕평王平이 거느린 군사였다.

장익과 왕평의 군마는 합세하여 강유를 공격했다.

강유는 세궁역진勢窮力盡이 되었다. 대항할 수가 없었다. 길을 찾아 성을 향해 달아났다.

그러나 성상에도 벌써 촉병의 기가 바람에 펄럭거렸다.

원래 위연이 공명의 지시를 받아 벌써 점령했던 것이었다.

강유는 하는 수 없었다. 촉병의 진을 뚫고 천수성을 향하여 달아났다. 아직도 10여 기가 뒤를 따랐다.

그러나 또다시 장포張苞가 거느린 일지 군마를 만났다. 10여 기가 모두 다 함몰이 되었다.

강유는 필마단창匹馬單槍으로 천수성 앞에 당도하여 큰소리로 외쳤다.

"문을 열어라. 성문을 열어라."

성상의 군인들은 강유인 것을 알자, 황망히 마준한테 고했다.

마준은 노했다.

"강유는 속임수로 우리 성을 뺏으러 왔다. 쏘아붙여라."

성 위에서 난전亂箭이 쏟아져 내렸다.

성문은 아니 열리고 화살은 비 오듯 쏟아졌다.

강유가 뒤를 돌아보니 촉병은 벌써 물밀듯 쏟아졌다. 강유는 하는 수 없이 상규성上邽城으로 향해 달아났다.

상규성에서는 양건이 있다가 강유를 보고 크게 꾸짖었다.

"반국 역적이 어찌 감히 나를 속여 성을 뺏으려 하느냐. 나는 네가 촉에 항복한 것을 다 알고 있다. 화살을 쏘아붙여라."

강유는 변명하려 하였으나 해명할 길이 없었다.

하늘을 우러러 크게 탄식했다. 두 눈에서는 눈물이 쏟아져 앞을 가렸다.

강유는 말을 놓아 장안長安을 향하여 달아났다.

두어 마장을 채 못 갔을 때, 푸른 숲이 무성한 곳에 함성이 크게 일어나면서 수천 병마가 쏟아져 나오는데 위수 대장은 관운장의 아들 관흥이었다.

호통 치며 길을 가로 끊어 막았다. 사람도 곤하고 말도 피로했다. 저당할 힘이 없었다. 급히 말을 돌려 달아났다.

홀연 한 채 수레가 산 뒤에서 덜덜거리고 나왔다.

한 사람이 수레 위에 단정히 앉았는데 머리엔 윤건이요, 몸에는 학창의였다. 손으로는 우선羽扇을 흔들었다. 분명히 제갈공명이었다.

청청한 목소리로 강유를 불렀다.

"백약伯約아, 항복하지 않겠는가!"

강유는 한동안 생각하고 있었다.

앞에는 공명이 있고 뒤에는 관흥이었다. 달아날 길이 없었다.

강유는 말에서 내려 공명 앞에 항복하였다.

공명은 황망히 수레에서 내려 친히 강유의 손을 잡고 말했다.

"내가 남양 초당에서 나온 이래 두루 어진 이를 구해서 평생의 배운 바를 전하려 했소. 그러나 한스럽게도 사람이 없었소. 이제 당신을 만나니 내 원이 족하오."

강유는 마음속으로 기뻤다. 공명한테 절하여 사례했다.

공명은 강유와 함께 본진으로 돌아왔다.

당상에 올라 천수와 상규 취할 일을 의논하였다.

"백약은 계교를 내어 보시오."

"천수성 중엔 윤상과 양서가 있습니다. 저와 함께 지극히 가깝습니다.

살에 편지를 매어 밖에서 활을 쏘아 내란을 일으킨다면 천수성을 뺏을 수 있습니다."

"좋은 계교요."

공명은 허락했다.

강유는 두 통 밀서를 써서 살에 맨 후에 말을 달려 성 밑으로 가서 성을 향해 쏘았다.

졸개 병정이 떨어진 살을 주워, 마준馬遵한테 바쳤다.

마준은 살에 맨 밀서를 끌러 보자 크게 의심했다.

하후무와 상의하였다.

"양서와 윤상이 강유와 연결하여 내응이 되려 합니다. 장군께서는 빨리 도모하십시오."

"두 놈을 다 죽여야지."

하후무는 흥분해서 대답했다.

이 소식은 윤상의 귀로 들어갔다.

윤상은 양서를 찾아 의논하였다.

"어떻게 하면 좋겠나?"

"성을 바치고 항복해서 진용進用 되는 편이 낫겠네."

이날 밤에 하후무는 누차 사람을 보내서 양梁, 윤尹 두 사람을 청했다.

"의논할 일이 있으니 나와 주기 바라오."

두 사람은 일이 급해진 것을 짐작했다. 급히 말에 올라 본부 군사를 거느리고 성문을 활짝 열었다.

촉병들은 물밀듯 쏟아져 들어왔다.

두 사람은 촉병을 하후무와 마준한테로 인도했다.

하후무와 마준은 크게 놀랐다. 즉시 군사 수백 인을 거느리고 서문으로 나가 강성羌城을 향하고 달아났다.

　양서와 윤상은 공명을 영접하여 입성시키니 공명은 친히 장대에 올라 백성을 효유하며 마음을 편안케 했다.

　공명은 윤상과 양서한테 상규上邽 취할 계획을 물었다.

　"어찌하면 상규를 취하겠소. 두 장군은 좋은 계책을 내어 주시오."

　양서가 대답했다.

　"상규성은 저의 친아우 양건이 지키고 있습니다. 초항招降하십시오. 반드시 항복할 것입니다."

　공명은 크게 기뻤다.

　당일로 대군을 거느려 상규에 당도하여 양건을 불렀다.

　양건은 곧 나와 항복했다. 공명은 후한 상을 내린 후에 양서로 천수天水 태수를 삼고, 윤상으로 기성 태수를 삼고, 양건으로는 상규령上邽令을 봉했다.

　분발分撥이 정한 후에 공명은 대군을 정리하여 앞으로 나아갔다.

　모든 장수들이 물었다.

　"승상께서는 어찌해서 하후무를 잡지 아니하십니까?"

　공명은 미소를 지어 대답했다.

　"하후무를 놓아주는 것은 오리 새끼 한 마리를 놓아주는 것이나 다름없다. 내가 오늘날 강백약姜伯約을 만난 것은 마치 봉鳳을 얻은 것이나 다름없다."

　공명은 이같이 강유 얻은 것을 기뻐했다.

　공명은 3주三州를 얻은 후에 위엄은 천하에 떨쳤다. 멀고 가까운 곳 수령守令 방백方伯들은 바람에 쏠리듯 공명께 항복했다.

　공명은 한중 군사를 모조리 정돈하여 기산祁山으로 나왔다.

군대는 위수渭水 서편에 임해 머물러 있었다.

세작細作은 급히 낙양洛陽으로 말을 달려 보냈다.

이때는 위왕 조예曹叡의 태화太和 원년元年이었다.

조예는 전에 올라 조회를 받고 만조백관한테 물었다.

"누가 짐朕을 위하여 촉병을 물리치겠느냐?"

사도司徒 왕랑王朗이 출반주出班奏했다.

"신이 보니 선제께서는 항상 대장군大將軍 조진曹眞을 등용해 쓰셨습니다. 가는 곳마다 이겼습니다. 폐하께서는 어찌 이 사람을 쓰지 아니하십니까?"

제갈양은 왕랑을 말로 죽이다

위왕 조예는 왕랑이 아뢰는 말을 옳게 여겼다.

"준주准奏한다."

재가裁可를 내린 후에 조진曹眞을 불러 선지宣旨했다.

"선제先帝께서 고孤를 경卿에게 부탁하셨다. 이제 촉병이 중원中原에 입구入寇하는데 경이 어찌 차마 앉아서 볼 수 있으랴."

진이 아뢰었다.

"신은 재주 없고 지식이 천박하와 대임大任을 맡기 어렵습니다."

왕랑王朗이 옆에서 말했다.

"장군은 사직의 신하입니다. 사양하실 수 없을 것입니다. 노신老臣이 비록 노둔하오나, 원컨대 장군을 따라 한번 가겠소이다."

조진이 또 아뢰었다.

"신이 국가의 대은大恩을 받았으니 어찌 감히 추사推辭하오리까. 다만 한 사람의 부장副將을 주시기 원합니다."

조예가 말했다.

"경이 스스로 천거하라."

"태원太原 양곡陽曲 사람 곽회郭淮를 천거하겠습니다. 이 사람의 직위는 사정후射亭侯 옹주雍州 자사刺史올시다."

조예는 허락했다.

곧 조진으로 대도독을 삼아 절월節鉞을 내리고, 곽회郭淮로 부도독을 삼고, 왕랑으로 군사軍師를 삼으니 이때 왕랑의 나이는 76세였다.

동경東京과 서경西京 군사 20만 명을 선발해서 조진에게 주었다.

조진은 종제宗弟되는 조준曹遵으로 선봉대장을 삼고, 탕구蕩寇 장군將軍 주찬朱讚으로 부선봉을 삼아 당년 11월에 출사出師했다.

위왕 조예는 친히 서문 밖까지 나가 전송했다.

조진은 대군을 영솔하고 장안長安에 당도하여 위수渭水 서편을 지나 진을 쳐 하채下寨하고 왕랑, 곽회와 더불어 촉병을 물리칠 계책을 의논하였다.

왕랑이 의견을 제출하였다.

"내일, 군사의 대오를 엄숙하게 정돈하고 크게 정기旌旗를 벌여 선 후에 노부老夫가 친히 나가서 한번 이야기하여 제갈양이 손을 모아 항복하도록 하겠습니다. 이리하여 촉병은 싸우지 아니하고 저절로 물러갈 것입니다."

조진은 왕랑의 말을 듣고 기뻤다.

이날 밤에 전령을 내렸다.

"내일 사경 때 밥 지어 먹고, 평명平明 때 대오를 정제하여 인마人馬와 정기를 극히 위엄 있게 정돈하여 기산祁山 앞으로 나가라."

대도독의 전령이 엄숙하게 내리니 삼군은 준비에 분망했다.

때가 오니 결전하자는 선전 포고가 촉진蜀陣에 전해지고 두 편 군사는 서로 기산 아래 진을 쳤다.

촉군은 위병의 진세가 대단 웅장해서 하후무 때와 판연히 다른 것을 알게 되었다.

삼군三軍에서 울려오는 북소리와 각角 부는 소리가 그쳐지자, 위진의 대장들이 말을 달려 나왔다.

사도 왕랑이 말을 달려 나오는데 상수上首에는 도독 조진이요, 하수下首에는 부도독 곽회가 나왔다.

양편 선봉이 진 머리에 벌여 섰다.

탐마探馬가 진 앞에 나와 큰소리로 외쳤다.

"청컨대 주장主將은 대진하여 말씀하시오."

촉진에서 문기가 열리는 곳에 관흥, 장포가 양편으로 말을 달려 나오고, 다음에는 한 떼 맹장들이 분열해 나오고, 다음 문기門旗 아래 중앙에 한 채 사륜거가 굴러 나왔다.

사륜거에는 공명이 단정히 수레 위에 앉았는데, 윤건 우선에 흰옷 검은 띠 띠고 표연히 신선처럼 나왔다.

공명은 눈을 들어 위진魏陣을 바라보았다.

세 개 일산日傘이 높직이 떠 있는 곳에 기가 펄펄 날리고 기에는 장수들의 성명을 크게 써 놓았다.

중앙 한복판에 백수를 펄펄 날리며 늙은 군사軍師 왕랑이 기 아래 서 있었다.

공명은 가만히 헤아려 보았다.

'왕랑이 필연코 무슨 말을 하려는 모양이다. 수시응변으로 내가 대답하리라.'

공명은 이같이 생각하고 수레를 진 밖으로 밀어 나가면서 소교小校한테 전갈해 보냈다.

"한漢 승상丞相께서 사또와 이야기를 하시겠다 합니다."

왕랑은 전갈을 받자 말을 달려 나왔다.

공명은 수레 위에서 손을 모아 인사하고 왕랑은 마상에서 몸을 굽혀 답례했다.

"오랫동안 공의 큰 이름을 들었더니, 이제 한번 만나 뵈니 다행하기 이를 데 없소이다. 공은 천명天命을 알고 시무時務에 통달한 분인데, 어찌하여 명분名分 없는 군사를 일으켰소?"

왕랑의 묻는 말에 공명이 껄껄 웃으며 대답했다.

"나는 조서詔書를 받들어 적을 토멸하러 온 사람이오. 어찌 무명無名의 군사라 하겠소."

왕랑이 응수했다.

"천수天數는 변할 수 없고, 신기神器는 바뀌는 법입니다. 덕 있는 사람한테로 돌아가는 것은 자연한 이치올시다. 지난번 환제桓帝와 영제靈帝 이래로 황건黃巾이 난을 일으켜 천하가 어지러웠고, 이후 초평初平 건안建安 때 동탁이 역적이 되고, 곽사가 계학繼虐을 했고, 원술은 수춘壽春에서 참제僭帝 칭탁했고, 원소는 업상鄴上에 영웅이라 일컬었고, 유표는 형주를 점거하고 여포는 서군徐郡을 범같이 삼켜서 도적은 벌 떼처럼 일어나고, 간웅奸雄은 매鷹 떼 모양 날았소이다. 사직은 위태롭고 생령生靈은 도탄에 빠졌던 것입니다. 우리 태조 무 황제께서는 육합六合을 소청掃淸하시고 팔황八荒을 석권하시니 사방이 덕으로 우러렀고, 권력으로 취하신 것이 아닙니다. 그야말로 천명이 돌아온 것입니다."

왕랑은 말을 계속했다.

"세조世祖 문제文帝는 신문神文 성무聖武하시어 대통을 이으신 후에 하늘 뜻에 응하시고, 인심에 합하시어 요堯와 순舜을 법 받으시고 중국에 처하시어 만방萬邦을 다스렸으니 어찌 천심과 인의人意라 아니하겠소. 이제 공은 재주와 큰 그릇으로 스스로 관중管中과 악의樂毅에 비하시는 분입니다. 어찌 천리를 거역하고 인정을 배반해서 일을 하십니까? 옛사람의 말에 순천자順天者는 창昌하고 역천자逆天者는 망한다 했습니다. 지금 우리 대위大

魏는 대갑帶甲이 백만에 양장良將이 천千 원員이니, 썩은 풀에 나는 개똥벌레의 형광螢光이 어찌 하늘 한복판에 떠 있는 호월皓月을 당하리까. 공은 창을 거꾸로 들고 갑옷을 내려서 예로써 항복한다면 봉후封侯의 직위를 잃지 아니할 것이니, 나라도 편안하고 백성도 즐거워할 것입니다. 이 어찌 아름다운 일이 아니겠소."

왕랑의 말을 듣는 공명도 수레 위에서 크게 웃었다.

"나는 생각하기를, 그대는 그래도 한조漢朝 대로大老 원신元臣이므로 반드시 높은 논평이 있을 줄 알았더니 어찌 이러한 더러운 말을 하는가. 내가 한 말을 할 테니 모든 군사들은 정숙하게 들으라. 지난날 환제와 영제 때, 국가의 정통이 내관한테 능멸되어 국란을 양성하였고, 흉년이 들어 사방이 소란하니 황건적의 무리와 동탁, 곽사가 뒤를 이어 일어나서 한제漢帝를 겁박할 생령을 잔폭케 했다. 조정인 묘당廟堂 위에는 썩은 나무가 관리가 되고 전폐殿陛 사이에는 금수禽獸, 식육食肉, 낭심狼心, 구행狗行의 무리들이 곤곤히 조정에 임했고 종의 얼굴, 통지기의 무릎이 분분히 정치에 참가하여 사적은 폐허가 되고 생령은 도탄에 빠졌던 것이다. 나는 조조曹操, 너희들 집안의 형세를 잘 알고 있다. 대대로 동해빈東海濱에 살아서 처음엔 효렴孝廉으로 뽑혀서 벼슬하기 시작했으니, 단연히 광군匡君 보국輔國하여 한漢을 편안케 하고, 유劉 씨를 흥하게 해야 할 터인데, 도리어 역적을 도와서 찬위簒位하기를 공모했으니, 죄악은 깊고 무거워서 천지는 용납하지 아니하고 천하 사람들은 너희들의 고기를 씹지 못해서 한이다. 이제 다행히 하늘 뜻이 염한炎漢에 끊이지 아니하여 소열昭烈 황제皇帝께서 서천西川에서 대통大統을 계승하시고 내가 어제 사군嗣君의 의지懿旨를 받들어 흥사토적興師討賊하는 바이다. 네, 이미 아첨을 게을리 하는 신하가 되었다면 몸을 사리고 고개를 움츠러서 의식衣食이나 도모할 일이지,

주제넘게 어찌 감히 군대의 항오行伍에 나타나서 건방지게 천수天數를 말하느냐. 머리 센 필부요, 수염 푸른 늙은 도적아, 쉬 구천지하九泉之下로 돌아가는 날 무슨 낯짝을 들고 이십사 제帝[17]를 대해 뵙겠느냐. 노적老賊은 속히 물러가 반신反臣들에게 나와 결전을 하여 승부를 가리게 하라."

낭랑히 꾸짖는 제갈공명의 추상같은 말을 듣자 왕랑은 대답할 말이 없었다. 부끄럽고 뉘우쳤다. 가슴 안에 담이 벅차도록 끓어올랐다. 숨이 막혔다. 크게 외마디소리를 치면서 말 아래로 떨어져 죽어 버렸다.

뒷사람은 시를 지어 공명을 칭찬했다.

兵馬出西秦

雄才敵萬人

輕搖三寸舌

罵死 老奸臣

군사를 서진으로 내니

웅걸스런 재주는

만 사람을 대적했네.

가볍게 세 치 혀를 흔들어서

늙은 간신을

꾸짖어 죽였네.

왕랑이 기색이 되어 마하에 떨어져 죽은 후에 공명은 번쩍 백우선白羽扇

---

17) 이십사 제 : 한나라의 역대 제왕.

을 들어 조진曹眞을 가리키며 말했다.

"나는 너를 핍박하지 아니하리라. 너는 속히 군마를 정돈해서 내일 결전하러 오너라."

말을 마치자 사륜거를 돌려 돌아갔다.

양편 군사들은 제각기 진터로 물러갔다.

조진은 왕랑의 시체를 관에 담아 장안으로 돌려보냈다.

부도독 곽회가 의견을 말했다.

"제갈양은 우리 군중에서 왕랑 초상 치를 것을 생각하고 오늘 밤엔 반드시 겁채劫寨를 할 것이니, 군사를 네 부대로 나누어서, 양로군兩路軍은 산길 소로를 취하여 허한 틈을 타서 촉채를 습격하고, 또 한 부대 양로군은 본채 밖에 매복해 있다가 좌우편으로 촉병을 협공한다면 큰 승리를 얻을 것입니다."

조진은 곽회의 말을 듣자 크게 기뻤다.

"부도독의 계교는 과연 내 마음과 합하오."

곧 조준曹遵, 주찬朱讚을 불러 분부를 내렸다.

"너희 두 사람은 각기 만병 군사를 거느리고 기산祁山 후면에 매복해 있다가 촉병이 보이거든 우리 진으로 오는 체하다가 촉진을 습격하라. 만약 촉병이 안연히 움직이지 아니하거든 곧 군사를 돌려 돌아오라. 가볍게 나가서는 아니 된다."

두 장수는 계교를 받고 물러갔다.

조진은 곽회를 향하여 말했다.

"우리 두 사람은 제각기 일지 병마를 거느리고 대채 밖에 매복해 있고, 대채 안에는 시초柴草를 많이 쌓아 두어서 두어 사람으로 지키게 했다가 촉병이 습격해 오거든 불을 질러 군호하는 것이 좋겠소."

모든 장수는 좌우로 나뉘어 나가면서 제각기 출병 준비를 했다.

한편 제갈공명은 본채로 돌아온 후에 조운, 위연 두 장수를 불러 분부를 내렸다.

"그대들 두 사람은 각각 본부병을 거느리고 위채를 겁박하라."

가련한 위장들

공명의 지시를 받자 위연이 나와 품하였다.

"조진은 병법에 밝은 사람이올시다. 필연코 우리가 밤에 야습할 것을 짐작하고 있을 것입니다. 그렇다면 저들이 어찌 방비를 아니하겠습니까?"

공명은 껄껄 웃으며 대답했다.

"나는 조진으로 하여금 우리가 겁채하는 것을 일부러 알게 하자는 방책일세. 저편에서는 반드시 기산祁山 후면에 복병을 했다가 우리 군대가 지나간 후에 우리 진을 습격하는 계획을 세웠을 것일세. 그런 까닭에 나는 그대들에게 군사를 거느려 나가라 한 것일세. 그대들은 산 후면에 멀리 매복해 있다가 위병이 우리 영채를 겁탈하거든 불을 군호로 하여 군사를 두 길로 나누라. 그리해서 그대는 산어귀를 막고 자룡은 군사를 이끌어 시살해 돌아오라. 오는 길에서 위병을 만날 것일세. 위병이 달아나거든 승세하여 공격한다면 위병은 서로들 짓밟으며 혼란될 것일세. 이때 가서 우리는 완전히 승리를 거둘 것일세."

위연과 자룡은 계책을 받고 군사를 거느려 물러갔다.

공명은 두 장수를 보낸 후에 관흥과 장포를 불러 분부를 내렸다.

"너희 두 사람은 각각 일지 군마를 거느리고 기산 요로에 숨어 있다가 위병이 지나간 후에 위병의 온 길을 밟아서 위채魏寨를 습격하라."

두 장수는 계교를 받고 군사를 거느려 물러갔다.

공명은 또 마대馬岱와 왕평王平과 장익張翼, 장의張嶷 네 장수를 불러 영을 내렸다.

"너희들은 제각기 일지 병마를 거느리고 사면에서 위병을 만나는 대로 두들겨 부수라."

네 장수는 공명의 군령을 받들어 물러갔다.

공명은 군사 없는 빈 영문을 세우고 마른 시초柴草를 가득히 쌓아 놓았다. 불 질러 군호할 준비를 차린 후에 스스로 대소 장병을 거느리고 영채 뒤로 물러가 동정을 살피고 있었다.

한편 위국 선봉대장 조준과 주찬朱讚은 황혼 때 영채에서 떠났다. 멀리 돌아 발자취를 죽이고 행군해 나가다가 이경二更 때 촉군의 진터를 바라보니 기산 앞에 희끗희끗 군마들의 움직이는 모습이 보였다.

조준의 입가엔 웃음이 돌았다.

"곽 도독은 참으로 신기 묘산을 가진 사람이구나!"

혼잣말하면서 신명이 났다. 군사를 재촉하여 급히 촉채蜀寨에 당도했다.

때는 삼경三更에 접어들었다. 위병들은 소리치며 촉채로 몰려들었다. 그러나 텅 빈 영문이었다. 한 사람 군사의 그림자도 없었다. 조준은 비로소 계교에 빠진 것을 알았다. 급히 군사를 물리려 할 때, 영채 안에서는 화광이 충천했다.

때마침 주찬이 거느린 군사가 당도했다. 촉병으로 알고 서로들 마주치면서 찌르고 죽였다. 사람과 말은 크게 어지러웠다.

조준과 주찬은 칼을 빼어 싸우다가 비로소 자상自相 천답踐踏한 것을 알았다.

급히 영을 내려 군사를 합했을 때 홀연 사면에서 함성이 크게 일어났다.

위장 조준이 화광과 함성 속에 앞을 바라보니 촉장 왕평, 마대, 장익,

장의 네 장수가 군사를 거느려 물밀듯 쳐들어오는 것이었다.

조준, 주찬 두 위장은 혼비백산이 되었다. 심복 군사 백여 기를 거느리고 대로로 향하여 달아났다.

홀연 북소리와 각角 부는 소리가 요란하면서, 한 떼 군마가 가는 길을 끊었다.

깜짝 놀라 바라보니 위수 대장은 상산 조자룡이었다. 호통 치는 소리가 떨어졌다.

"적장은 어디로 가려 하느냐. 승천입지昇天入地를 하려느냐, 빨리 목을 늘여 내 칼을 받으라."

조준, 주찬 두 장수는 간이 콩알만큼 오그라들었다.

온몸에 힘을 모아 길을 끊어 달아났다.

정신없이 말을 달렸을 때, 고함 소리 또다시 천지를 진동하면서 한 떼 군마가 가는 길을 막았다.

위수 대장은 위연이었다. 군마를 거느리고 살같이 달려왔다.

조준, 주찬 두 장수는 또 한 번 간덩이가 떨어졌다.

급히 살 길을 취하여 길을 끊어 본채로 돌아왔다.

이때 본채 지키고 있던 두 사람의 위병들은 조준, 주찬의 패잔병이 달려오는 것을 보자 촉병으로 오인誤認했다. 마른 시초에 불을 질렀다.

미리 약속했던 도독 조진과 부도독 곽회는 불 일어나는 군호를 바라보자, 급히 군사를 몰아 조준, 주찬의 군사를 습격했다.

좌편에는 조진의 군사요, 우편에는 곽회의 군사였다.

조준, 주찬, 조진, 곽회의 거느린 위병들은 제 편끼리 서로 죽이고 찌르고 치고 밟아 자상 천답을 했다.

이때 등 뒤에서 촉병이 세 길로 쳐들어왔다.

중앙은 위연이요, 좌편은 관흥이요, 우편은 장포였다.

크게 일진을 시살했다.

위병은 10여 리로 피해 달아났다.

위장과 병졸들의 죽고 상한 것이 하도 많아, 기록하기 어려웠다.

공명은 크게 이겼다. 비로소 군사를 거두라는 명령을 내렸다.

조진과 곽회는 패잔병을 수습하여 본채로 돌아온 후에 머리를 마주 대고 의논하였다.

"지금 위병은 군세가 외롭고 촉병은 형세가 대단하니 장차 무슨 꾀를 내어 촉병을 물리치겠소?"

조진의 묻는 말에 곽회가 대답했다.

"일승일패一勝一敗는 병가상사兵家常事입니다. 나에게 한 계교가 있습니다. 촉병이 수미首尾를 돌아보지 못하도록 만든다면 꼼짝없이 패해 달아날 것입니다."

다시 나타난 관공

可憐魏將難成事
欲向西方索救兵

가련하다 위장들
성사하기 어려워
서편으로 향하여
구원병을 청하네.

곽회는 계속해서 조진한테 말했다.

"서강西羌 사람은 태조太祖 때부터 조공朝貢을 바쳤고, 문文 황제皇帝께서 또한 은혜롭게 대접하시어 인심을 잃지 아니하셨습니다. 우리들은 험한 요해처에 몸을 의탁한 후에 사람을 서강西羌으로 보내서 화친할 것을 의논하고 구원을 청한다면 강인羌人들은 반드시 군사를 일으켜 촉병의 등 뒤에 엄습할 것입니다. 이때 우리들은 큰 군사로 협공한다면 기필코 큰 승리를 거둘 것입니다."

조진은 곽회의 의견에 찬성했다. 곧 사람을 서강으로 보내서 구원병을 청했다.

원래, 서강국왕西羌國王 철리길徹里吉은 조조 때부터 연년이 입공入貢을 한 족속이었다. 그의 수하에 문관 한 사람 무관 한 사람이 있는데, 문관은 승상丞相 아단雅丹이요, 무관은 원수元帥 월길越吉이었다.

이때 위국 사신은 금은주옥金銀珠玉과 함께 글월을 싸 가지고 먼저 아단 승상을 찾았다.

예물을 바친 후에 구원해 달라는 뜻을 간곡히 청했다.

아단 승상은 위국 사신을 국왕 철리길한테 뵙게 한 후에 상서上書와 예물을 바쳤다.

철리길은 글월을 받아 읽은 후에 모든 신하와 상의했다.

"위국에서 구원을 청하니 어찌하면 좋을꼬."

승상 아단이 아뢰었다.

"우리와 위국은 전부터 서로 내왕하여 좋게 지내는 터입니다. 이제 조도독이 구원병을 청하고 화친하자 하니 예禮에 합하옵니다. 윤허允許해 주시는 것이 좋겠습니다."

국왕 천리길은 쾌하게 허락했다.

곧 승상 아단과 원수 월길에게 명을 내려 강병羌兵 25만을 동원했다.

오랑캐 군사들은 활과 쇠뇌며, 창과 칼에 질려비퇴疾藜飛鎚의 무기들을 잘 쓰는 군사들이었다.

뿐만 아니라 또다시 좋은 무기가 있었다. 전차戰車라는 것이었다.

순전한 철판으로 두드려 만들고 못을 박았다.

전차에는 군기와 식량을 싣고 낙타와 노새로 수레를 끌게 했다. 이름을 철거병鐵車兵이라 했다.

승상 아단과 원수 월길은 국왕께 배사拜辭한 후에 25만 대병을 거느리고 호호탕탕 서평관西平關으로 말을 달렸다.

서평관西平關을 지키던 촉장 한정韓禎은 급히 사람을 공명한테 보내서 사실을 알렸다. 공명은 보고를 받자 여러 장수들을 불러 물었다.

"누가 가서 강병을 물리치겠는가?"

장포와 관흥이 일제히 소리치며 나와 아뢰었다.

"소장이 가겠습니다."

공명은 기뻤다.

"너희들이 가겠느냐? 그러나 길이 서투를 것이다. 어찌할꼬."

공명은 마대를 불러 분부했다.

"너는 본시 강인羌人의 성질을 잘 알 뿐 아니라, 오랫동안 그곳에 살았으니 강의 형편을 잘 알 것이다. 신중하게 길을 향도嚮導하라."

마대는 청령하고 물러갔다.

곧 정병 5만을 일으켜 관흥, 장포를 주어 행군하게 하고 마대로 앞을 인도케 했다.

관흥, 장포는 군사를 거느려 두어 날을 행군했을 때 강병과 마주쳤다.

관흥이 먼저 말 탄 군사 백여 기를 거느리고 높은 산에 올라 보니, 강병들은 쇠수레(鐵車)를 몰아 머리와 꼬리가 서로 연하여 호탕하게 몰려오는데 가는 곳마다 영채營寨를 세우고 쇠수레에는 병기와 양식을 가득가득 실었다. 마치 든든하기 성지를 가진 것이나 매일반이었다.

관흥은 한동안 바라보았다. 곰곰 생각했으나, 적을 파할 계책이 서지 않았다.

영문으로 돌아와 장포와 마대와 상의하였다.

"그놈의 철차鐵車란 것, 대단합디다."

마대가 한마디 했다.

"어디 내일 진 치는 것을 보고 허실虛實을 살핀 후 다시 상의합시다."

다음 날이 되었다. 촉장들은 3로三路로 분병시켰다.

관흥은 가운데 길을 취하고 장포는 좌편 길을 취하고, 마대는 우편에 있어 3로병은 일시에 움직여 나갔다.

강병의 진에서는 촉병의 3로군이 나오는 것을 보자, 원수元帥 월길越吉이 손에는 철퇴를 휘어잡고 허리에는 화궁畵弓 차고 위엄을 떨쳐, 말을 달려 나왔다.

관흥은 3로군을 총지휘하여 강진羌陣으로 육박해 들어갈 때, 홀연 맞은편 강병은 좌우편으로 쫙 갈라지면서 중앙 큰길에 철전차鐵戰車를 몰아 쏟아져 나왔다. 마치 조수가 파도를 치며 몰려드는 듯했다.

뿐만이 아니었다. 활과 쇠뇌가 일제히 쏟아지니 촉병들은 정신을 수습할 길이 없었다. 크게 패해서 달아났다.

마대, 장포의 거느린 군사들이 먼저 달아나고 관흥이 거느린 군사는 고스란히 강병羌兵의 포위 속으로 떨어졌다.

관흥은 에워싼 한복판에서 말을 달려 청룡도를 휘두르며 좌충우돌左衝右突했다. 그러나 벗어날 도리가 없었다.

뿐만 아니었다. 철차鐵車가 사면팔방으로 빽빽하게 둘러막았다. 마치 철옹성鐵甕城과 흡사했다.

촉병들은 너와 나를 분간할 틈이 없었다. 서로들 돌보지 아니하면서 포위망 속에서 죽음을 모면하여 살려고 아우성이었다.

관흥은 적진을 뚫고 산골 속으로 달아나 나갈 길을 찾았다.

어느덧 날은 저물기 시작했다. 관흥은 초조하여 있을 때, 홀연 검은 깃발이 바람에 펄펄 날렸다. 일지 군마가 앞에 나타났다.

일원一員 강장羌將이 손에 철퇴를 높이 들고 호통 쳤다.

"젊은 장수는 달아나지 말라. 나는 강국 대원수 월길이다."

관흥은 급했다. 힘을 다하여 말을 놓았다. 뛰는 말에 채를 쳐서 앞으로 나가니 기막히지 아니한가. 산골 속에는 넓고 넓은 여울물이 굽이쳐 흘러 갔다. 관흥은 하는 수 없었다. 다시 말 머리를 돌려 월길과 싸웠다.

그러나 담이 떨려서 싸울 수가 없었다.

관흥은 여울을 끼고 절벽絕壁으로 말을 달렸다.

관흥이 달아나는 후면에는 월길이 철퇴를 두르며 말을 달려 쫓아갔다.

순간 월길의 철퇴는 번뜻하면서 관흥의 뒤통수를 향하여 내리쳤다.

관흥은 쫓기는 기미를 알았다. 급히 철퇴를 피하여 마상에서 몸을 굽혔다.

벼락 불덩이 떨어지듯 하는 월길의 철퇴는 잘못 관흥의 말 볼기를 후려쳤다. 말은 구슬피 울어 엎어지고 관흥은 여울물 속으로 굴러 떨어졌다.

관흥이 정신을 수습해서 헤엄을 치고 있을 때 홀연 소란한 소리가 절벽 길에서 일어나면서 일원 대장이 강병羌兵을 무찔러 쫓아냈다.

관흥은 정신이 번쩍 났다. 빨리 헤엄을 쳐서 언덕으로 기어올랐다. 칼을 빼어 들고 적장 월길을 쫓아가 찍으려 할 때 월길은 일원 대장한테 쫓기어 물 위로 뛰어 달아났다.

관흥은 월길이 버리고 간 말을 잡아 안장을 바로잡아 말을 타면서 앞을 바라보니 월길을 쫓던 일원 대장은 아직도 전면에서 강병을 시살하고 있었다. 관흥은 감사했다.

'이분이 나를 구해 주었으니 만나 보고 인사나 하리라.'

마음속으로 생각한 후에 말을 달려 절벽 아래로 내려갔다.

가까이 가 보니 구름인 듯 안개 속에 일원 대장이 적토마를 타고 앉았는데 얼굴은 푸른 대춧빛이요, 눈썹은 누에가 누운 듯하고 삼각수를 바람에 펄펄 날렸다. 푸른 전포戰袍에 황금 투구를 썼는데, 손에는 청룡도를 비껴들었다.

관흥은 깜짝 놀랐다. 아버님 관공이 분명했다.

급히 말에 내려 엎드렸다.

"아버님!"

한마디 소리를 질렀다. 은은히 모습을 나타낸 관운장은 손을 들어 동남편을 가리키며 역력하게 말씀을 내렸다.

"아들이여, 속히 동남편으로 가라. 나는 너를 호위하여 영채까지 돌아가게 하리라."

관공은 말씀을 마치자, 이어 보이지 아니했다.

관흥은 눈물이 핑 돌았다. 정신을 수습하여 동남으로 향해 말을 달렸다.

한밤중이 되었다. 앞에 일지 군마가 나타났다. 오는 군대는 죽은 장비의 아들 장포의 군대였다.

관흥과 장포는 반가웠다.

장포는 관흥을 향하여 급히 물었다.

"너, 둘째아버지를 뵈었나?"

"형은 어찌 아오."

"적의 철차군鐵車軍한테 쫓겨서, 내가 한동안 곤란을 당하고 있을 때, 홀연 둘째아버님께서 공중에서 내려오시어 강병들을 모조리 쫓아 버리시고 나한테 이르시는 말씀이, 너는 빨리 저 길로 가서 나의 아들을 구해 주라 하셨다. 그래서 나는 너를 찾아 이곳으로 오는 길이다."

"나 역시 우리 아버님의 현성顯聖하신 것을 뵈었소."

관흥도 당한 일을 일일이 설파했다.

두 사람은 서로 비창해하면서 탄식하기를 마지아니했다.

함께 영채로 돌아가 마대와 만났다.

세 사람은 관공의 현성하신 일을 다시 이야기한 후에 마대가 말했다.

"군軍은 싸우다가 죽을지언정 물러가는 법이 없소. 나는 영채를 지킬 테니 두 분은 승상께 말씀해서, 빨리 적을 격파할 계교를 주시라 하시오."

관흥, 장포 두 사람은 밤을 도와 공명한테로 달려갔다.

공명은 조운과 위연에게 각기 일지 병마를 거느려 복병이 되어 앞에 매복해 있으라 한 후에 3만 대군을 점고하여 강유, 장익, 관흥, 장포를 거느리고 친히 마대가 있는 영문으로 나갔다.

이튿날 높은 산에 올라 적의 진세陣勢를 바라보니, 철차는 끊일 사이 없이 연락부절하고, 군사는 말을 타고 종횡縱橫으로 오고 가며 달렸다.

공명은 한동안 바라본 후에 좌우를 향하여 말했다.

"적병 파하기는 과히 어렵지 않다."

공명은 곧 장수들한테 분부를 내렸다.

"마대와 장익은 약시약시하라."

두 사람이 청령하고 물러간 후에, 공명은 강유를 불러 일렀다.

"백약伯約은 철차를 격파할 묘한 방법을 알겠소?"

"강인들은 용맹은 있으나 머리가 없습니다. 묘한 방법을 모를 것입니다. 계책을 쓰면 될 것입니다."

공명은 껄껄 웃었다.

"과연 내 마음을 아는 말이로구려. 오늘 하늘엔 붉은 구름이 가득하고 삭풍朔風은 매섭게 부니, 곧 눈이 내릴 듯하오. 나는 계교를 한번 시험해 보겠소."

공명은 곧 장포와 관흥을 불렀다.

"너희들은 각기 본부 군사를 거느리고 앞에 나가 매복해 있으라."

공명은 눈밭에서 철전차를 부수고

공명은 양로兩路 복병을 보낸 후에, 다시 강유에게 영을 내려 출전하라 했다.

공명은 분부를 내렸다.

"강병의 쇠수레가 오기만 하거든 장군은 후퇴해서 달아나라. 그리고 영채 어귀에는 채청으로 기를 많이 세워 두고 군사들은 절대로 배치하지 말라."

모든 준비는 정해졌다.

이때는 음력으로 12월 그믐께였다. 과연 눈이 내리기 시작했다

강유는 군사를 거느려 말을 달려 나가고, 강장羌將 월길越吉은 철전차를 몰고 쳐들어왔다.

강유는 공명의 분부대로 거짓 패해 달아나면서 군사를 후퇴시켰다.

강병은 달아나는 강유의 뒤를 따라 촉병의 영채 앞까지 쫓았다.

강유는 영문 뒷산으로 달아나고 강병들은 영채 어귀에 당도했다. 영채 밖에는 무수한 기가 펄펄 날렸다.

영채 안에서는 풍악 소리가 들려왔다. 들어가 보니 사면은 빈 벽뿐이 었다.

선봉은 월길한테 보했다.

월길은 더럭 의심이 나서 더 깊이 들어가지 못했다.

승상 아단雅丹이 월길한테 말했다.

"이것은 제갈양의 속임수라 생각하오. 허虛한 병법을 써서, 군사가 있는 듯 현혹시킨 것이니 쳐들어가는 것이 좋겠소."

월길은 아단의 말을 들었다.

사람이 없는 영채로 군사를 몰아 들어갔다.

월길이 영채 앞에 당도했을 때, 뜻밖에 제갈공명이 두어 명 군사와 함께 거문고를 안고 수레를 몰아 영문 뒤로 달아났다.

강병들은 소리치며 뒤를 쫓았다.

제갈공명이 탄 수레는 아물아물 산모퉁이를 돌아 숲 속으로 스러졌다.

아단이 월길한테 고했다.

"촉병이 비록 매복했을 듯하나 족히 두려울 것이 없소. 나가 봅시다."

월길은 곧 대병을 휘동하여 제갈공명의 뒤를 쫓았다. 이때 눈은 더한층 쏟아졌다.

앞을 바라보니, 강유가 군사를 거느려 나왔다가 강병이 오는 것을 보자 급히 말을 달려 달아났다.

월길은 더욱 군사를 재촉하여 뒤를 쫓았다.

눈은 길길이 쌓였다. 산과 들은 하얗게 은빛으로 덮였는데, 일망탕탕 높고 낮은 곳을 구별할 도리가 없었다.

월길은 군사를 휘동하여 더욱 뒤를 쫓았을 때, 홀연 보발 군사가 보했다.

"촉군이 산 후면에서 쏟아져 나옵니다."

승상 아단이 말했다.

"복병이 좀 있다 해도 그대로 짓쳐 나갑시다. 무서울 것이 없소."

월길은 계속해서 군사와 말을 산골 속으로 몰았다.

홀연 앞에 가던 철전차가, 태산이 뭉그러지는 큰 음향과 함께 구렁텅이로 굴러 떨어졌다. 뒤에 달리던 수백 대의 철전차도 뒤를 이어 구렁텅이 속으로 떨어졌다. 철전차가 넘어박히는 소리에 얼어붙은 설산雪山이 들먹거렸다.

부서지고 넘어박힌 전차 속에서 구사일생이 된 강병들은 서로 치고 짓밟았다. 혼란 속에 급히 군세軍勢를 돌리려 할 때, 좌편에서는 관홍이 군사를 거느려 나오고 우편에서는 장포가 말을 달려 나왔다. 양로군은 고함쳐 나오면서 만 대 쇠뇌를 일제히 쏘아붙였다.

강병들은 정신을 차릴 수 없었다. 눈은 여전히 펄펄 내렸다. 홀연 앞에서 군마가 세 길로 쏟아져 나왔다. 강유, 마대, 장익 등 3로군三路軍이었다.

강병들은 독 안에 든 쥐가 되어 버렸다. 3로 군마는 더욱 포위망을 좁혀 들어갔다.

월길은 목숨을 구하여 산골로 달아나다가 관홍과 마주쳤다.

월길은 기진맥진이 되었다. 관홍의 크게 꾸짖고 후려쳐 갈기는 청룡도 한칼에 월길의 머리는 말 아래로 떨어져 버렸다.

이때 아단은 마대한테 산 채로 붙들려 큰 채로 잡혀 오고 아단의 거느린 강병들은 산지사방으로 도망쳐 버렸다.

공명이 장대에 오르니, 마대는 아단을 잡아내어 대 아래 꿇렸다.

공명은 무사에게 아단의 결박을 끄르라 분부를 내리고, 술을 내어 좋은 말로 위무하니 아단은 공명의 은덕에 깊이 감동이 되었다. 공명은 장중하게 분부를 내렸다.

"나의 주인은 대한大漢 황제皇帝다. 나는 반적을 토벌하라는 어명을 받들어 나오는 것인데, 네 어찌 역적을 도와서 난을 일으켰느냐? 너희 나라와 우리나라는 앞으로 더욱 맹호盟好하는 약속을 맺어서 반적의 말을 듣지 말라고 일러라."

공명의 분부를 듣자, 아단은 열 번 스무 번 머리를 조아 올렸다.

공명은 포로가 되어 온 모든 강병과 거마 병기를 모조리 아단에게 주어 돌려보냈다.

강병을 대파한 후 공명은 삼군을 정돈하여, 기산祁山 대체大寨로 돌아갔다. 다시 관흥, 장포로 선진先陣을 삼아 먼저 떠나라 하고, 일변 사람을 성도로 보내서, 첩보捷報를 후주한테 올렸다.

한편 위장魏將 조진은 연일 강병의 구원병이 도착하기를 기다렸다. 그러나 묘연히 소식이 없었다. 마음이 초조해 있을 때, 홀연 복로병伏路兵이 달려와 고했다.

"촉병이 채寨를 버리고 물러갑니다."

조진 옆에 있던 곽회는 기쁜 빛이 가득해서 말했다.

"그것은 강병의 공격에 배겨 나지 못해서 물러가는 것이 분명하다."

곧 두 길로 군사를 몰자 촉병들은 조진의 군사를 보고 어지럽게 달아났다. 조진의 군사는 급히 뒤를 쫓았다.

선봉대장 조준이 조진보다 앞서서 촉병을 쫓았을 때, 홀연 북소리가 크게 일어나면서 한 떼 군마가 번개처럼 나타났다.

위수 대장이 위연이었다. 길을 가로막고 대갈일성 꾸짖었다.

"반적은 닫지 말라."

조준은 크게 놀랐다. 다리가 떨리고 손에 쥐가 올랐다. 칼이 말을 들어 먹지 아니했다. 교봉交鋒한 지 3합이 못되어 위연의 솜씨 높은 한칼에 조준의 목은 말 아래로 굴러 떨어졌다.

사마의의 복직

이 모양을 보자 부선봉 주찬朱讚이 급히 군사를 거느려 쫓아왔다.

또다시 한 떼 군마가 고함치며 주찬의 오는 길을 막았다. 모두 다 앞을 바라보니 위수 대장엔 상산 조자룡이었다.

주찬은 조수불급措手不及이 되었다. 어찌할 줄 모르고 있을 때 상산 조자룡의 솜씨 높은 한 창은 마침내 주찬의 목숨을 앗았다.

조진, 곽회는 양로 선봉군에 함몰될 것이 두려웠다. 급히 징을 쳐 군사를 거두려 할 때, 배후에 함성이 대진하고 고각鼓角이 일제히 울면서 관흥, 장포 두 길 군사는 일제히 소리치며 시살해 나와서 조진, 곽회를 포위하여 일진을 통쾌하게 무찔렀다.

조진, 곽회는 패잔병을 거느리고 길을 앗아 달아났다.

촉병은 완전히 큰 승리를 거두고 곧장 위수渭水까지 나가서 위채魏寨를 모조리 점령했다.

조진은 두 사람 선봉을 잃은 후에 애상하는 마음이 간절했다. 조정에 상소를 올려서 구원병을 분발해 달라 했다.

위왕 조예가 조회를 받고 있을 때, 근신이 아뢰었다.

"대도독 조진이 촉병한테 여러 번 패해서 두 낱 선봉장을 잃었고, 또 구원 왔던 강병들도 다 패해서 형세 자못 위급하다 하옵니다. 지금 표를 올려 구원을 청했습니다. 폐하께서는 재단을 내려 주시기 바랍니다."

조예는 근신의 아뢰는 말을 듣고 크게 놀랐다.

"장차 어찌하면 좋단 말인가. 무슨 방책으로 촉병을 물리칠꼬."

정승 화흠華歆이 아뢰었다.

"폐하께서는 모름지기 여러 제후諸侯를 모으시어 친정親征하시는 일이 좋을 듯합니다. 만약 그렇게 아니하신다면 장안을 지키지 못할 뿐 아니라 관중關中이 위태로울 것입니다."

태부太傅 종요鍾繇가 아뢰었다.

"장수란 지혜가 과인過人해야 합니다. 『손자병법孫子兵法』에 말하기를 지피지기知彼知己면 백전백승百戰百勝이라 했습니다. 신이 헤아려 본다면, 조진은 비록 오랫동안 용병을 했다 하나 제갈양의 적수가 아닙니다. 신은 전 가족을 보증으로 하여 한 사람을 천거해서 촉병을 물리치도록 하겠사오니 성의聖意 어떠하시온지 준부准否를 내려 주십시오."

위왕이 대답했다.

"경은 곧 대로大老 원신元臣이다. 어진 이가 있어 촉병을 물리칠 수 있다면 빨리 불러와서 짐과 함께 근심을 나누게 하라."

종요가 다시 아뢰었다.

"향자에 제갈양이 군사를 일으켜 국경을 범하려 했으나 이 사람이 우리한테 있는 것을 두려워하여 유언비어를 퍼뜨려 폐하께서 의심이 나시도록 해서 이 사람을 아니 쓰도록 했던 것입니다. 만약 폐하께서 이 사람을 쓰신다면 제갈양은 저절로 물러갈 것입니다."

위왕 조예는 용상에서 일어나 물었다.

"어떠한 사람인가?"

종요鍾繇가 대답했다.

"표기 장군 사마의司馬懿올시다."

조예는 사마의라 아뢰는 말을 듣자 탄식하여 말했다.

"그 일은 짐도 또한 뉘우친 지 오래다. 지금 사마중달司馬仲達은 어느 곳에 있는가?"

종요가 아뢰었다.

"요사이 들으니 중달은 완성宛城 땅에 한가롭게 있다 합니다."

조예는 곧 조서를 내려 사신에게 절節을 가지고 가서 사마의의 벼슬을 복직시키고, 평서平西 도독都督의 칭호를 더한 후에 남양南陽 제로의 군마를 거느려 빨리 장안으로 부임하여 친정親征하는 어가御駕를 호위하라 했다.

한편 제갈양은 후주한테 출사표를 바치고 출전한 이래 연전연승하여 심중에 무한 기뻤다.

기산祁山에서 모든 장수들과 의논하고 있을 때 홀연 진수鎭守 영안관永安官 이엄李嚴이 아들 이풍李豊을 보내서 뵙게 한다 했다.

공명이 사람을 통하여 온 뜻을 물으니 이풍은 시신을 통하여,

"동오東吳가 촉경蜀境을 침범합니다."

하고 아뢰었다.

공명은 깜짝 놀랐다. 곧 장중으로 불러 물었다.

"동오가 무슨 까닭에 우리 국경을 또 침범한다 하더냐."

이풍이 아뢰었다.

"특별히 와서 기쁨으로 고합니다."

딴소리가 나왔다.

"무슨 기쁜 일이 있단 말인가?"

이풍이 다시 아뢰었다.

"옛날 맹달孟達이 위魏에 항복한 것은 부득이해서 그러한 것입니다. 그때 조비는 맹달의 재주를 사랑해서 천리 준마와 금은주옥을 주고 연을 같

이하여 함께 출입하는 광영까지 내리고, 벼슬을 산기散騎 상시常侍에 신성新城 태수太守를 봉하여 상용上庸과 금성金城 땅을 진수鎭守하라 하여 서남방의 임무를 맡겼던 것입니다. 조비가 죽은 후에 조예가 즉위하니 조정 안에는 시기하는 사람이 많았습니다. 맹달은 주야로 불안한 마음을 가져서 항상 수하 장수들에게 말하기를, 나는 본시 촉장蜀將으로서 형세에 핍박되어 이같이 되었다 했다 합니다. 요사이 심복 사람을 여러 차례 가부家父한테 보내서 승상께 대신 말씀을 품해 달라 했습니다. 전자에 오로五路로 서천에 내려오실 때도 촉으로 돌아올 뜻이 있었다 합니다. 지금 맹달은 신성新城에 있습니다. 승상께서 위를 공격하신다는 소문을 듣고 그는 금성金城, 신성新城, 상용上庸 세 곳 군사를 일으켜 낙양洛陽을 공격할 준비를 가졌다 합니다. 승상께서는 맹달을 받아 주시고 장안長安을 취하신다면 양경兩京이 대정大定될 것입니다."

공명은 크게 기뻐했다.

이풍에게 후한 상금을 내렸다.

공명이 이풍에게 상을 주고 기뻐하고 있을 때, 홀연 염탐꾼이 급히 들어와 아뢰었다.

"위왕 조예가 일변 장안으로 거동을 하고 일변 사마의司馬懿를 복직시켜서 평서 도독으로 제수한 후에 본처 군마와 함께 장안으로 회동키로 했다 합니다."

"사마의를 복직시켰단 말이냐?"

공명은 대경실색을 했다.

옆에 있던 마속馬謖이 아뢰었다.

"그까짓 조예쯤이 어찌 무섭겠습니까? 만약 장안으로 온다면 사로잡을 것입니다. 승상께서는 왜 놀라십니까?"

공명이 대답했다.

"내 어찌 조예를 두려워하겠는가. 꺼리는 사람은 단지 사마의 한 사람 뿐이다. 지금 맹달孟達이 큰일을 함께하여 거사한다 하나 만약 사마의를 만난다면 반드시 패할 것이다. 맹달은 사마의의 적수가 아니다. 필연코 사로잡힐 것이다. 맹달이 만약 죽는다면 중원中原은 쉽게 취할 수 없을 것이다."

"좌우간 맹달한테 글월은 보내시어 막을 준비를 하도록 하십시오."

공명은 곧 글월을 이풍에게 주어 맹달의 항복을 받아들이기로 했다.

이풍은 곧 맹달의 심복을 불러 밤을 도와 회보로 전하게 했다.

한편 맹달은 신성에서 회보 오기를 기다리고 있었다.

하루는 심복 사람이 글을 바쳤다. 맹달이 뜯어보니 공명의 친필이었다. 편지 사연은 대강 아래와 같았다.

이 사이 글월을 보아 공의 충의지심과 옛 친구를 잊지 않는 정을 알겠소이다. 내 마음 무한 기쁘오. 만약 대사를 성취한다면 공은 한조漢朝의 중흥中興 제일第一 공신功臣이 될 것입니다. 그러니 극히 비밀을 지켜서 함부로 경솔하게 사람한테 부탁할 일이 아니라 생각하오. 삼가고 경계하시오. 근간에 조예가 다시 사마의를 기용해서 완락宛洛의 군사를 일으킨다 합니다. 만약 공이 거사한다는 소문을 듣는다면 반드시 먼저 치리다. 모름지기 만전이 되도록 방비하시고 등한하게 처리하실 일이 아닙니다.

맹달은 공명의 편지를 보자 껄껄 웃고 혼잣말했다.

"사람들이 말하기를 공명은 다심하다 하더니 이제 그의 편지를 보니 공명의 다심은 짐작하겠다."

말을 마친 후에 답장을 써서 심복 사람을 시켜 회답을 보냈다.

심복은 곧 공명한테 글월을 올렸다.

공명이 받아 보니 글월에 하였으되,

삼가 균교鈞敎를 받았소이다. 어찌 감히, 조금인들 태만하오리까. 사마의의 일은 그다지 두려울 것이 없소이다. 완성서 낙성洛城까지 거리는 약 8백 리가 되고 신성까지는 1천2백 리가 됩니다. 만약 사마의가 이 사람, 맹달의 거사를 듣고 위주魏主한테 표를 올린다면, 왕복 한 달 사이가 될 것입니다. 달의 성지城池는 이미 견고하고 모든 장수와 군사들은 다 요해처를 굳게 지키고 있습니다. 사마의가 곧 온다 한들, 무엇이 두렵겠습니까. 승상께서는 과히 염려 마시고 회포를 너그럽게 하시어 첩보捷報를 들으십시오.

맹달의 답장은 태평세월이었다. 글에 가득 교만한 기운이 떠돌았다.

공명은 맹달의 답서를 보자, 땅에 던지며 발을 굴러 말했다.

"허허, 맹달은 반드시 사마의의 손에 죽고 마는구나!"

마속이 물었다.

"승상께서는 어찌 맹달이 사마의 손에 죽을 것을 미리 짐작하십니까?"

공명이 대답했다.

"병법에 이르기를 적의 준비가 없을 때 치고, 적이 생각지 못했을 때 나타나라 하였소. 조예는 이미 사마의에게 대적하라는 모든 일을 위임했는데 사마의가 다시 조예한테 아뢸 필요가 어디 있소. 만약 맹달이 반했다는 소식을 들으면 왕복 한 달이 다 뭐요. 열흘이 채 못되어서 사마의 군마는 당도할 텐데 어느 사이에 맹달이 조수족을 한단 말이오."

마속 이하 여러 장수는 모두 공명의 추측에 감복했다.

공명은 급히 맹달의 서신을 가지고 온 사람을 불러 일렀다.

"맹달이 만약 거사擧事를 아니하거든, 절대로 가까운 동지한테라도 알리지 말라 이르라. 만약 말이 새면 반드시 패하리라."

심부름 온 사람은 공명께 절하여 하직한 후에 신성新城으로 돌아갔다.

한편 사마의는 완성에서 한가한 세월을 보내면서 위병魏兵이 촉병蜀兵한테 여러 번 패했다는 소식을 듣고 하늘을 우러러보며 길게 탄식했다.

"이럴 수가 있는가. 나라에는 사람이 없구나!"

이때 사마의는 아들 둘을 두었다. 큰아들은 사마사司馬師라 하는데, 자는 자원子元이요, 둘째 아들은 사마소司馬昭라 하는데 자는 자상子尙이었다.

두 형제는 본시부터 큰 뜻을 두고 병서兵書에 통달했다.

당일 아버지 사마의를 모시어 시측侍側해 섰다가 아버지가 탄식하시는 말씀을 듣고, 큰아들 사마사는 부친한테 물었다.

"아버님께서는 왜 탄식을 하십니까?"

"너희들이 어찌 국가國家 대사大事를 알겠느냐?"

큰아들 사마사가 다시 물었다.

"아버님께서는 임금이 써 주지 않는 것을 탄식하시는 것이 아닙니까?"

아버지의 대답이 채 떨어지기도 전에 아우 사마소가 웃으며 말했다.

"조만간早晩間에 아버님을 선소宣召하는 사신이 올 것입니다."

사마소의 말이 채 끝나기 전에 문하인이 뛰어 들어와 보했다.

"칙사勅使가 절節을 받들고 왔습니다."

사마의는 급히 예복으로 갈아입고 칙사를 맞이한 후에 조서를 받들어 읽으니 촉병을 막으라는 임금의 분부였다.

사마의는 곧 완성의 제로 군마를 정비하고 있을 때 사람이 또 들어와 보했다.

"금성金城 태수太守 신의申儀의 가신家臣이 기밀機密한 일을 아뢴다고 뵙기를 청합니다."

사마의는 곧 밀실密室로 불러들였다.

"무슨 비밀한 일을 전하려 하오?"

(9권에서 계속)